佐々木とピーちゃん
異世界でスローライフを楽しもうとしたら、
現代で異能バトルに巻き込まれた件
～魔法少女がアップを始めたようです～
ぶんころり
Ill.カントク
とりいちばん

『我が名はピエルカルロ。異界の徒にして星の賢者』
「……」
〈ピーちゃん《P-chan》〉
文鳥。賢者様。
なんか喋った。
文鳥が喋った。
〈佐々木《Sasaki》〉
平社畜。

「ピーちゃん、これとかどうだろう？」

「普通の鍋とは違うのか？」

「めっちゃ焦げにくい」

「ありだな」

「それじゃあこれも追加で」

『これはなかなか美味いな。経験のない味だ』

「こっちの世界だと、香辛料の種類が少ないからかな？」

我々が食しているのはスープカレーだ。

日本で流通している一般的なカレーライスは見た目がよろしくない。いきなり出しても食べてもらえない可能性があった。そこで先んじてスープカレーを提案したところ、これが存外のことウケているそうな。

ただし、利用しているスパイスの大半は、砂糖やチョコレートと一緒に日本のスーパーから持ち込んでいる。なので一日十食の限定商品とのこと。今後は現地の食材での再現を検討したい。

『これが神戸牛のシャトーブリアンか』

「どう？　ペットショップの山田さんが絶賛していた味は」

『美味い。おぉ、これは美味いぞ、貴様よ』

「そりゃよかった」

ちゃぶ台の上、細切れに切り分けられたシャトブリを啄むピーちゃん可愛い。お皿の上に盛られたお肉が、次々とお口に消えていく。まるで子供がこぼしたお菓子のカスに群がる公園のハトのようだ。可愛い、可愛いけれど、眺めていて少し不安になる。

『これなら毎日食べても飽きないな』

Futari shizuka
〈二人静〉

「思ったよりも奮闘しておるのぅ」

などと、あれこれ悩んでいたのがよくなかった。

フロアの片隅で新たに人の気配が生まれた。

ボウリングのレーンがあるメインフロアに対して、その隅に延びていたトイレに通じる一角である。見たところ小学校中学年ほどと思しき和服姿の女の子だ。腰下まで伸びた長い黒髪に、色白い肌が印象的である。

彼女が一連のハリケーンの元凶だろうか。

Hoshizaki san
〈星崎さん〉

「なっ……」

その姿を確認して、星崎さんの口から悲鳴じみた声が上がった。

戦闘狂の彼女らしからぬ反応である。

Sasaki's recent posts

20xx/08/05
笹の木 @wiQ2fK9p2xHgi4J
会社の同僚が猫を飼い始めた。
写真をめっちゃ見せられた。
赤ちゃん猫、凄く可愛かった。

20xx/08/08
笹の木 @wiQ2fK9p2xHgi4J
動物園に行ってきた。
やたらと癒やされた。
安かったので、年パスを買ってしまった。

3

ランラン @natori980102
返信先 @wiQ2fK9p2xHgi4J
彼女さんできたんですか？

笹の木 @wiQ2fK9p2xHgi4J
返信先 @natori980102
お恥ずかしながら、
一人で行きまして……。

ランラン @natori980102
返信先 @wiQ2fK9p2xHgi4J
なんか、すみません。

20xx/08/15
笹の木 @wiQ2fK9p2xHgi4J
また、動物園に足を運んでしまった。
最高じゃなかろうか、動物園。
欲を言えば、ふれあいコーナーで戯れたい。

20xx/08/22
笹の木 @wiQ2fK9p2xHgi4J
ペットを飼うことに決めた。

佐々木とピーちゃん

異世界でスローライフを楽しもうとしたら、
現代で異能バトルに巻き込まれた件
～魔法少女がアップを始めたようです～

ぶんころり ill. カントク

contents

口絵・本文イラスト
カントク

〈異世界への誘い〉

四十路《よそじ》を目前に控えて、心が寂しい。

そこでペットショップにやってきた。猫を飼い始めた勤め先の先輩が、とても楽しそうに愛猫《あいびょう》トークを繰り広げてくる様子に感化されてのことだ。パソコンやスマホの壁紙など猫一色で、それはもう毎日を幸せそうに生きている。

しかし、流石《さすが》に猫はハードルが高い。

アパートを借りるにも敷金が跳ね上がるし、それなりの広さを用意する必要がある。更にお迎えの為《ため》の初期費用も数十万とのこと。こうなると二の足を踏んでしまうのが、安月給の悲しいところだ。

お金が欲しい。

お金さえあれば、お猫様を迎えることができる。

いいや、お犬様を迎えることさえ夢ではない。

最強のワンワン、ゴールデンレトリバーを。

ただ、今の自分はお金がない。

だから犬も猫も駄目。

そこで本日、目当てとなるのは小型の鳥類である。

現在の住まいとなる1Kのアパートでも飼育可能、という条件で考えると、鳥かネズミになる。しかし、ネズミは寿命が短い。二、三年で亡くなる種が大半だそうな。なんて切ないのだろう。

もしもネズミを飼育したのなら、再び共に歩めるか定かでない春夏秋冬を思い、相棒と共に過ごす毎日を大切にし過ぎてしまいそうである。その存在に癒《い》やされたいのに、むしろ日々が張り詰めてしまうのではなかろうか。

そう考えると鳥以外に選択肢はなかった。

なるべく鳴き声が小さめで、ストレス耐性のある賢い子をお迎えしたい。

「……ゴールデンレトリバーかわいい」

店内でゴールデンレトリバーの子犬を発見した。

心は大型犬を求める。

広い戸建ての屋内でゴールデンレトリバーを飼いたいと。

ケージの中でうつらうつらとする赤ちゃんレトリバー。その愛らしい姿についつい視線が向いてしまう。店内を進む足が止まりそうになる。値札に視線が吸い寄せられて、クレジットカードの上限と照らし合わせてしまう。

しかし、仮に上限が許容範囲であったとしても、その願いは叶《かな》わない。

何故《なぜ》ならば我が家は手狭な六畳一間。

それもこれも、やっぱりお金がないのが悪い。

可愛《かわい》らしい子犬を傍《かたわ》らに見送り、歩みは鳥コーナーに向かう。

「いた……」

既に鳥種は決めている。文鳥だ。

鳥類にしては比較的静かで、なかなか賢く、寿命も七年から八年は生きるとネットに書いてあった。しかも小型で人に懐きやすいとのこと。こうなると文鳥以外には考えられなくなってのペットショップ来訪だ。

「ヤバイな、これはかわいい」

これは買いだ。絶対に買いだ。

問題はどれにするか。

意外と沢山売られている。

「…………」

悩むぞ。なんせ向こう数年、生活を共にする相棒だ。

離婚を経験した男女の大半が、結婚後五年以内に離れている点を思えば、この場のチョイスは婚活と称しても過言ではない。なるべく価値観の合った相手をお迎えするべきだろう。見栄えも重要な観点だ。

ずらりと並んだケージを一つ一つ確認していく。

するとしばらくして、とあるケージから声が聞こえてきた。

『えらんで、えらんで』

「…………」

文鳥が喋《しゃべ》った。

ビックリだ。

いやしかし、ネットでは稀《まれ》に喋る個体もいるとか書いてあった。

そういうこともあるのかも知れない。

『えらんで、えらんで』

どうやら選んで欲しいらしい。

いいや、言語を理解しているとは思わない。きっと、どこかの誰かの台詞《せりふ》を覚えてしまったのだろう。聞こえてくるのも同じ言葉ばかりだ。お客さんと店員のやり取りの一部が、こちらの文鳥の感性に響いたのだろう。なんて身売り上手な鳥さんだ。

「…………」

こうなると興味を惹《ひ》かれる。

まるで運命めいたものを感じてしまったぞ。

よし、決めた。

「すみません、こちらの文鳥をお願いしたいのですが……」

お迎えするのは、このお喋りな文鳥にしよう。

*

ペットショップから自宅まで戻ってきた。

文鳥を飼育する為のケージは、部屋の隅に配置していたカラーボックスの上を整理して、そこに置いた。これでお迎えは完了である。犬や猫と違って、トイレを用意したり、柵を配置したりといった手間がないのが嬉《うれ》しい。

他に用意したのは餌とケージに掛ける布くらいだろうか。

「……かわいいなぁ」

カゴの中に収まった文鳥を眺めて癒やされる。

ゴールデンレトリバーもいいけれど、文鳥も素敵だと思う。

どうぞ、今後ともよろしくお願いします。

「あぁ、そうだ。名前をつけないと」

どんな名前がいいだろうか。

可愛らしい名前を付けたい。

やはり外見に因《ちな》んだ命名がいいと思うんだ。

『我が名はピエルカルロ。異界の徒にして星の賢者』

「………」

なんか喋った。

文鳥が喋った。

どうやら既に立派な名前をお持ちの予感。

いやいや、そんな馬鹿な。

「ピエルカルロ？」

『さよう』

「………」

やばい、文鳥とコミュってしまった。

普通に意思疎通してしまった。

たしかこの子、まだ生後二ヶ月《かげつ》っていう話だよ。ちゃんと人に慣らしていけば、今からでも手乗り文鳥になるって、ペットショップの山田《やまだ》さんが言っていた。絶対に挑戦しようと決めて、お持ち帰りした次第である。

「ピーちゃん」

『ピーちゃん』

「じゃあ、ピーちゃんで」

『………』

不服だろうか、ちょっと顔が怖くなった気がする。

でも可愛い。

確認の為にも、もう少しだけお話ししてみよう。

「ピーちゃん、今日のご飯は何を食べたいかな？」

『神戸牛《こうべぎゅう》のシャトーブリアンを所望する』

「え、なんで……」

『店に勤める山田という男が、最高だと言っていた』

「………」

コミュニケーション、確定である。

っていうか、ペットショップの山田さん、いいお肉食べているじゃないの。たしかシャトーブリアンって、百グラム一万円くらいした気がする。有名ブランドになると、更に二倍、三倍と跳ね上がるのだとか。

「……そこにあるペレットじゃ駄目？」

ケージのすぐ近く、彼と一緒に購入した総合栄養食のペレットの袋を指し示して確認する。文鳥に必要な栄養が全て詰まっているとのことで、これさえ与えておけば、あとは水だけで大丈夫だと店員さんは言っていた。

文鳥の一生涯の食事である。

貧乏リーマンにとってのチェーン店の牛丼みたいなものだ。

『あれは美味《うま》くない』

「そっか……」

美味《おい》しくないんじゃ仕方がない。

自分だって不味《まず》いご飯は嫌だもの。

ああでも、チェーン店の牛丼は割と美味しい。紅生姜《べにしょうが》をたくさん載せて、生卵と混ぜ合わせて食べる汁だくとか最高。終電帰り、自宅近所の牛丼屋でそれを食べると、翌日もまた頑張れる。たまには豚汁を付けて豪遊。

「けど、ごめん。シャトーブリアンは無理なんだ」

『何故だ？』

「凄《すご》く高いお肉だから、僕には買えないんだよ」

『……そうなのか？』

「ごめんね、貧乏なサラリーマンに買われてしまって」

『………』

この際、文鳥とお話ししてしまっているという事実はおいておこう。動画を撮ってユーチューブにアップロードしたい衝動に駆られたけれど、相手が思ったよりもヒューマンしているので、それにも抵抗がある。

とりあえず、もう少しお話をしてみよう。

「代わりに豚バラでもいいかい？　冷凍のがあるから」

『金がないのであれば、稼げばいい』

「え？」

豚バラ、嫌いなのかな。

美味しいと思うんだけれど。

『異世界から追放された我は、この姿として再び生を受けてから、色々と考えていた。どうやったら元の世界に戻れるのか。そのためには何が必要なのか。仮に戻れたとして、何を為《な》すべきなのか』

「……そうなの？」

いきなり語りだしたぞ。

こちらが考えていたよりも、壮大な背景をお持ちの文鳥だ。

思わず話の続きが気になってしまった。

自然と相槌《あいづち》を打ってしまう。

『そして、我は結論付けるに至った』


パクパクと元気に動くくちばしが可愛らしい。

まるで親鳥に餌をねだっているかのようだ。

『もういい加減、自分の好きなように生きていいのではないか、と』

「……なるほど」

前振りの割に平凡な悟りだった。

でも、その意見はとても大切だと思う。周りに合わせて自分の時間を無駄にすることはない。誰だって死ぬときは一人きりだ。生きているうちに精々、やりたいことをやっておくべきだと思う。社畜などしていると、殊更に強く思う。

っていうか、この素で「えらんで、えらんで」とか言っていたのか。

なんだか無性に可愛らしく思えてきたぞ。

『その為にはこの世界の協力者が必要だ』

「なるほど」

『我に協力して欲しい。さすれば金を稼ぐことなど造作もない』

「可愛いペットの頼みなら、吝《やぶさ》かではないけれど……」

『よし、ならば契約は成立だ』

「え……」

クワッと文鳥のお口が大きく開かれた。

そうかと思えば、正面に浮かび上がる魔法陣。アニメとか漫画でよく見るヤツだ。それが空中に浮かんで、キラキラと明るく輝いている。こんな玩具《おもちゃ》は買った覚えがない。もしかして、ピーちゃんが出したのだろうか。

「ピーちゃん、なにこれ」

『貴様に我の力の一部をくれてやる』

そう伝えられると共に、魔法陣が輝きを増した。

ピカッと光ったかと思えば、目の前が真っ白になる。凄い眩《まぶ》しさだ。堪《たま》らず目を瞑《つぶ》って身を強張《こわば》らせる。すると同時に、胸の内側に温かな感触が生まれた。まるでホッカイロでも体内に埋め込まれたような気分だ。

「え、ちょ、これヤバッ……」

『落ち着け、すぐに収まる』

「…………」

いよいよ文鳥離れして思われる演出だ。

もう一つ隣のケージの子にしておけば良かった、とか少し思ってしまった。もしも魔法陣から波長の短い電磁波とか出ていたらどうしよう。被曝《ひばく》的な意味で。今年は健康診断の他に人間ドックとか、予約しておくべきかも知れない。

眩しかったのは時間にして十数秒ほどの出来事となる。

ややあって、ケージ内の輝きは収まった。

ピーちゃんの正面に浮かんでいた魔法陣も、いつの間にか消えていた。

『これで貴様は我とパスが繋《つな》がった』

「え?」

パスって何だよ、と思わないでもない。

二人の間に何かが存在している様子は見られないもの。

『この籠の口を開けてくれ』

「あ、はい」

なんだかよく分からないが、こうなったら最後まで付き合おう。色々と突っ込みどころは満載だけれど、既に巻き込まれた感がある。下手にいちゃもんをつけて、ピーちゃんの機嫌を損ねたら怖い。

同じ部屋で生活するからには、今後とも仲良くしていきたいから。

「……これでいい?」

『うむ』

ケージから飛び出したピーちゃんが肩に乗ってきた。

肩乗り文鳥、可愛い。

手乗りの練習をしなくても身体《からだ》に乗ってくれるの、めっちゃ嬉しい。

やっぱりこの子にして良かった。

『これで我は貴様の身体を通して、元来の力を使うことができる。脆弱《ぜいじゃく》な肉体ではあるが、この小さな鳥よりはまだマシだろう。少なくとも魔法の行使を受けて、身体が崩壊することはあるまい』

「あの、健康に良くない感じのなら、お断りなんですけど……」

『では、行くぞ』

そうかと思えば次の瞬間、目の前が真っ暗になった。

＊

暗転から数瞬ばかり、気付くと周囲の光景は一変していた。

一言で説明すると、剣と魔法のファンタジー。

石造りの建物で作られた町並みと、レンガを敷き詰められて舗装された通り。そこを行き来するロールプレイングゲームのキャラクターさながらの人たち。そこかしこに見受けられる剣や槍《やり》、鎧《よろい》といったレトロなアイテム。更にはガラガラと音を立てて走る馬車。

これを脇から眺める大きな通りの隅の方に、我々は立っていた。

「ピーちゃん、ここどこ？」

『我がこの姿に生まれ変わるまで住んでいた世界だ』

「なるほど」

『ヘルツ王国の地方都市、エイトリアムという』

「ところで僕、裸足《はだし》なんだけど」

『……そうだったな』

しかも部屋着の上下スウェット姿である。

おかげで非常に心許《こころもと》ない気分だ。人前に出るなら、やはりスラックスと襟付きのシャツが欲しい。年齢的にジーパンやTシャツも厳しい昨今、ジャケパンを着用していないと、世の中で人権が認められないのではないか、なんて思う。

コンビニやスーパーへ足を運ぶ際にも、ジーパンにTシャツの時と、スラックスにシャツの時で、店員さんの表情が違う。もしかしたら気の所為《せい》かも知れないけれど、それがキモくて金のないオッサンにとっては大切な自衛手段だ。

会社の名刺とジャケパン、それだけが世のオッサンを守ってくれる。

「たしかにここは別の世界みたいだね」

『納得できたか？』

「おかげさまで、ピーちゃんのことを理解できたと思うよ」

『それは何よりだ』

どうやら嘘《うそ》を言っている訳ではなさそうだ。文鳥が喋っている時点で、嘘もへったくれもないとは思うのだけれど、こうして足の裏に感じる石畳の感触が、疑念の入り込む小さな隙間さえをも、完全に埋めてくれた。

「けど、それとお金稼ぎがどう繋がっているんだい？」

『我々はこの世界と先の世界を自由に行き来することができる』

「……それで？」

『二つの世界の間で商売をすればいい。あちらの世界で安いものが、こちらの世界では高く売れるかも知れない。逆にこちらの世界で安いものが、あちらの世界では高く売れるかも知れない』

「なるほど」

『そうすれば我の食卓にも、神戸牛のシャトーブリアンが並ぼう』

「……たしかに」

ピーちゃんの言わんとすることは理解できた。

ただ、その為には十分な時間を掛けて、シッカリとした仕組み作りを行う必要がありそうだ。何故ならば彼の提案してみせたことは、異世界の事物を円に換金するということであって、いわば盗品の流通と同義である。

更にそれが毎日の食卓に並ぶシャトーブリアンに繋がるというのであれば、かなり難度の高い作業になる。一食数万円の食事を毎日続けた場合、年間の支出は一千万を超えるのではなかろうか。これは決して馬鹿にできない額である。

「だけどピーちゃん、それは結構大変かもしれない」

『何故だ？』

「たとえばこっちの世界で金銀財宝を手に入れて、向こうの世界に持ち込んだとしても、お金に換える手段がな

いよ。どこから持ってきたのって言われたら、僕らから説明することができないから」

『……どうしてだ？』

「異世界のことを素直に説明したら大変なことになっちゃうもの」

『黙っていればいいのではないのか？』

「それがそういう訳にもいかないいんだよ」

万年平の社畜風情が、質屋に繰り返し値打ち物を持ち込んだら、まず間違いなく警察に連絡がいく。質屋は割と密に警察と連携している。それをどこで手に入れたのかと問われた時、続く事情聴取を乗り切る方法が今の自分には思い浮かばない。

また、上手《うま》く換金できたとしても、確定申告で確実にバレる。

こと日本において、円の流通はかなり正確に管理されている。脱税の多い職種に風俗嬢がある。個人事業主である彼女たちが、税務署から多額の追徴課税を受けるのは、この仕組みを理解せずに働いてしまったが為である。

給料は手渡しだからと安心していても、これが意外と気付かれてしまうものだ。銀行口座を介さずとも、税務署の方々は我々のお金の流れを確認する術《すべ》を持っている。電子決済が普及しつつある昨今、その影響はより増してきている。キャッシュレス社会の目的の一つに、こうした個人消費の完全な把握があることを知らない人は意外と多い。

価値の高いものを公の場で繰り返し換金していたら、その出処《でどころ》を疑われるのは目に見えている。質屋に対する税務署の反面調査で一発アウトである。しかし、だからといって公の取り引きに対して、税金を納めないという選択肢は絶対に取れない。

日本は申告納税制度や推計課税制度が採用されている。もしも脱税がバレた場合、税務署が勘定したままに、追徴課税を払う羽目になる。そして、これを否定する為には法律上、その根拠を自ら提示する必要がある。

異世界から金銀財宝を持ってきました、などとは口が裂けても言えない。あるいは語った時点で口が裂けるほどの尋問に晒《さら》されて、ピーちゃんとは離れ離れになってしまうだろう。更に税金は自己破産で処理することができない。

自分はそういったリスクを取りたくない。

つまり、そうならない為の仕組みを作る必要がある。

ヤクザ映画などでよく見る光景。

資金洗浄、マネーロンダリングというやつだ。

素直に換金、納税できればそれが一番だけれど、こればかりは仕方がない。異世界という絶対に帳尻の合うことがない商材が前提となっているのだから。取り引きを実現するには、どうにかして上手い方法を考える他にない。

その辺りのお話をピーちゃんにさせて頂いた。

『なかなか面倒なのだな、貴様の国のお金の仕組みは』

「そうなんだよ」

『だが、とても優れている。素晴らしい仕組みだと思う』

すると彼は意外と素直に理解して下さった。

賢い文鳥である。

もしかしたら、こうして語る彼の動画を撮影して、ユーチューブにアップロードすることこそが、その願いを叶える一番の近道かも知れない。そんなふうに思ってしまった。可哀《かわい》そうだから止《や》めておくけれど。

「そうかと言って、誰でも容易に手に入るものをオークションや中古市場で売りに出しても、毎日のご飯に神戸牛のシャトーブリアンは買えないんだ。だから、ピーちゃんの言うことを実現するのには、少し時間がかかるかも知れない」

『ふむ……』

「そういうわけで、今晩は豚バラでもいい？」

豚バラも料理次第では美味しくなると思うんだ。こと炒《いた》め物《もの》に関しては、王者と称しても差し支えない食材でしょ。

豚キムチとか最強だと思う。ご飯がすすむ。

『ならば仕方がない、あちらの世界で楽しむことは諦めよう』

「せっかく提案してもらったのに、なんだか申し訳ないね」

『その代わりにこちらの世界で楽しめばいい。それなら構わないだろう？　あちらの世界の食事や娯楽にも興味は尽きないが、先は長いのだから急《せ》くことはない。しばらく待てば状況が変わることもあるだろう』

「こちらの世界には、そういった制度はないのかな？」

『税制度は存在するが、そこまで厳密なものではない』

「そっか」

そういうことなら問題なさそうだ。

あと、自分もさっきから色々と気になっている。こうして通りを眺めていても、初めて目にするものばかりだから、観光したい気分になっていた。自由に行き来できるというのであれば、当面の休暇は予定も決まったようなものだ。

『では、それで決まりだな』

「そうだねぇ」

お互いに合意が取れたことで、元の部屋に戻ることになった。

＊

翌日は平日、定時出社を義務づけられた社畜は会社に向かう。

ただし、本日は少しばかりその様相を異にしていた。

「本当に一瞬で移動できるのかい……」

ピーちゃんが呪文を唱えたら、こちらの足元に魔法陣が浮かび上がった。その直後、周囲の光景が自宅玄関から、勤め先の裏路地に変化していた。僅か一瞬で十数キロという距離を移動である。

自《おの》ずと本日は満員電車を回避。これほど嬉しいことはない。

日頃から席の奪い合いでバトっていた一回り年上の壮年男性。彼との決着を不戦敗で見送るのは悔しいが、ひと足お先にネクストステージに立てたと思えば、これはこれで喜ばしい出来事である。

『だから、そう言ったであろう？』

「いや、それはそうかも知れないけれど、やっぱり驚くでしょ」

『そもそも貴様は昨日にも経験している筈《はず》だ』

「あれはほら、別世界に行くための手立てだと思っていてさ」

『基本となる考え方は同じだ』

肩に止まったピーちゃんと、ボソボソと言葉を交わす。

幸《さいわ》い周囲に人の姿は見られない。

魔法を使えば会社まで一瞬で移動できるというから、ものは試しで頼んでみたら、本当に移動してしまった。おかげで年甲斐《としがい》もなく興奮している。とてつもない可能性を感じさせる魔法ではなかろうか。

「これって僕にも使えるのかな？」

『現在の貴様は我の魔力を得たのみで、行使に必要な力こそあれど、魔法を使うことは不可能だ。だが、日々の鍛錬を忘れなければ、いずれは同じように行使できるようになるだろう。ただし、ものによっては時間がかかるやもしれん』

「あ、それもう少し詳しく知りたいんだけれど……」

『仕事から帰ってきたら教えてやる』

「本当？　ありがとう、ピーちゃん」

『我は貴様の家で待っていよう』

俄然《がぜん》、退社後のひとときが楽しみになった。

今日はなるべく早めに仕事を終わらせて家に帰ろう。

「トイレはちゃんとケージのトイレでしてもらえるよね？」

『大丈夫だ、承知している』

短く呟《つぶや》くと同時に、ピーちゃんの姿が魔法陣と共にどこともなく消えた。

トイレまで即日で覚えてくれて、なんて賢い文鳥なのだろう。

これで一羽三千円なのだからお買い得だ。

他の子よりも若干お値段が安かったのが、未《いま》だに気になっている。

＊

職場の風景はいつもどおりだ。

これといって名前が売れている訳でもない、どこにでもある中小企業の商社である。売上もパッとしなければ、給与もパッとしない。当然、残業代も出ないから、生活は就職当時からカツカツだ。

それでも転職できないのは、気づけば三十路《みそじ》を越えていた自身の身の上の問題。就職氷河期を経験した自分にとって、社会はとても恐ろしいものだった。だからこうして、今日まで扱《こ》き使《つか》われている。

そしてこれからも、死ぬまで使われ続けるのだろうと考えていた。

「先輩、この決裁書なんですけど、ちょっと見てもらっていいですか？」

「んー？」

隣の席の同僚から声を掛けられた。

入社から四年目の新人だ。

高専を卒業してすぐに就職したので、今年で二十四とのこと。

他所《よそ》の会社だと四年目ともなれば、十分に戦力として数えられることだろう。弊社でも仲間としては申し分ない。しかしながら、彼より上の年代が一回り近く離れている為、未だに新人と呼ばれている可哀そうな青年だ。

個人的な意見だけれど、フロアで一番仕事ができると思う。

「……あぁ、それならここの文面がちょっと気になるかな」

「あ、やっぱり気になりますか？」

「あの部長は面倒くさいからね。もう少し説明を入れたらいいと思うよ」

「ありがとうございます」

「こんなどうしようもないことで君の時間を使うことはないから、気軽に聞いてくれて構わないよ。むしろ自分に丸投げしてくれてもいいから。その代わり君には、もっと仕事的な仕事をしてもらえたら嬉しいかな」

「仕事的な仕事ってなんっスか」

「それはほら、他所でも通用するような仕事とか……」

「…………」

「……どうしたの？」

「いえ、先輩の言うことは尤《もっと》もだと思いまして」

「でしょ？」

まだ若いんだし、彼にはもっと他に活躍できる場所があると思う。

こんな草臥《くたび》れた会社の冴《さ》えない担当で時間を重ねることはない。

「ちょっとタバコ、行きません？」

「いやいや、僕はタバコを吸わないから」

「それだったらジュースでもいいっスよ」

「まあ、それなら……」

誘われるがままに席を立って移動する。

普段なら同じフロアに設置された自動販売機の下に向かったことだろう。しかし、彼の歩みはその正面を通り過ぎて屋外へ。一体どこに向かうつもりかと疑問に感じつつも、素直にその背中を追い掛ける。

やがて辿《たど》り着いた先は、弊社が収まる建物の裏路地だ。

道幅は二、三メートルほど。

自動販売機も見当たらない。

人気も少ないこのような場所で何を話そうというのか。疑問に思っていると、同僚は真剣な面持ちで語り掛けてきた。

「先輩、俺と一緒に独立してもらえませんか？」

「え？」

「来月でこの会社を辞めるつもりなんです」

「……なるほど」

思ったよりも重い話だった。

詳しく話を聞いてみると、半年前から起業の支度を始めていたとのこと。既に幾つか、彼が抱える取引先とも話は進めているらしい。チームとしては、学生時代の知り合いにも声を掛けており、それなりの人数が集まっているのだとか。

「先輩のような経験豊富な方に、是非お力添えしてもらいたくて」

「…………」

ただ、全体的に年齢が若いため、一人くらい年を取った人間を入れておいた方がいいだろう、みたいな感じで自分に声が掛かったらしい。誘ってくれたことは非常に嬉しいけれど、かなり急な話だったのでびっくりした。

「お願いできませんか？　今より待遇も良くなると思います」

「そ、そうだねぇ……」

流石にこの場でお返事はできないでしょ。

昨日にはピーちゃんをお迎えしたことで、割と時間にも余裕がない。

「少しだけ考える時間をもらってもいいかな？」

「はい、それはもちろんです。なんだったら一年くらい、外から様子を見ててもらっても大丈夫です。やっぱり俺らみたいな若いヤツが起業だなんて、不安になりますものね。それが当然だと思います」

「いや、そういう訳でもなくて、今はプライベートが忙しいっていうか」

「え？　あ、もしかしてご結婚されるとか……」

「……いいや、それも違うけど」

「そ、そうッスか？　すみません、なんか変なことを聞いちゃって」

「でも誘ってくれたことは嬉しいよ。ありがとうね」

「滅相もないです。前向きに検討してもらえたら嬉しいです」

「うん」

なんでも代表を務めるのは彼だという。前から優秀だとは思っていたけれど、この若さで起業だなんて大したものである。そんな相手から、こうして直々に声を掛けてもらったというのは、存外嬉しい出来事だった。

もしも役に立てることがあったら、改めてお返事させて頂こうと思う。

*

会社から自宅アパートの玄関先まで帰宅した際のこと。お隣さんのドア正面に人の姿があった。

近所の学校のセーラー服を着用した中学生が、ドアに背中を預けて体育座りをしている。傍らには学校指定と思《おぼ》しきカバン。その存在に気づいて目を向けると、彼女もこちらを見上げて、お互いに視線が合った。

「おかえりなさい」

ご挨拶を頂戴した。

段々と気温も下がり始めた昨今、膝を抱いて小さくなった姿は傍目《はため》にも寒々しいものだ。スカートの下に防寒具を着用している様子は見られない。キッチリと上げられたソックスが覗《のぞ》く。今日など風も吹いているし、冷えることだろう。

「そろそろ寒くなってきてるけど、平気？」

「……平気です」

こちらの娘さんと言葉を交わすのは、今日が初めてではない。

彼女がランドセルを背負っていた頃からの付き合いだ。この子とその母親は、自分が越してくる以前から、二人でこちらのアパートに住んでいる。そして、座り込んだ本人の言葉に従えば、母親が戻るまで家に入れてもらえないとのこと。いわゆる毒親、あるいはネグレクトというやつだった。

当初は接点もなかった。匿名で公的機関に連絡を入れたくらい。あとは見て見ぬふりをしていた。気の毒には思ったが、下手に声を掛けてはこちらが逮捕されかねない。こういうのは行政のお仕事だと考えていた。

「これ、使い捨てカイロ。もしよければ……」

「いいんですか？」

「安売りしてたから、少し買いすぎちゃってさ」

「……ありがとうございます」

しかし、なかなか改善の兆しは見られなかった。

そうして数ヶ月ほどが経《た》っただろうか。

会社の飲み会から終電で帰った夜遅く、雪もちらつく軒先で彼女は、今と同じように体育座りで膝を抱えていた。自宅の玄関ドア、その鍵を開ける音よりも大きく、グゥと鳴ったお隣さんのお腹《なか》の虫がきっかけだった。

当時の自分はこれを不憫《ふびん》に思ったのだろう。

自宅にあった菓子パンを与えたのが、彼女とのファーストコンタクト。

以降、たまに顔を合わせたときに差し入れをしている。

「それじゃあ」

「はい……」

お隣さんに小さく会釈をして自宅に入る。

家に上げるような真似《まね》は一切していない。たとえ本人の同意があったとしても、未成年を自宅に上げると未成年者略取誘拐罪が成立する。しかもこれ調べてみたら、初犯でも執行猶予がつかずに、実刑を受ける場合も多いそうな。

育児放棄を続ける親御さん相手に、そこまでのリスクは取れなかった。

だから会話も最低限。

彼女が独り立ちするまでの、ちょっとしたお手伝いである。

＊

その日の晩は、自宅でピーちゃんから魔法の講義を受ける運びとなった。

帰宅後に夕食とお風呂を終えて、心身ともにサッパリとしてからのこと。デスク正面の椅子に腰掛けたこちらに対して、部屋の隅に設けた三段ボックスの上、ケージから外に出て金網の上部に止まった彼、といった配置だ。

手狭な1Kなので、当面はこちらの位置関係が、自分とピーちゃんの距離感になりそうである。

「……なるほど、呪文を唱えてイメージをすると出るのかい」

『貴様には我の力を分け与えた。なので魔力の不足を心配する必要はない。大半の魔法の行使について、足りないということはないだろう。適切な呪文を唱えた上で、十分なイメージを描くことができたのなら、魔法を使うことができる』

「意外と普通だね」

『何が普通だ？』

「ああいや、気にしないでいいよ」

そうなると問題になるのは呪文の取り扱いである。原稿用紙一枚分とか言われたら、とてもではないけれど、そう幾つも覚えられる気がしない。ファンタジーゲームの詠唱と同じくらいだとありがたいのだけれど、そこのところどうだろう。

「詠唱ってどのくらいの長さがあるのかな？」

『ものによりけりだ。短いものもあれば長いものもある。最も短いものでは数言の単語の連なりに過ぎない一方、長いものでは本一冊分に相当するものもある。後者については、暗唱することはまず不可能だろう』

「かなり幅が広いんだね」

想像した以上だった。

学生の時分、国語の授業の音読を思い出す。先生に指名された直後、教科書を正面に構えながら、声高らかに流行《はや》りのアニメに登場する魔法の呪文を詠唱し始めた大《おお》河内《かわうち》君、彼は今も元気でやっているだろうか。

見事に滑った後始末、授業終了を知らせるチャイムが鳴らなかったら、きっと大変なことになっていた。

『慣れてくれば詠唱を省略することも可能だ。ただし、その場合はより鮮明なイメージが必要になる。このあたりは言葉で説明することは難しいが、数百、数千と繰り返し使っていれば、段々と身体に染み付いて使えるようになる』

「こうして聞いてみると、思ったよりも技能的なお話なんだね」

『うむ、故に魔法の習得には時間が掛かるのだ』

もう少し技術的なものだと考えていたので、これは大変そうだ。

要はイラストの制作みたいなものではなかろうか。初心者はアタリを十分に取ってから下書きを始める。一方でプロは目見当で下書きを始める。場合によってはいきなり主線を入れ始めることもあるかもしれない。

それが詠唱であり、その省略ではなかろうか。

このように考えると、なかなか先の長い話のような気がしてきたぞ。

お絵かきって苦手なんだよなぁ。

「個人的には今朝やってもらった、場所を移動する魔法が使いたいんだけど」

『あれはそれなりに高度な魔法となる。詠唱はそこまで長くないが、イメージを確立することが非常に難しい。魔法を学び始めて最初に習得する魔法としては、あまり勧められない』

「なるほど」

それでも自分は瞬間移動の魔法が使いたかった。

満員電車をスキップできる。通勤時間をゼロにできる。それは都内で働く社畜にとって、他の何事にも代えがたい価値である。夏は北海道、冬は沖縄に格安の家賃で住まいを確保しつつ、都内の勤め先で勤務する。そんな夢さえ叶えられるのだ。

是が非でも手に入れたい。

ちなみにピーちゃんには本日、事前に地図アプリで会社の位置と周辺の景色を確認してもらった上で、現地まで送って頂いた。一度訪れた場所でないと向かうことが難しいという話ではあったが、意外となんとかなるものだとは、彼も驚いていた。

恐るべきは衛星写真やストリートビューと魔法の合わせ技である。

「それじゃあ、二つの魔法を同時に学んでいきたいと思うんだけれど、それでも構わないかな？　一つはピーちゃんが一番覚えやすいと思う魔法。そして、もう一つが場所を移動する魔法。どうだろう？」

『なかなか意欲的ではないか。貴様は魔法に興味があるのか？』

「魔法にというよりは、場所を移動する魔法に興味があるよ」

『そうか、ならば精進するといい。呪文については教えよう。また、当面は会社とやらまで我が送ってもいい。あの魔法は自ら術を体験することによって、そのイメージを確立しやすくなるだろうからな』

「ありがとう。とても助かるよ、ピーちゃん」

そんなこんなで夜の時間は過ぎていった。

魔法を使うのに必要な呪文については、ピーちゃんが口頭で教えてくれたものを手帳に書き出した。場所移動の魔法が原稿用紙半分ほどであるのに対して、もう一つの魔法に関しては、俳句ほどの長さであった。

これらは仕事の合間にでも確認しながら覚えるとしよう。

何事もコツコツとやっていくのがいい。慣れないことを急に頑張ったりすると、すぐに息切れを起こしてしまうからな。地道に頑張っていくのが性分にあっている。

ただ、それでも場所を移動する魔法については、急ぎたくなる魅力を感じていた。

*

問題は翌日、自身の勤め先となる職場フロアで発生した。

原因は魔法だ。

昼休み、手帳を片手に早速呪文の一つを呟いてみた。

場所移動ではなく、ピーちゃんから簡単な魔法だと説明を受けた方だ。なんでも詠唱とイメージが成功すると、指先に小さな炎が灯《とも》るとのことである。要はライターのような魔法だ。

場所はトイレの個室。

すると思ったよりも大きな炎が立ち上がった。

ライターというよりは、ライターの火に対して可燃性のスプレーを吹きかけたような勢いがあった。大きく吹き上がった炎に、危機感を覚えたほどである。

直後に火災報知器が作動して、それはもう大変なことになった。まさかバレては問題なので、大慌てでトイレを脱した。そして、賑《にぎ》やかになったフロアに戻り、騒ぎ出した周囲の面々と合流、素知らぬ顔でトイレを眺めていた。

幸いにして犯人は不明のまま、誰かがトイレの個室でタバコを吸ったのだろう、ということで話はまとめられた。タバコを吸う習慣のない自分は真っ先に候補から外されて、事なきを得た次第である。

帰宅後、その話をピーちゃんにしたところ、嬉しいお言葉をもらった。

『どうやら貴様は、我が考えていた以上に適性があるらしい』

「適性？」

『一発で成功するとは思わなかった。大したものだぞ』

「こうしてピーちゃんに褒められると、なんだか嬉しいね」

『誇ってもいい。いつか我を超える日が訪れるやもしれん』

「場所移動の方も、頑張れば可能性があるってことかな？」

『どれだけ早くても数年は掛かるだろうと考えていたのだが、この調子であれば期間はグッと縮まることだろう。ただし、それでも数日でどうにかなるようなものではない。地道な精進を忘れぬことだ』

高校入試に大学入試、各種資格試験と、試験と名のつくものに囲まれて育った現代人であるから、一つの物事に数年スパンで挑むことには慣れている。趣味のギターも気が付けば、かれこれ始めてから数年が経つ。

「早速で申し訳ないけれど、他の魔法を教えてもらってもいい？」

『そうだな、ならば次は……』

ピーちゃんは気前よく呪文を教えてくれた。

これにより自宅のパソコンには、綺麗《きれい》にフォルダ分けされて、攻撃魔法だとか、回復魔法だとか、炎属性だとか、水属性だとか、とてもファンタジーなファイル群が作成される運びとなった。まるで小説家にでもなったような気分である。

当面はこれら呪文の暗記が日課になりそうだ。

なかには原稿用紙一枚超えの代物もあった。

ピーちゃんってば、よくまあこんなに沢山覚えていたものだ。

小一時間ほどを掛けて、当面の課題がテキストファイルに纏《まと》められた。

そして、魔法のお勉強を終えたのなら、次は異世界へのショートステイである。

『それでは早速だが、あちらの世界へ向かうとしよう』

「あ、それなんだけど、ちょっといいかな？」

『なんだ？』

「向こうに行っている間、こっちがどうなるのか知りたくて」

帰ってきたら出社時刻を過ぎていました、とか笑えない。今日は火曜日、明日は水曜日、向こう三日間は毎日朝九時までに会社の自席に着席している必要がある。

社内では朝の点呼が規定されているから、かなりシビアにカウントを取られるのだ。これに遅れると即座に遅刻扱いとなる。社長を筆頭として経営陣の受けはいいみたいだけれど、我々平社員からはこれでもかと嫌われている。

社の業績が本格的に下がり始めた五年前から始まった規則だ。

『時間の流れは同じではない。前回、あちらの世界で過ごした時間をこちらの世界における時間に換算してみた。我の見間違いでなければ、そこに設けられた時計の長い針が、およそ三目盛りほど過ぎていた』

いつの間に確認していたんだろう。

ピーちゃん、凄く賢い。

自分はそこまで意識を高く持っていられなかった。

向こうにいた時間は体感で小一時間ほどだろうか。仮にそう考えると、こちらの世界における三分が、向こうの世界における一時間。つまり、こちらの世界における一時間が、向こうの世界における二十時間前後。

思ったよりもズレ幅は大きいようだ。

ほぼ一日である。

「……ピーちゃん、そちらの世界は最高だよ」

『そうか？』

今後は体調を崩したり風邪を引いたりしたら、ピーちゃんにお願いしてあちらの世界に移らせて頂こう。数日ほど休んでリフレッシュして戻ってきても、こちらの世界では数時間しか経っていないのだから堪らない。

いやしかし、それでも自身の寿命は着実に消費されているのか。

そうなると多用は控えるべきだろう。

「日が変わるまで一時間以上あるし、今日もよろしくお願いします」

『うむ、では向かうとするか』

可愛らしいくちばしが開かれるのに応じて、正面に魔法陣が浮かび上がる。

昨日と同じ演出だ。

そして気づけば、我が身は自宅からどこともなく移動していた。

＊

異世界に渡って最初に行ったことは持ち込んだ商材の販売である。

貨幣の管理と税制度の緩い世界とのことだったので、遠慮なく色々と持ち込ませて頂いた。数年前、登山を趣味にしようと企《たくら》み、勢いから購入した大きめのリュック。一度利用して以降、埃《ほこり》を被《かぶ》っていたそれに、あれこれと詰め込んできた。

仕入れに際してはピーちゃんにチェックをしてもらっている。

元現地人のオブザーバーとして、高値で取り引きできそうな品を、昨晩の内に確認していたのである。大半は自宅にないものであったので、会社からの帰り道、近所の総合スーパーに寄り道をして購入した。

品目は以下の通りである。

板チョコ、十キロ。

上白糖、十キロ。

コピー用紙、千枚。

ボールペン、五百本。

持ってみた感想、滅茶苦茶《めちゃくちゃ》重い。取り分け最後のボールペン五百本というのが見栄え的に際立っている。一本十グラム、それが五百本で五キロ。まさかボールペンをキロで数える日が訪れるとは思わなかった。

どれもこちらの世界で高値で売れそうなものだそうな。

検疫とか行わなくて大丈夫なのか気になったけれど、ピーちゃん曰《いわ》く、多分大丈夫だろう、とのこと。個人的には馴染《なじ》みも薄い世界の出来事であるから、彼の言葉を信じることに抵抗は小さい。

また、最近は何気ない日用品にも抗菌素材が使われるようになった。大手メーカーの商品であれば、製造工程も衛生的である。そういった意味では自分の肉体の方が、遥《はる》かにデンジャラスな代物かも知れない。

一方で現代に何かを持ち帰るときにこそ、十分に気を遣うべきだろう。ジャケットに付着した羽虫一匹であっても侮れない。そう考えると衣料用のブラシくらいは用意した方がいいだろう。次の機会にはちゃんと準備しようと思う。

『この世界は貴族が幅を利かせている。一度に多く稼ごうと考えたのであれば、そういった者たちを相手に商売をすることになる。平民は数こそ多いが、富全体に対して占める割合はそれほどでもない』

「こっちもあっちの世界と同じなんだね」

昨日訪れたときと同じ町並みを眺めながら通りを歩む。

たしかヘルツ王国の地方都市、エイトリアムといっただろうか。

日本が夜中であるのに対して、こちらは日中だ。

『しかしそうは言っても、いきなり高い地位にある貴族と取り引きをすることは難しいだろう。まずは位の低い貴族と関係を持ち、そこから紹介してもらうのが無難だ。そこで貴様にはこの町の領主に会ってもらいたい』

「ピーちゃんの知り合い？」

『知り合いというほどでもないが、人格は保証できる。だが、我が再びこの地へ戻ってきたことは、当分の間は誰にも伝えずにおきたい。それは貴様の安全を確保する上でも、とても大切なことだ』

「え、それってまさか……」

『安心しろ、貴様の考えているようなことはない』

「本当？」

前科持ちのペットとか、どうしても抵抗を感じてしまう。

素直に愛する為にも綺麗な身体であって欲しいよ。

『世の中には色々な人間がいる。誰も彼もと円満な交流を育むことは不可能だ。ただ普通に生活を営んでいるだけでも、要らぬ軋《きし》みは自然と生まれてくる。結果的に我は世界をわたる羽目になった』

「…………」

ピーちゃんもこう見えて、結構苦労してきたのかも知れない。

明日の晩ご飯は奮発して少し高めのお肉を用意しようかな。

牛ロースとかどうだろう。

『そこの建物に収まっているのが、この町を治める貴族の御用商会の一つだ。ここで取り引きをしていれば、すぐに話も広まることだろう。今回持ち込んだ品々で、手始めに当面の活動資金を工面するといい』

ピーちゃんが視線で指し示した先には、大きな石造りの建物が建っていた。

地上五階建ての非常に物々しいデザインの建造物だ。社会の教科書で眺めたゴシック様式などに近い。出入り口には槍を手にした鎧姿の人が立ち、建物に出入りする人たちを監視している。まるで都内に構えられた他国の大使館のようである。

重厚な装飾の為《な》されたファサードの前で、本当に入ってもいいものかと躊躇《ちゆうちよ》する。出入りしている者たちの身なりも、町の通りで見掛けた人たちと比べて上等なものが多い。恐らく日本における伊勢丹《いせたん》とか三越《みつこし》とか、そういう位置付けにあるのだろう。

スーツを着用してきたので、周囲から浮いてこそいるけれど、ドレスコードで入店を拒否されることはないと信じている。ただ、右の肩に止まったピーちゃんの存在には、どうしても不安が残るぞ。

「肩に文鳥を乗せたまま訪ねても大丈夫なのかな？」

『使い魔だとでも言っておけば問題はないだろう』

「なるほど、そういうのもあるのかい」

魔法だけでなく、こちらの世界の規則や常識も学ぶ必要がありそうだ。

特にタブーの類いについては、早めに学んでおきたい。

『さ、行くぞ』

「ちなみにこちらの店の名前はなんていうの？」

『ハーマン商会だ』

「なるほど、ハーマンさんね」

自称使い魔に促されるがまま、歩みは御用商会とやらの下に向かった。

＊

結論から言えば、取り引きは想像した以上に円満に進んだ。

「これは素晴らしい……」

応接室と思しき部屋に通されて、そこで商談と相成った。

対応してくれているのは、同店の副店長を名乗る男性だ。年齢は自分と同じくらいだろうか。ただし、顔立ちはとても優れており、背丈もかなりのもの。女性には苦労したことがないだろうな、なんて思わせる美丈夫だ。

緑色の瞳と、同じ色のオールバックに整えられた頭髪が印象的である。

お名前はマルクさん。平民なので名字はお持ちでないのだとか。

「いかがでしょうか？」

商売の席ということもあって、余所行《よそゆ》きの口調で対応だ。

笑みを浮かべてマルクさんにお問い掛け。

どうして異世界を訪れてまで、物販営業をしなければならないのかとか、疑問に思わないでもない。しかし、それもこれも可愛いペットの頼みとあらば、意外と前向きに頑張れたりするから不思議なものである。

ただ、そうは言っても大変なものは大変だ。

理由は我々が通されたお部屋。

思ったよりもお高い感じの応接室に迎えられたので、予期せず威圧されている。腰掛けた椅子も木製のフレームを金で縁取りした代物で、クッションはお尻が沈むほどフカフカだ。おかげで額にはじんわりと脂汗が浮かんでいる。

「すべて買い取らせて頂きたく思います」

「ありがとうございます」

持ち込んだ商品の値付けについては、ピーちゃんからカンペをもらっている。全部まとめて金貨三百枚くらいが妥当だろうとのこと。内訳は板チョコが五十枚、砂糖が五十枚、紙が百枚、ボールペンが百枚となる。

現地の貨幣は金貨一枚が銀貨百枚、銀貨一枚が銅貨百枚、銅貨一枚が賤貨《せんか》十枚らしい。そして、食事をするならランチが銅貨十枚、お宿に泊まるなら一泊二食付きで銀貨一枚くらいが相場とのこと。

銅貨一枚が百円ほどと思われる。

つまり日本円に換算すると三億円。

ただし、新品の衣服を上下で揃《そろ》えると銀貨数十枚したり、家庭で利用するような包丁が中古でも銀貨数枚からだったりと、加工品の物価が日本と比較して恐ろしく高い。その為、厳密にはゼロを一つか二つ引いたくらいの価値になるのではないかと思われる。

よって三百万から三千万。

また、この場合の各貨幣とは、本日取り引きに臨んだハーマン商会さんが所在する国、つまりヘルツ王国の発行する貨幣に限った話とのこと。他にも近隣諸国が独自に貨幣を発行しているそうで、それぞれ力関係があるとピーちゃんが言っていた。

「金貨四百枚、すぐにご用意させて頂きます」

「四百枚、ですか？」

事前に三百枚と伝えていたのだけれど、百枚ほど増えている。

誤差というにはあまりにも大きな金額だ。

「代わりに今後とも、我々とお付き合いを願いたいのですが……」

「ええ、そういうことでしたら是非お願いします」

可愛いペットが勧めてくれたショップだし、仲良くしておいて困ることはないだろう。たった一度の取り引きで、お貴族様の下まで我々の名前が響くとは思えない。当面はこちらに卸して実績を作るべきだと思う。

「ありがとうございます」

ちなみにここまでピーちゃんは一言も喋っていない。肩に止まったままじっとしている。

なんてお行儀のいい文鳥だろう。

同所で取り引きを始めるに当たり、その存在を巡っては使い魔だと説明したところ、これといって追及を受けることはなかった。本人から事前に確認を受けた通り、こちらの世界ではそういうものとして常識になっているのだろう。

しかし、それでも不安がないと言えば嘘になる。

問題は彼の立場に限ったものではないのだ。

ペットショップでは店員さんから、いきなりウンチをする場合があるから、ケージから出すときは気をつけてね、と言われたことを覚えている。信じているつもりだけれど、信じきれていない自分に申し訳なさを感じる。

どれだけ精神が理知的であったとしても、肉体の生理現象に抗《あらが》うことは難しいのではなかろうか。うっかり肩の上で致してしまう可能性も考えられる。ペットショップのケージの随所に見受けられた糞《ふん》から、不幸な事故が想起された。

「ところで少し、お話をよろしいでしょうか？」

「なんでしょうか？」

売買が決まった直後、改めて副店長さんから問われた。

これまた真剣な面持ちでの問い掛けである。

「チョコレートや砂糖については分かるのです。その品質には目を見張るものがありますが、私どもでも時間を掛ければ仕入れることは可能でしょう。しかし、こちらの紙とペンについては、まるで見えてきません」

「なるほど」

「失礼ですが、この大陸の方ではないように見受けられますが……」

「申し訳ありませんが、仕入先は秘密とさせて下さい。代わりと言ってはなんですが、今回ご提案させて頂いた紙とペンについて、当面は他所のお店に卸すことはしません。今後とも仲良くさせて頂けたらと思います」

「それは本当ですか？」

「ええ、本当です」

これくらいのリップサービスは構わないだろう。

具体的な契約の伴わない上から目線な営業トークって、一度でいいからやってみたかった。自社商材が弱いばかりに、頭を下げて過ごした日々が脳裏を駆け巡る。取引先の営業担当が感じていただろう愉楽を知った。なんて非人道的な快楽だろうか。

心の底から気持ちいいと言わざるを得ない。

「承知しました。是非ともそのような形でお願い致します」

「ご理解ありがとうございます」

そんなこんなで懐には金貨四百枚が転がり込んできた。結構な額であることは理解できる。

ただ、実感は湧かない。

何故ならば自身がやったことは、右から左へ時価数万円の物品を流しただけである。なんら仕事をしたという気分にならない。最初期に仮想通貨で大儲《おおもう》けした人も、こういう感じだったのではなかろうか。


「失礼ですが、宿はこの辺りに取られておりますか？」

「いえ、知人の家に世話になっておりまして」

「なるほど、これは失礼しました」

「また近い内に、こちらへ持ち込ませて頂けたらと思うのですが」

「それはもう是非お願いします。歓迎させて頂きます」

あれやこれやと適当にはぐらかしたところで、当初の目的は達成だ。

以降はそのまま丁重に見送られて、同所を後にする運びとなった。

＊

ピーちゃんの言葉通り、リュックの中身は小一時間で空っぽだ。

両手に下げていたコピー用紙やボールペンも同様。

おかげでホッと一息。

文字通り肩の荷が下りた気分である。

大量の商品は百枚の金貨と三枚の大金貨に換わった。

大金貨とは読んで字の如《ごと》く大きな金貨で、金貨百枚分の価値があるらしい。主に大きな取り引きで利用されるそうで、市井では基本的に出回ることがないのだとか。

大金を背負っているという点では、未だにメンタルがピリピリとしている。ただ、ピーちゃん曰く、ストーキングされているような気配はないという。なので多少なりとも落ち着いて通りを歩いていられる。

肉体的にもひと仕事終えたことで人心地がついた。

そうなると意識が向かうのは、本日の昼ご飯である。

「ピーちゃん、ご飯どうしよう？」

『肉の美味い店がいい』

「その意見には同意するよ」

問題はこちらの世界に、飲食店の口コミサイトが存在していない点だ。大きな通りを歩いていると、いくらでも飲食店を見つけることができる。しかし、都内の飲食店で幾度となく外れを引いてきた身の上としては、前評判なしの突撃は躊躇する。

グルメサイトのナビは、現代人の必須アイテムである。

『そこの店など、どうだろうか？』

「……いい匂いだね」

肉の焼ける芳《かぐわ》しい香りが漂ってくる。

こういうとき率先して店を挙げてくれる相棒って素敵だ。ピーちゃん、とても男らしくて格好《かっこ》いい。きっと文鳥になる以前は女性にモテたんだろうな、なんて考えさせられてしまう。逆に自分は色々と迷ってしまうタイプだから。

「じゃあ、そこにしようか」

『うむ』

異世界グルメ、ドキドキする。

板チョコや砂糖が高値で売れるという時点で、いささか期待値は低めになっている。けれどそれでも、美味しいものの一つや二つは見つけられるのではないか。そうでないとこちらの世界で頑張る意味合いが減ってしまう。

文鳥のつぶらな瞳に促されるがまま、我々は目当ての店に入った。

いいや、入ろうとした。

その直前に出入り口のドアを破って、中から人が飛び出してきたからどうした。

「テメェなんて弟子じゃねぇっ！　とっとと出て行けっ！」

「っ……」

十代後半から二十歳ほどと思われる若い男性だ。

かなり大柄な体格の持ち主で肉付きもいい。エプロンを掛けた恰好《かっこう》は料理人っぽいけれど、個人的には大工と言われたほうがしっくりと来る。そんな人物が店の前、地面に突き飛ばされて横たわる光景は、なかなか剣呑《けんのん》なものだ。

ちなみに彼を突き飛ばしたと思しきは、同じくエプロン姿の男性。こちらは四十代くらい。恐らくは同じ職場の先輩と後輩、あるいは雇い主と雇用者、といった関係にあるのではなかろうか。

しかし、そうした二人の間柄も、何やら雲行きが怪しい。

「二度と俺の前に顔を見せるんじゃねぇぞっ！」

「旦那、ま、待って下さいっ！　本当に自分はやってないんです！」

「嘘を吐《つ》くんじゃねぇ！　証拠はあがってるんだよっ！」

「その証拠は偽物ですっ！　自分はこの店のために頑張ってて っ……」

「まさか他人のせいにするつもりかっ⁉」

「待って下さい！　ここをクビにされたら、お、俺、行くところがないんですっ！　親にも仕送りしてやらないとならないし、だからどうか何卒《なにとぞ》！　何卒お願いします！　このままだと路頭に迷っちまいますっ！」

「うるせぇ、勝手にのたれ死にやがれっ！」

バァンという大きな音と共に店のドアが閉められた。

その様子を男は切なげな眼差《まなざ》しでジッと見つめている。真っ赤な長髪を片側だけかき上げたスタイルが、彫りの深い目鼻立ちと相まってかなり厳《いか》つく感じられる。口調こそ丁寧なものだけれど、鋭い目元はチンピラっぽい雰囲気だ。やっぱりコックさんというよりは大工さん。

ところでこれ、もしかしなくても首切りというやつではなかろうか。

＊

ふと思いついた自分は、地面で転がっていた彼に声を掛けた。

ちょっとそこのカフェでお話ししませんか？　みたいな。

我ながら怪しいにも程がある勧誘である。しかし、クビを宣言された直後の彼は、どこか呆然《ぼうぜん》としており、思ったよりも素直に我々の声に耳を傾けてくれた。というよりも、心ここにあらずといった様子で付いて来てくれた。

共に足を運んだのは、同じ通りを少し進んだところにあった飲食店。

その奥まった席でエプロン姿の彼と、向かい合せで腰を落ち着けている。

卓上には取り急ぎ注文した飲み物だけが並ぶ。

「はじめまして、佐々木《ささき》と申します」

「あ、どうも。フレンチといいます」

「フレンチさんですね」

「ところで、あの、い、いきなりどういった話でしょうか?」

「いえ、なにやら大変そうな話を耳にしましたので」

「……恥ずかしい限りです」

こちらの世界を眺めていて、ふと思ったことがある。

つい数刻前、日本での一時間がこちらの一日に相当することを喜んだが、それは決して良いことばかりではない。何故ならば平日、自身が会社に出ている間に、こちらの世界は十日以上の時間が進む。

もしもこちらの世界で何かしようと考えたら、それは意外と馬鹿にならない時間差になる。昼休みの休憩を活動に当てたとしても、数日の空白期間が働いている間に発生する。今後の商売を考えると、これはなかなか大変なことだ。

そうした世界間の差異を補う為にはどうしたらいいのか。

現地の知り合いを増やす他にないと考えた次第である。

「あの、ササキ様は貴族様でしょうか?」

「貴族?」

「とても質の良い服をお召しになっていますので……」

なんということだ、スーツを褒められてしまった。

こんな吊《つ》るし売りの安物であっても、貴族の衣類と間違われるほどの価値があるらしい。やっぱり衣類の値段がとても高い。身分が上に見えるのは決して悪いことではないので、今後ともこちらを訪れる際にはスーツを着用して臨むとしよう。

「いいえ、自分は貴族ではなく商売人でして」

「なるほど、商人の方でしたか」

少しホッとした表情になりフレンチさんが言った。

彼の態度を鑑みるに、貴族と平民の間には高い垣根があるのだろう。このあたりもいつか暇を見てピーちゃんに確認したいものだ。今は間違われる側だったから良かったけれど、逆の立場になったら大変である。

「もしよろしければ、事情をお聞かせ願えませんか？」

「え？　あの……」

「貴方《あなた》の力になれるかも知れません」

「…………」

初対面の相手にこんなことを言われたら、普通は疑《うたぐ》るだろう。

自分だったら即座に店を出ている。

しかし、飲食店の前で親への仕送りがどうの、行くところがないの、声も大きく叫んでいたのは決して嘘ではないようだ。かなり追い詰められた状況にあるらしく、しばらく待ってみると、ぽつりぽつりと語り始めた。

端的にまとめると、なんでも職場の同僚に騙《だま》されたらしい。

飲食店で丁稚《でっち》として小さい頃から働いていた彼は、ここ数年、料理人としてメキメキと腕前を上げていたそうな。そんな彼に嫉妬した同僚から、店のお金をちょろまかしたとかなんとか、嘘の嫌疑を掛けられてしまったらしい。

そして本日、店主への説得も虚《むな》しく放逐されてしまったとのこと。

自身が居合わせたのは、その決定的なシーンであったようである。

「それは大変なお話ですね」

「自分は小さい頃からあの店で勤めておりました。何をするにしても料理一筋だったんで、世の中の仕組みにも疎いんです。字も碌《ろく》に書けません。だから、あそこを首になったらどうすればいいのか、まるで分からないんです」

「…………」

「このままだと家族への仕送りも止まっちまいます。親は兵役で足と目を駄目にしちまってて、今じゃ働くこともままならないんです。他に妹がいるんですが、こっちは女の身の上、親の世話もあってそう多くを稼ぐこともできません」

「それはまた大変なお話ですね」

フレンチさんの語り口には、絶望感がひしひしと感じられた。このまま放っておいたら、翌日には自殺しているんじゃなかろうかと、ふとそんなことを考えてしまうほど。どうやらこちらの世界は、自分が考えていた以上に社会保障が手薄いようである。

「……すみません、見ず知らずのお方にこんなことを」

「いえいえ、声を掛けたのはこちらですから」

小一時間ほど話をしてみたが、悪い人物ではなさそうだ。

そこで一つ、本日の売上金を投資してみることにした。世間的には大金かもしれないが、ピーちゃんの援助を受けられる自身にとっては、そう苦労なく稼ぐことができる金額だ。今回は仕入れもリュック一つであったけれど、次からはもう少し大きな装備で挑む予定である。

気分的には街頭募金に紙幣を突っ込むような感じ。

「もしよろしければ、私と一緒に店を出してはみませんか？」

「……え？」

フレンチさんの目が点になった。

もしも彼が本当に優れた料理人であるのなら、我々としても益のある話だ。お肉が大好きなピーちゃん。その舌が満足する味を追求することは、好き勝手に生きたいと語っていた彼の願いに合致する。当然、飼い主である自身も嬉しい。

＊

フレンチさんを伴い、ピーちゃんに紹介してもらった商会まで戻った。

出入り口を固めていた警備の人に声を掛けて、副店長さんに取り次いでもらう。すると、あれよあれよという間に、先刻までお邪魔していた応接室に再び通された。同所にはもれなくマルクさんの姿がある。

「あの、いかがされました？　もしや取り引きの内容に不備など……」

「いえ、滅相もないです」

恐る恐るといった様子で語りかけてくる。

変に気を揉《も》ませてしまったようだ。

「先程の件とは別に、急ぎで用立てて欲しいものができまして」

「なるほど、そういうことでしたら是非仰《おつしや》って下さい」

「ありがとうございます」

副店長さんに笑みが戻った。

その様子を確認して、これ幸いと話を進めさせて頂く。

「いきなりですが、この辺りに飲食店を開きたいのです。店舗や機材、食材の調達を頼めませんでしょうか？　自身で行うには如何《いかん》せん知見が足りておりませんでして、ハーマン商会さんのお力添えを頂きたく考えているのですが」

「それは構いませんが、そちらの方とはどういった？」

「こちらの方が店長を務める予定となっております」

「……え？」

え、うそぉ？　みたいな表情でフレンチさんに見つめられた。

先程もそのつもりで説明をしたのだけれど、伝わっていなかったのだろうか。まあいいや、こうして副店長さんにまで話を入れてしまったのだから、そのまま進ませて頂こう。路頭に迷うよりはきっとマシだろうさ。

「設備や食材の仕入れについては、こちらの彼の意向に沿って頂けると幸いです。初期費用は金貨三百枚ほどを考えております。もしも不足が出ましたら、次の取り引きの際に精算させて頂きたいのですが、それは可能でしょうか？」

都内で飲食店を立ち上げようとすると、最低でも一千万は必要だとネットで見た覚えがある。こちらの世界では家具や食器の価格が高いので、金貨三百枚というのは、割とギリギリのラインのような気がする。

もしも厳しそうだったら、次の取り引きで補填《ほてん》するとしよう。

「……この町で飲食業を始められるのですか？」

「それほど大きく始めるつもりはありません。他所様に迷惑を掛けるつもりも毛頭ありません。私が扱っている商品には食品もありますので、これを試すことができる簡単な場所を用意できたら嬉しいなと」

「なるほど、そういうことですか」

それっぽい説明をしたところ、納得してもらえたようだ。

数瞬ばかり訝《いぶか》しげな表情となったけれど、それもすぐに元通り。

副店長さんの顔にはニコリと笑みが浮かんだ。

「ご協力願えませんでしょうか？」

「そういうことでしたら、是非とも私どもに協力させて下さい」

「ありがとうございます」

思ったよりも意欲的なお返事をもらえた。この様子なら自分が日本に戻った後も、なんとかやっていけるのではなかろうか。これだけ立派なお店で副店長なる立場にあるのだから、その援護はかなりのものだと思う。

「店については彼に一任しておりまして、今後詳しい話はこちらの店長から確認して頂けると幸いです。また、料理人としては一流なのですが、細かい作業に不慣れなところがありまして、事務的な部分をサポートしてもらえたら嬉しいのですが」

「分かりました、それでは店から人を出すことにしましょう」

「本当ですか？　とても助かります」

なんだか人材派遣業でも始めた気分である。隣で青い顔をしているフレンチさんを見ていて、そんなふうに思った。申し訳ないとは思うけれど、失敗したら失敗したで問題ないので、軽い気持ちで臨んで頂きたい。

「気軽にやっていきましょう、フレンチさん」

「は、はいっ！」

これで一つ、ピーちゃんとの約束に目処《めど》が立った。

＊

細かい話はフレンチさんと副店長さんに任せて、自身はハーマン商会を後にした。

本来ならば最後まで付き合うのが筋なのだろうけれど、他に優先すべき事柄があったので仕方がない。ピーちゃんとのランチが後回しになっていたのだ。彼の機嫌を悪くして、こちらの世界に置いてけぼりとか、ちょっと怖いじゃない。

向かった先は当初の予定通り、フレンチさんの勤め先である。

いや、元勤め先か。

彼の件はさておいて、初志貫徹《しょしかんてつ》である。

テーブルの上には、湯気を上げて肉料理が並ぶ。

『……なかなか悪くない』

「そうだね」

自身は店長のオススメだという日替わりランチ。ピーちゃんには店先に漂っていた匂いの元となる料理を単品で注文である。なんとかという生き物の肉を秘伝のタレに漬けて焼き上げたものだと説明を受けた。日替わりランチにも入っているという。

これがなかなか美味しくて、我々は幸せだ。

「板チョコや砂糖が高く売れる割に味が多彩なんだね」

『単に砂糖やカカオが貴重なだけだ』

「胡椒《こしょう》なんかも高く売れるのかな？」

『うむ、安価に仕入れられるのであれば、検討するべきだろう』

ピーちゃんから提案のあったリストに、その名前が見受けられなかったことも手伝い、自然と口にしていた。この手の流れだと胡椒は鉄板ではなかろうか。とりあえず胡椒を持っていけば安心、みたいな感じあるもの。大航海時代的な意味で。

「向こうの世界だと、同じ量の金と等価、みたいな時代があったらしいよ」

『たしかに胡椒もこちらの世界では貴重だ。しかし、そこまで高価なものではない。むしろ、金と等価と言われるほどまで価値が上がった理由が気になる。何故そこまで需要があったのだ？　砂糖と同様に嗜好品《しこうひん》だろう。しかもハーブなどで代わりが利く』

「保存状態が悪い肉を食べるのに、臭みを消す必要があったらしいけど」

『どうして保存状態が悪い肉を食べる必要がある？』

「え？　あ、いや、昔は冷蔵庫がなかったから……」

当時は貴族も平民も等しく、肉の腐敗から逃れられなかった。保存していた肉の腐敗が進んだ春先など、取り分け顕著だったらしい。腐った肉を食べて、お腹を壊す人も決して少なくなかったのだとか。

キリスト教などで馴染みのある謝肉祭の起源は、冬季期間に向けて備蓄されたお肉を、腐敗が加速する春先以降に残さない為、まとめて消費するべく催されていたのだとか、前にネットで読んだ覚えがある。

本当かどうかは定かじゃない。

ただ、そういった話題が挙がるほど、当時はお肉が腐りまくっていたのだろう。

『あぁ、そういうことか』

「理解してもらえた？」

『こちらの世界では魔法が存在する。肉を保存するのであれば、氷を用意すればいい。氷で満たした部屋を用意して、そこに肉を保存するのだ。そうすればいつでもどこでも新鮮な肉を食べることができる』

「……なるほど」

『氷を作り出す魔法は比較的容易に習得が可能だ。また、少し高度な魔法になると、対象を氷漬けにするようなものも存在する。これを用いれば氷を用意する以上に、長期間にわたって食品を保存することができる』

「そういえば昨日教えてもらった魔法の中に、氷柱《つらら》を飛ばす魔法があったね。飛ばさずに集めておけば、たしかにピーちゃんの言う通り冷蔵庫だよ。ごめん、ちょっと考えが足りてなかったみたい」

　魔法ってば、便利過ぎる。

　この調子だと冷蔵庫の登場は当分先になりそうだ。

『他所の世界だ、そういうこともあるだろう』

「そうなると持ち込む商品も、色々と考えさせられるなぁ……」

『機械式の工業製品が無難だろう。あちらの世界の金属加工技術は非常に優れている。あとは流通や栽培が確立されていない嗜好品だ。それとプラスチックと言ったただろうか？　あれらも仕入れ値に対して高値で販売することができると思われる』

「なるほど」

　次の仕入れはピーちゃんにも同行してもらおう。

　その方がより効率的に商品を選定できる気がする。

＊

　ランチを終えた我々は自宅アパートまで戻ってきた。

　向こうの世界で半日ほど過ごしてから帰宅したところ、日本時間では三十分弱が経過していた。ピーちゃんが前に計測したとおり、こちらの一時間があちらの一日と考えて問題なさそうである。

　同日は疲れていたので、そのまますぐに就寝した。

　そして翌日、社畜は前日に引き続き、勤め先に出社である。

　隣の席に同僚の姿がなかったのが気になった。ただ、他はこれといって代わり映えなく時間は過ぎていった。

　ちなみに昨日のボヤ騒ぎは、犯人を特定できないまま迷宮入りしたようである。総務担当の菊池《きくち》さんがとても悔しがっていた。

そうして迎えたアフターファイブ。

いいや、正確にはアフターナイン。

少し早めに帰宅した社畜はピーちゃんと共に、自宅にほど近い総合スーパーに赴くことにした。夜の十一時まで営業している同店は、自分のような帰宅の遅いサラリーマンやオフィスレディに人気の店である。

すると自宅を出た直後、お隣さんの玄関先に見知った姿を見つけた。

中学生がセーラー服で体育座り。

会社から帰宅した際には見なかったので、社畜より少しだけ遅れて自宅に戻ったのだろう。けれど、それでもママさんが家に戻っていないために、こうして軒先で暇にしているものと思われる。

「……文鳥、ですか?」

彼女はこちらを見つめてボソリと呟いた。

そこにはピーちゃん。

肩に下げた鳥類用のおでかけキャリーバッグに収まっている。

「うん、文鳥だね。自宅で飼い始めたんだよ」

「…………」

金属製のフレームをベースとして、透明なポリ塩化ビニルとポリエチレンのメッシュから作られたそれは、旅行カバンを縮めたような外観をしている。内部には止まり木が設けられており、上部及び側面からこれに止まったピーちゃんを眺めることができる。

彼がお喋りを始めたのと前後して、通販で頼んでおいたものだ。上手いこと帰宅に合わせて受け取ることができたので、本日のおでかけから早速利用しようと考えた。

中年男が肩に文鳥を乗せて買い物をしていたら、変な目で見られそうだし。

「もしかして、文鳥は嫌い?」

「いえ、嫌いではありません」

言葉少なに淡々と答えてみせるお隣さん。

そのお腹がグゥと音をたてて鳴った。

年頃の娘さんなら、羞恥から何かしら反応がありそうなものだ。しかし、彼女はこれといって気にした様子もなく、ピーちゃんのことを見つめている。お隣さんにとっては、何気ない日常のワンシーンである。

「ちょっと待っててね」

「あの、今日はもう寝るだけですから……」

　単身者世帯向けのアパートはこういうときに便利だ。玄関とキッチンが近い。身を乗り出せば、靴を履いたままでも触れられる位置に棚があり、そこには買い置きの菓子パン。これを手に取り、改めてお隣さんに向き直った。

「ちょうど賞味期限が今日までなんだよ」

「…………」

　言い訳は適当だ。

　ママさんの帰宅も近いこの時間、悠長に彼女と話をしている訳にはいかない。傍目には女に縁のなさそうな中年男が、未成年を餌付けしているように映ることだろう。というか、実際問題そのとおりである。だからこそ、距離感を大切にしたい。

　近所の人に見られて噂《うわさ》になるとか、絶対に嫌だし。

「それじゃあ、僕らは用事があるから」

　会話を切り上げて、傍らに置かれた彼女のカバンの上にパンを載せる。

　感覚的には神社の賽銭《さいせん》箱に小銭を投げるようなものだ。巡り巡っていつか、自身にもいいことがありますように、と。

「……ありがとうございます」

　お隣さんの声に送られて、我々は自宅アパートを出発した。

＊

　足を運んだ先は当初の予定どおり、近所の総合スーパーだ。食料品や日用雑貨を始めとして、書籍や自転車、スポーツ用品、更には家電製品まで扱っている。いわゆる郊外型の大規模な販売店だ。

　その二階フロアで、今晩の取り引きのための仕入れを行う。

『これなど良さそうだな』

「了解だよ」

　キャリーバッグに入ったピーちゃんの指示に従い、買い物かごに次々と商品を入れていく。お喋りは小声で行っており、人とすれ違うときには口を閉じているので、他人に会話を聞かれることはないだろう。

他所の人には文鳥ラブの愛鳥家として映るに違いない。

お、フライパンだ。

「ピーちゃん、これとかどうだろう?」

『普通の鍋《なべ》とは違うのか?』

「めっちゃ焦げにくい」

『ありだな』

「それじゃあこれも追加で」

手押しのカートにテフロン加工のフライパンを放り込む。一つでは物足りない気がしたので、二つ三つと入れておく。ついでにピーラーなんかも入れておこう。割と近代になってから登場したアイテムだったような気がする。

そうしてほいほいと購入を決めたおかげで、お会計は結構な額になった。

来月のクレカの支払いがちょっと怖い。

未だ異世界の金銀財宝を円に換える方法は思いついていないのだ。

手早く支払いを済ませた我々は、手押しカートに商品を満載したまま、人気も少ないトイレ脇の空間まで移動した。わざわざ自宅まで戻るのも面倒なので、このままあちらの世界へ移動してしまおうという算段だ。

『では、いくぞ』

「うん」

周囲に監視カメラや人目が無いことを確認の上、ピーちゃんの魔法が発動。

足元に魔法陣が浮かび上がると共に、周りの光景が一変する。

移動先はつい昨晩にもお邪魔した商会のすぐ近く、大きな通りから少し脇に入った細い路地の中程だ。道幅も一メートルちょっとの場所とあって、行き来する人は皆無である。これ幸いと同所を脱して、我々は商会に向かった。

日は高いところにあるので、休日でなければ店はやっているだろう。

ピーちゃんの配置も、キャリーバッグの中から肩の上に復帰である。

スーパーのカートを押しながらファンタジーな道を歩くのが楽しい。同じように荷を押している人たちは多いので、カートが原因で注目を受けることもない。目的地となる商会前まではすぐに移動することができた。

出入り口に立っている警備の人とは顔見知りである。

同店の副店長をお願いしたところ、快く頷《うなず》いて下さった。

そんなこんなで通された先、先日もお邪魔した応接室にやってきた。

「お久しぶりです、ササキさん。再びお会いできて嬉しいです」

「こちらこそ早急なご対応をありがとうございます、マルクさん」

我々にとっては一日ぶりだけれど、彼らにしてみれば一ヶ月ぶりくらいになる。お互いソファーに腰掛けて、リラックスしているように見えるけれど、間に設けられたローテーブルを挟んでは、それなりに温度差があるように感じられた。

こちらほど気楽に構えてはいないようだ。

「早速ですが、商品を確認してもらってもいいですか？」

「ええ、是非お願いします」

勿体《もったい》ぶるのも申し訳ないので、ささっと本題に入る。

砂糖とチョコレートは前回に引き続き持ち込んだ。これは副店長さんからのお願いである。量も増やして二十キロずつのご提供。カートの下段は砂糖とチョコで埋め尽くされている。追加で今回は飲食店用の香辛料もあれこれと。

一方で上のカゴには新商品が目白押しだ。

そのなかでもおすすめしたいのが電卓である。

一つ数百円の安物ではあるが、ピーちゃん曰く、そろばん全盛だというこちらの世界においては、十分に価値があるのではないかと考えた次第である。ノーメンテナンスでも太陽電池で数年にわたり動作する点もおいしい。

こちらの世界が十進数を採用していて本当によかった。ゼロの概念も普通に存在している。

ただし、文字は別物なので別途読み替える必要がある。こちらの世界の数字はアラビア数字とは似ても似つかない代物だった。ただ、数の上では十個限りなので、そこまで難度は高くないだろう、というのがピーちゃんのお言葉である。

現に彼は異世界街道を移動しながら、器用に電卓を扱っていた。

ボタンを足やくちばしでポチポチとする文鳥の姿、めっちゃ可愛かった。

「これはどういった仕組みになっているのですか？」

「詳しく説明することはできますが、とても複雑な機構により動いています。原理を理解するだけでも数年、更に同じものをこちらで開発するとなると、最低でも数十年という期間、それに膨大な資金が必要になるかと思います」

「…………」

手にした電卓を眺めて、副店長さんは押し黙ってしまった。

この様子であれば、売値についても期待できそうである。ちなみに電卓は三つしか持ち込んでいない。そろばんの方が便利だし、そういうのはいらないから、みたいなことを言われたら困るので、仕入れは控えめにしておいた。

「いかがでしょうか？」

「……金貨二百枚では如何《いかが》でしょうか？」

おっと、急激に値下がりした予感。

前の取り引きでは金貨四百枚だったのに。

「以前よりお値段が下がっていませんか？」

「いえいえいえ、これ一つのお値段ですよ」

「なるほど」

想像した以上に高値がついたぞ。

ちらりと肩にとまったピーちゃんに視線を向ける。すると小さく頷く仕草が見て取れた。彼としても妥当な線ということだろう。こういうときに現地の方の協力があると非常に頼もしい。

「承知しました。では二百枚でお願いします」

「ちなみに数はどれほどお持ちでしょうか？」

「三つございますが……」

「今回お持ち下さった商品について、全て即金でお支払い致します。代わりにと言ってはなんですが、こちらの電卓という品について、お持ちの分を全て買い取らせて頂いてよろしいですか？」

「ええ、それはもちろんです」

この反応を見るに、当面は電卓が稼ぎ頭になりそうである。

他にも太陽電池で動く電子機器、後でネットで探しておこう。

「ちなみにこちら、在庫はどれほどございますか？」

「そうですね……」

あまり沢山仕入れて、値崩れを起こすのはもったいない。ここは存分にもったいぶって、金貨二百枚のラインを維持したい。感覚的には大手商家やお貴族様の家に一家一台、くらいが妥当なのではなかろうか。

そうなると月十数台くらいに留《とど》めておくのが無難だろう。

「次のお取り引きに際しましては、十台ほどお持ちできるかと思います」

「おぉっ！　そういうことであれば、是非そちらも買い取らせて下さい」

「承知しました。十台は確実に仕入れさせて頂きますね」

「ありがとうございます」

副店長さん、満面の笑みである。

電卓様々だ。

食品関係よりも、こういった工業製品の方が、より容易に高値で捌《さば》けそうである。仕入れに掛かる費用も低く抑えられるし、嵩張《かさば》らないから持ち込む手間も掛からない。今後のお取り引きの方針が決まった気がする。

＊

最終的に今回の売買は、合計で大金貨十五枚になった。

電卓が大きく稼いでくれたことに加えて、砂糖とチョコレートも安定して捌くことができた。一方でテフロン加工のフライパンやピーラーはいまいちだった。やはりお貴族様が欲しがるようなアイテム、というのが大切なのだろう。

あとは上流階級の間だと、狩猟がメジャーな趣味として発展していると、副店長さんからアドバイスを頂戴した。趣味という単語はお金のなる木に他ならない。高価で高性能なアウトドアグッズなど、かなりウケが良いのではなかろうか。

とかなんとか、マルクさんの反応がいいものだから、色々と考えてしまう。

勤め先での商いも、これくらいイージーだったらよかったのに。

「ところで、飲食店の件ですが……」

一通り取り引きを終えたことで、副店長さんから別の話題を振られた。

それはこちらも気になっていたお話だ。

「いかがでしょうか？」

「店は大通りの一等地にご用意させて頂きました。あまり広い店舗ではないのですが、それなりに立地の良い場所となり、毎月の賃料が金貨二十枚ほど掛かります。それとは別に人件費や仕入れなど諸々《もろもろ》を合わせて、毎月三十枚ほどを見て頂けたらと」

「初期費用は足りましたでしょうか？」

大通りの一等地とか、想像した以上にリッチな響きである。

以前お伝えした、この辺り、という単語を、この町全体、として捉えて下さったのだろう。おかげでビックリしてしまった。既に用意をしてしまったとのことなので、やっぱり他所にして頂戴とは言えない。それもこれも丸投げした自分が悪い。

「ええ、そちらは問題ありません。うちの商品を利用して店を作りましたので、他所に任せるより幾分か安く仕上げることができました。向こう一ヶ月はお預かりした予算を利用して、運用させて頂きたいと思います」

一連の物言いから察するに、少なからず手弁当でやっているとことだろう。

彼が口にしたワードから考えて、これを向こう一ヶ月分として見積もる。

どこかでそれとなくお返ししなければ。

「ご迷惑をおかけしてすみません。色々とお手を回して下さり恐縮です」

「いえいえ、こちらも楽しみにしている仕事ですから」

「そのように仰ってもらえて助かります」

「早速ではありますが、店の様子を見に行かれますか？」

「あ、はい。是非お願いします」

本当は会社の昼休み、一度様子を見に向かおうと考えていた。しかし、どうしてもピーちゃんと一緒に出社する手立てが見つからず、この場に至ってしまった。文鳥同伴での勤務は難易度が高かった。

会社の近くにアパートを借りられればいいのだけれど、都心部は賃料がやたらと高いから、今のお給料ではそれも難しい。緩和する方法は幾らでもあるだろうに、それが行われない時点で、本国における土地利権の根の深さを感じる。

「それでは馬車を用意しましょう。少々お待ち下さい」

「ありがとうございます」

わざわざ馬車を用意してくれるなんて、太っ腹だよ副店長さん。

ところで、勝手に持ってきちゃったスーパーの手押しカート、どうしよう。こういうことをするヤツがいるから、スーパーの人たちはカートの扱いに対して、とても敏感になってしまうのだと思う。申し訳ないばかりだ。

＊

馬車に揺られることしばらく、目的の店舗に到着した。

どうやら既に内装の手入れは終わっているようで、通りから眺める光景は小奇麗なものだ。外資のお洒落《しゃれ》なコーヒーショップ、みたいな感じ。しかも総石造りでレトロな雰囲気がとても格好いい。

副店長さんと共に店に入ると、厨房《ちゅうぼう》にはフレンチさんの姿があった。

「あっ、だ、旦那っ！」

彼はこちらに気付くと、駆け足でやってきた。

お互いにホールの中程で顔合わせだ。

彼の他にも店内には調理スタッフと思しき人たちの姿が見受けられる。こちらの世界でも料理人は白いエプロンを着用するのがルールのようで、厨房に立った方々は例外なく同じ制服を着用していた。

「長らく留守にしてしまいすみませんでした」

「いや、滅相もないです！　こんな立派な店を任せて下さってて っ……」

「オープンの日は決まっていますか？」

「それは旦那と相談して決めようかと、そちらの副店長さんとお話をしておりました。料理についてはこっちで勝手に決めさせてもらっているんですけど、それでも旦那には一度ご相談した方がいいかなと」

「なるほど」

とはいえ、これといって要望はない。

お願いしたいのは一つだけ。

「メニューに関しては自由にして下さって結構です。お客様に失礼がないよう考慮して頂けるのであれば、これといって制限を設ける必要はないかなと考えています。ただ、それ以外の部分で一つだけお願いがあります」

「な、なんでしょうか？」

「私が持ち込んだレシピを再現して欲しいのです」

「旦那は料理もされるんですか？」

「母国の郷土料理のようなものだと考えて下さい」

「おぉ、それは楽しみです！」

「こちらの店舗ですが、開店にはどれくらいかかりそうですか？」

「食材は商会の方々が面倒を見て下さっているんで、旦那が一言掛けてくれれば、翌々日には開けられると思います。ハーマン商会さんの力は凄いですよ。まさか直《じか》に卸して頂けるとは夢のようです」

「なるほど」

そういうことなら、次に来る時までにレシピを用意しておこう。

もしも上手いこと再現してもらえたのなら、日本円を消費することなく、ピーちゃんに美味しい食事を楽しんでもらえる。神戸牛のシャトーブリアンは無理かも知れないけれど、それに似たような食材がこちらにあれば、近い味わいを得ることは可能だ。

「あっ、ですが自分は碌に字が読めなくて……」

「そこはどうにかするので安心して下さい」

「すみません」

自身もこちらの世界の文字は読み書きができない。副店長さんにお願いして、人を貸して頂くべきだろう。

「それとこちらですが、先月分のお給料となります。お納め下さい」

懐から金貨を五枚取り出して店長さんに渡す。

こちらの世界では、特別な技術や技能を持たない人が朝から晩まで働いて稼ぐ金額が、銀貨一枚から二枚だという。飲食店の店長という立場を考えて、これを五倍。そして、自身が留守にしていた期間を三十日だとすると、銀貨三百枚。色を付けて金貨五枚。

恐らく無難な額ではなかろうか。

ただ、世界間貿易の利益と比較すると、とても小さく映る。これがなんとも申し訳ない気分である。異世界一年生ということも手伝い、どうしても現地通貨の感覚を掴《つか》めていない。このあたりは追々解決していこう。

「え、そ、そんなにもらっちゃっていいんですか？」

「代わりと言ってはなんですが、今後もこちらのお店についでは、丸っとお任せできたらなと考えています。その条件で差し支えなければ、受け取ってはもらえませんか？　来月からも同じ額をお約束しますので」

「本当にいいんですか？　自分なんかが……」

「是非お願いします」

「……旦那」

どうやら以前のお店では、あまり多くはもらっていなかったようだ。丁稚からの叩《たた》き上《あ》げという話だし、軽く見られていたのかも知れない。個人営業の飲食店とか、なんだかんだでブラック経営が常だろう。

「一生懸命、頑張らせてもらいます！」

「……ありがとうございます」

頭を下げるフレンチさんの姿が、社畜業に勤《いそ》しむ誰かの姿に重なる。

他人事《ひとごと》ではない。

労働ってなんだろう。

ピーちゃんに尋ねたら、どんなお返事が戻ってくるだろうか。

＊

飲食店での確認を終えた後は、ピーちゃんと二人で町の外に出た。

魔法の練習をするためだ。

町からほど近い森林地帯、その手前までピーちゃんの瞬間移動の魔法で移動した。町の周りに広がっている草原地帯はかなりの規模があるそうだけれど、その隅まで場所を移したことになる。当然ながら人気も皆無の界隈《かいわい》だ。

そこで呪文を繰り返し詠唱して、魔法の習得を目指す。しばらく繰り返していると、ピーちゃんから声を掛けられた。

『町中に飲食店など構えて、貴様は何をするつもりだ？』

「え？」

『当初の予定にはなかったように思えるのだが』

「ピーちゃんがご飯を食べるときに便利かと思って」

『……我の為だったのか』

「こっちの世界で道楽にふける為の第一歩だね。もちろん自分も利用させてもらおうかなとは思っているけどさ。あぁ、それともう一つ切実な理由があって、色々と商品を買い付けているから、あっちの世界で金銭的に厳しいんだよね」

『なるほど』

「食事はこっちで食べて、あちらの食費を節約したい」

『ふむ……』

一つ一つは大した額ではないけれど、数が増えるとそれなりだ。砂糖やチョコレートだってキロ単位で買い込めば、意外といいお値段になってくる。カードの上限も割とカツカツ。そうなると削れるところは削らなければならない。

二つの世界で時間の流れが違う点も、これに拍車を掛けている。

ただし、時間の扱いについては、決して悪いことばかりではない。

あちらの一時間がこちらの一日という時差のおかげで、社畜はこうしてゆっくりとした時間を過ごすことができている。フレンチさんの食堂が軌道に乗れば、ピーちゃん念願のスローライフにも一歩近づく。

「あ、水が出た」

そうこうしていると、正面に突き出した手の平の先から蛇口を捻《ひね》ったように水。

現在試している魔法は、何もないところから水を出す魔法だ。

その呪文を繰り返すこと数十回、遂《つい》に発動に成功した。

飲用も可能とのお話だったので、優先してゲットしようと考えていた。まるで蛇口が壊れた水道のように、手の平の正面に浮かんだ魔法陣から、だばだばと水が溢《あふ》れ始める。結構な勢いではなかろうか。

放っておくと靴が浸水しそうなので、慌てて止める。

『なかなかテンポよく魔法を覚えているな』

「おかげさまで」

本来なら魔法を使うと、魔力とやらを消費するため、初心者が一日に何十回と使うことは難しいのだそうだ。

ただし、その一点に関して自分は、ピーちゃんから分け与えられた魔力が膨大である為、これといって苦労することなく練習を重ねている。

ゆえに進捗も大変よろしい。

僅か二日でライター魔法に続いて、二つ目の魔法をゲットである。

しかし、本命である瞬間移動の魔法は未だにうんともすんとも言わない。ピーちゃんが語った通り、初心者向けの魔法とは一線を画した難易度にあるようだ。だからこそ、こうして異世界くんだりまで移動しての練習である。

「ピーちゃん、次は瞬間移動のやつをお願いしたいんだけど」

『あの魔法に何かこだわりがあるのか？』

「出社が楽になるじゃないの」

『そんなに会社とやらに行きたいのか？』

「いや、どちらかって言うと逆だよ」

『行きたくないのか？』

「行きたくないと言えば行きたくないけれど、それ以上に人がいっぱい乗った電車に揺られたくないんだよね。ピーちゃんも経験すれば、絶対に分かってくれると思うんだけれど。ああでも、今の姿のまま乗ったら潰れちゃうかも……」

『……まあ、構わないが』

以降は延々と瞬間移動の魔法の練習を行った。

ピーちゃんにお願いして、繰り返し同魔法を体験しつつ、その経験をフィードバックする形でのトレーニング。しかし、日が暮れるまで頑張ってはみたものの、これといって成果を上げることはできなかった。

呪文こそバッチリ覚えたけれど、これは先が長そうである。

＊

同日は自宅アパートに戻るのではなく、現地で一泊することにした。

宿泊先は主に貴族や豪商が利用するのだという、かなり高級なお宿である。事前に副店長さんに話を通しておいたので、これといって苦労することなくチェックインすることができた。一泊二日、三食付きで金貨一枚だという。

『悪くない部屋だ』

「こりゃ凄いね……」

居室は百平米以上あるのではなかろうか。

主寝室の他にリビングスペースが設けられており、更にトイレやバスルームも見受けられた。細かな差異は確認できるが、元いた世界のホテルと大差ない作りである。ベッドやソファーセットなど、家具も値の張りそうな品が揃えられている。

同じような部屋を都内で探したら、一泊二桁万円からのお宿だ。

更にこちらのお部屋は、一部屋につき一人、専属のメイドさんが付いて、宿泊客のお世話をしてくれるらしい。部屋を案内される際に自己紹介を受けたけれど、十代中頃と思しき、とても可愛らしい女の子だった。

今は居室の出入り口にほど近い専用の待機スペースにいらっしゃる。

彼女が普通のコンパニオンなのか、それともピンクコンパニオンなのかは確認していない。ピーちゃんが一緒だから、その手のイベントを発生させることに抵抗を覚えた。何より下手に手を出して、性病をもらっては大変だ。

数年前、上司に連れられて足を運んだ風俗でクラミジアをゲット。その治療を経験して以来、そういった行いはもうお腹いっぱいである。あんな惨めで痛い思いをするくらいだったら、未来永劫《みらいえいごう》、右手が恋人で構わない。

後に調べた統計によると、性交経験者のうち女子高生の八人に一人、十八歳から十九歳の女性の十人に三人は、クラミジアに感染しているのだとか。しかも無自覚の場合が多いとのこと。

ちなみに男子高校生は十六人に一人らしい。

「ピーちゃん、僕はずっとここで生活したい」

『ならすればいい。我も存分に付き合おう』

「けど、仕入れの為には向こうでお金を稼がないとならない」

『……出世は見込めないのか?』

「当面は無理かな。ここ五年で一円も上がってないし……」

『そうか……』

まさかペットの文鳥に、出世をせがまれる日が来るとは思わなかった。

他所様では数ヶ月から一年に一度、昇進の査定があるのだとか、楽しげな話を耳にすること度々。しかし、場末の中小商社に過ぎない弊社は、昇進の機会なんて滅多《めった》にない。給料が上がるのは経営者の身内だけだ。

来月に退職、独立するという同僚の言葉が、今はこれ以上なく正しいものとして響く。もしも叶うことなら、自分も彼に倣って転職するべきだろう。ただ、自身のスキルセットを考慮すると、転職先として考えられるのは、今より下方水準のお仕事ばかりである。

　彼は独立起業に誘ってくれたけれど、自分にはその思いに応えられる力なんてない。自身のことは自身が一番良く理解している。これで機械設計とか、プログラミングとか、手に職があれば話は違ったのだろうけれど。

「どうにかしてお金を稼ぐ方法はないかな？」

　フカフカのソファーに腰掛けて、あれやこれやと頭を悩ませる。

　正面のローテーブルには、肩から降りたピーちゃんの姿が。

『たとえばチャームという魔法がある。対象を魅了して服従させる魔法だ。ただし、一度のチャームが有効な期間は長くても数ヶ月ほどで、その間の記憶は魅了が解けた後も残る。これで問題を解決することは可能か？』

「やってやれないことはないと思う。ただし、その場合だと僕らの代わりに、他の誰かが身代わりになる必要がある。もしくは僕らに関わった人間を未来永劫、片っ端から魅了し続けることになるのかな」

　前者は他人の名義で金銀財宝を売買して、売上金だけもらう作戦である。

　あるいは店先の帳簿を誤魔化《ごまか》すか。

　いずれにせよ、名義をお借りした人物や質屋の店員、更にはそうして得た金銭を利用して仕入れをする際に協力を願った誰かが、つまりチャームを受けた対象の方々が、後々大変なことになるだろう。

　一連の非人道的な行いを許容できるのであれば、かなり優秀な作戦なのではなかろうか。逮捕されて罪が確定したあとなら、チャームが解けても問題はない。証拠も揃っているだろうし、摩訶不思議《まかふしぎ》な冤罪《えんざい》を回避することは不可能である。

　要はチンピラがオレオレ詐欺で使う飛ばし携帯と同じだ。

　対して後者については、そうして生まれたチャームの被害者の救済を組み入れたプラン。ただし、こっちはチャームの対象が時間経過と共に芋づる式に増えていくので、あまり現実的ではないような気がする。

「後者の場合だと、数ヶ月っていう期間がネックになってくるかな。最終的には身の回りが魅了で誤魔化した相手だらけになって、こっちの首が回らなくなるんじゃない？　そんな気がしてならないよ。場合によっては魔法の存在がバレるかも」

『貴様の言う通り、チャームの対象を増やしすぎて自爆する者はいる』

「やっぱりそうなんだ？」

『それでは代わりに、役人を直接相手にすればどうだ？』

「端的に言うと、人は騙せても、お金の流れをなかったことにはできないんだ。嘘の記録も記録として残るから。そして、帳簿の上で怪しい部分があったら、そこは怪しいなりに勘定されて、最終的に反則金という形で誰かに跳ね返ってくるんだよ」

『結果として否応《いやおう》なしにチャームの対象が増えるということか』

「そうなると思う」

魔法が途切れた瞬間に、追徴課税や刑事罰が迫ってくるような作戦は取りたくない。いくら異世界に居場所が作れそうだとは言え、自身のホームは現代日本に他ならない。こちらの世界の立場も、あちらの世界での社会生活あっての賜物《たまもの》だ。

なるべく穏便に人知れず、それでいて大金を手に入れたいのである。

贅沢《ぜいたく》な話ではあるけれど。


「それでも仕入れについては、ある程度解決したよ」

『そうなのか？』

「ピーちゃんの瞬間移動で他所の国に行って、現地で現金を利用して買い物をすれば、たぶん誤魔化せると思う。この国は邦人の出入りが厳密に管理されているから、商品を異世界まで運び込んでしまえば、きっと足が付くことはないよ」

『国外であれば、金の流れを無かったことにできると？』

「別の問題が出てくる可能性もあるから、変装するなり何なり、色々と手間は掛かるかも知れない。あとは外貨への両替の手間とか。だけど少なくとも、税務署に身辺を漁《あさ》られて困るようなことには、きっとならないと思う」

『ならば貴金属の売買も海外で行えばいい』

問題があるとすれば、自分が英語を話せないという点か。

すぐさまピーちゃんから、痛いところを突かれてしまった。

「たしかにそれも不可能ではないと思うよ」

『本当か？』

「けれど、困ったことに僕は外国語が話せないんだ。現地のスーパーで商品を買うくらいならまだしも、出自の怪しい金銀財宝を捌くようなコネや手腕はないんだよね。っていうか、十中八九、現地の警察に捕まるんじゃないかな」

『……そうか』

信頼性の低い通貨から始めて、遠回しに外貨を交換していく、みたいなことができれば一番いいのだけれど、それをやるにも語学力が必要だと思う。そもそも、そういった行いを仕組み化して安定的に回せたら、それだけで商売になるんじゃなかろうか。

いや、そうなると日本の税務署より、もっと怖いのに追いかけられそうだけれど。

「もうちょっと考える時間をもらってもいいかな?」

『我も貴様の世界の仕組みを学ぶとしよう』

「ありがとう、とても頼もしいよ」

考えれば考えるほど、あちらの世界のお金に関する仕組みは良く作られていると思い知らされる。

そんなこんなで同日は過ぎていった。

＊

異世界で数日ほど魔法の練習をしてから、我々は自宅アパートに戻った。

まとまった練習時間を取ることができたので、幾つか魔法を覚えることができた。大半はピーちゃん曰く初心者向け。ライター魔法、水道魔法の他に、氷柱を飛ばす魔法、地面を盛り上げる魔法、火球を撃ち出す魔法、といった塩梅《あんばい》だ。

それでも本来は数ヶ月から数年を掛けて学ぶものだと聞いた。

だからだろうか、少しだけ気分がいい。

ただし、出社魔法については未だに目処が立っていない。

早く手に入れたいものである。

そんなこんなで翌日もまたお仕事だ。

ピーちゃんのお世話になることで満員電車を回避の上、社屋近所の牛丼チェーンで朝定を食べてからの出社は、それはもう清々《すがすが》しい体験であった。前日まで異世界で数連休の体であったことも大きい。

「先輩、なにかいいことがありました?」

自席で書類仕事をしていると、隣の同僚から声を掛けられた。

どうやら顔に出ていたようだ。

「いいや？　そんなことはないけど」

「それにしては機嫌が良さそうに見えたもので」

「ベッドを買い替えたから、よく眠れたのかも知れない」

「なるほど、それはいいことですね」

自宅の狭いパイプベッドと比較して、異世界のお宿で利用したベッドは素晴らしいものであった。両手両足を伸ばしても、縁まで届かない程に大きいのだ。しかもフカフカ。更にシーツは専属のメイドさんが毎日取り替えてくれていた。

そのため昨晩は自宅で床に就くのに際して、自室を窮屈だと感じてしまった。段々と身体が贅沢な暮らしに慣れてきている。今後は食事以外に睡眠もあちらで取ろうか、なんて考え始めている自分がいた。

「そう言えば来週の飲み会、先輩って参加します？」

「あ、いや、ちょっと財布が厳しいからなぁ……」

「先輩が参加するようなら、自分も参加しようと思うんですけど」

「申し訳ないんだけれど、確約はできない感じで」

「そうですか……」

ハーマン商会さんへの仕入れで、我が家の家計はカツカツである。とてもではないけれど、会社の飲み会に参加している余裕はない。そろそろ何かしら、こちらの世界における金策を確立しないことには、首が回らなくなりそうだ。

「おおい、佐々木ぃ。この間の学校の件なんだがー」

「あー、はい。すぐに参りますので」

おっと、課長がお呼びだ。

同僚に会釈をして、自席から立つ。

今日も一日、ほどほどに頑張っていこうと思う。

＊

終業後は例によって自宅近所の総合スーパーまで仕入れに向かう。

こちらの世界での一日は、あちらの世界での数週間に相当する。たった一度の仕入れでも仕損じる訳にはいかない。既に金貨千枚以上の余剰金があるけれど、副店長さんとの円満な関係を思えば、定期的な仕入れは必要不可欠である。

そして本日も、これにピーちゃんと共に向かう予定だ。以前と同様、彼にはお出かけ用のキャリーバッグに収まってもらった。居心地を本人に確認したところ、可もなく不可もなく、とのこと。彼との外出は当面、こちらを利用しようと考えている。

そうして自宅の玄関を出た直後のことである。

「こんばんは、おじさん」

聞き慣れた声がすぐ近くから届けられた。

声の聞こえてきた方に意識を向ける。

するとそこには、体育座りで玄関ドアに背を預けたお隣さん。

「あれ、まだ帰ってないの？」

自身が帰宅した際には、既に部屋の明かりが灯っていた。てっきりママさんも戻っているものだとばかり考えていた。だからこそこうして、彼女が玄関先で一人座っている事実に違和感を覚えた。

ただ、それも続く言葉を耳にしては納得だ。

「男を連れ込んでるみたいです」

「あぁ……」

最低限の教育意識を持っているのか、それともただ単純に邪魔だと感じているのか。理由は定かではないけれど、母親が自宅で男と遊んでいるとき、彼女はこうして部屋の外に追い出される。そういうルールのようだった。

これまでも幾度となく目の当たりにしてきた光景である。

「ところで、ブラックのコーヒーって飲める？」

「……飲めます」

ふと思い出してズボンのポケットから財布を取り出す。

レシートの合間に埋もれていたのは、近所のコンビニで販売されている缶コーヒーの無料券。以前、七百円以上をお買い上げのお客様に一回サービスです、とか言われて引いたクジが当たったのである。こういうときのために取っておいたものだ。

商品が一本無料、と記載された面を表にして差し出す。

使用期限は昨晩にも確認しているので、問題ないはずである。

「ここならイートインがあるから」

「…………」

どうやらこの手のクジは初めて見るようだ。

お隣さんは紙面に注目している。

過去には何度か現金や、それに類するものを渡そうとしたことがあった。その方が融通も利くし、個人的にも彼女と接触する回数が少なくて済むので気が楽だから。飲食物の受け渡しは後々になって、お腹を壊したりする場合も考えられる。

けれど、彼女はそれを頑《かたく》なに受け取ろうとはしなかった。なにかしら自身の中で、一定のルールを設けているのだろう。こちらとしては面倒に感じるのだけれど、その自尊心を無下にすることはできなかった。

そこで、こうした小ネタが役に立つ。

「いいんですか？」

「最近、胃の調子が悪くてブラックは避けてるんだよね」

「そうなんですか？」

「捨てるのは勿体無いし、もらってくれる？」

「…………」

彼女は少し悩んでから、申し訳なさそうにこれを受け取った。

ママさんのハッスルタイムが終わるまでの暇つぶしにはなるだろう。

＊

お隣さんと別れた後は、当初の予定通り総合スーパーに向かった。

カートをガラガラと押しながら、店内を物色である。

キャリーバッグに収まったピーちゃんは、昨晩と同様にカートの上だ。

『今度は何を仕入れるのだ？』

「お貴族様の間では狩猟が流行っていると聞いたんだけど」

『うむ、こちらの世界でいうところのゴルフのようなものだ』

「ピーちゃん、結構頑張って勉強してくれているんだね」

『インターネットとやらを使わせてもらっているからな』

こうして語ってみせた通り、彼には自宅のノートパソコンを開放した。当然、ネットにも繋がっている。小柄な彼ではあるけれど、魔法を使うことでゴーレムなる魔法生物を使役、華麗にキーボードやマウスを操作していた。

　某ネット辞書を教えてあげたので、きっと日がな一日見ていたのだろう。

　あっちの世界とこっちの世界を行き来するような魔法はとても大変らしく、一人では使えない一方、ゴーレムを作る魔法は比較的容易らしい。なので社畜のサポートなしに単独で使うことができるとの話であった。

　ちなみにゴーレムの材料はアパートの敷地の土だという。ピーちゃんの言葉に従い確認してみると、たしかにブロック塀の脇がバケツ二杯分ほど掘られていた。帰宅した直後、得体の知れない駆動物と自室で遭遇して驚いたのは言うまでもない。

「狩猟でも使えるアウトドアグッズを仕入れようと思うんだけど」

『なかなか良い着眼点だ。引き合いは強いだろう』

　やった、ピーちゃんに褒められた。

　これなら安心して仕入れることができそうだ。

　副店長さんからは継続して砂糖とチョコレートをお願いされた。砂糖は比較的安価なので問題ないけれど、チョコレートは小売で買うと意外と高い。なので当面はチョコレートを少量に抑えて、砂糖を増やすことで対応しようと思う。

　後は電卓を筆頭として、一定供給を約束した品々か。

「これなんてどうだろう？」

『なんだそれは』

「望遠鏡を小さくしたやつ」

『ほう、それは高く売れそうだ』

　どうやらあちらの世界にも、望遠鏡やそれに類するものは存在しているみたいだ。

　ピーちゃんからの評価は上々、早速カゴに突っ込もう。

　そう高い品ではないので、一つと言わず二つ三つと放り込む。もしも評判が良かったら、今後はネットでより高性能なものを購入してもいいかも知れない。ただし、その為にはこちらの世界における金策が必須となる。

『貴様よ』

「なに？」

『そこのやたらと賑やかな金物は何だ？』

「え？　あぁ、十徳《じっとく》ナイフだね」

『十徳ナイフ？』

「ナイフにハサミや毛抜き、栓抜きなんかが色々くっついたヤツ」

『小さい割に色々と入っているんだな』

「せっかくだしこれも持っていこう」

ちょっとお値段が張るけれど、見栄えがするので幾つか買っていこうと思う。実際には十本以上あれこれと付いているみたいだけれど、便宜上は十徳ナイフで問題ないと思う。凄いヤツだと五十、六十と生えているのだとか。狂気である。

『それと自宅のケージに木製の止まり木が欲しい。爪が伸びてきた』

「今使ってるプラスチックのヤツじゃ駄目なの？」

『うむ、駄目らしい。インターネットで調べたのだが、止まり木がプラスチックで作られたものだと、文鳥は爪を上手く研ぐことができないらしい。木製の止まり木であれば、そうした弊害を解決できるそうだ』

「それは知らなかったよ。ごめんね？　安物ばかり使ってて」

『いいや、我も初めて知った。気にするな』

「向こうにペットコーナーがあるから、そこで見てみよう」

『うむ』

自発的に健康状態を管理、報告してくれるペット嬉しい。

なんて賢いんだろう。

そんな感じで昨晩と同様、あれこれと雑多にカートを埋めていった。

当然ながら昨日に引き続き、本日も結構な出費となった。この調子で毎日買い物をしていたら、貯金などあっという間に無くなってしまうのではなかろうか。

＊

仕入れを終えて自宅に戻ったのなら、異世界に向けて出発である。

ピーちゃんの魔法のお世話になり世界間を移動した。

訪れた先は平民が日常的に寝泊まりする、ごく一般的なお宿の一室だ。向こう数ヶ月分の滞在費を支払い、世界間の移動の為の拠点として押さえている。これにより移動の直後を誰かに目撃されて、変な勘ぐりを受ける心配もなくなった。

　商品の運び込みも幾度かに分けて行うことができるので、砂糖も十キロと言わず、二十キロ、三十キロと持ち込むことができる。原価が安い割に高く売れるので、当面の主力商品になりそうである。

　そして、世界を移った我々は、その足で副店長さんの下を訪れた。

　ハーマン商会さんの応接室で商談だ。

「ササキさん、これは貴族を相手に売れますよ」

「それはよかった」

「この町を治めているミュラー子爵も、狩猟が趣味なのです」

　買い込んだ品々をテーブルに並べてのやり取りとなる。

　どうやらこちらの思惑は大成功の予感だ。

「なるほど、それはいいことを聞きました」

「双眼鏡や十徳ナイフと言ったでしょうか？　これらは狩猟の他に、戦でも十分に利用できると思います。差し支えなければ、我々の商会でも同じものを作って販売したいと考えているのですが、構いませんでしょうか？」

「ええ、それはもちろんです」

　コピー商品については、もとから規制するつもりがない。ピーちゃんに聞いた話では、特許的な仕組みは存在していないとのことで、そもそも規制することが不可能なのだ。どう足掻《あが》いてもコピーされる運命にある。

　例外があるとすれば、お国のお墨付きや暗黙の独占だという。

　いずれも組織力が必要な仕組みとのことで、これは諦めた。

　特許という堅牢《けんろう》な枠組みがあっても、世の中にコピー商品が溢れていた現代社会を思えば、こちらの世界の文化文明でそれを望むのは酷である。だからこそ、コピーされにくい商品を選んで持ち込んでいる、という背景もある。

　また、仮にコピーされたとしても、こちらの世界では品質が限られてくる。そこで他所様を圧倒する高品質且つ高付加価値な品物を提供して、商品の価格を釣り上げようという、いわゆるブランド戦略的な方法が良いのではないかと思う。

「そうなるとこちら、次の仕入れは不要になりますかね？」

「い、いえいえ、滅相もない！」

「そうですか？」

「模倣品については利益の二割、いや、三割はお約束します」

「ありがとうございます」

　それでも素直に頷くのは勿体無いのでゴネてみた。すると思ったよりもいい収入になりそうである。可能であれば売上ベースでお話をしたかったけれど、加工品の価値が高い世の中がゆえ、製造原価が不明な状況で売上を基準にすることは難しいだろう。

　相手にはこちらを騙すような意図もなさそうなので、この場は素直に頷いておくことにした。ピーちゃんもこれといって反応を見せていないし、きっと妥当なお話なのではなかろうか。

「それでは今回のお取り引きですが、先程お伝えした額をまとめて金貨で二千五百十枚、いえ、ここは一つ勉強させて頂きまして、二千六百枚ではいかがでしょうか？即金でお支払いさせて頂きます」

「是非お願いいたします」

　以前より更に買取総額が上がった。

　アウトドアグッズのウケが良かった為だろう。砂糖を五十キロほど運び込んだのも効いているに違いない。これにより前回の売上と合わせて、四千枚を超える金貨が懐に転がり込んできた計算になる。

　前に宿泊したお宿が三食付いて一泊金貨一枚であるから、仮に一年が三百六十五日だとすると、向こう十年間は働かなくても食っちゃ寝できることになる。こうして言葉にしてみると、とても魅力的に感じられるぞ。

「ところで一つ、ササキさんにお願いしたいことが」

「なんでしょうか？」

「こちらの町を治めるミュラー子爵から、言伝《ことづて》を預かっておりまして」

「言伝、ですか？」

　おっと、遂にお貴族様からお声掛けの予感。

　気になるお名前はミュラー氏。

　それとなくピーちゃんの様子を窺《うかが》うと、小さくコクリと頷く姿が見て取れた。意図した相手で間違いないようだ。個人的には副店長さんとの取り引きだけで十分だと考えているのだけれど、彼の意向となれば従うばかり。

　お貴族様と仲良くなること自体にもメリットがあるの

だろう。

「一度会ってお話をされたいとのことでして」

「なるほど、そういうことであれば是非お願いいたします」

「おぉ、受けて頂けますか」

　当初の予定どおり、町のお偉いさんと面会する運びとなった。

＊

　世界を渡った初日はお宿に一泊。我々は翌日、ミュラー子爵のお城にお邪魔した。

　移動に際してはわざわざ宿泊先まで、お迎えの馬車がやってきた。どうやら副店長さんから子爵様に対して事前に連絡が入ったようで、こちらの宿泊しているお宿の名前も伝わっていたみたいだ。そのため道に迷うこともなかった。

　そんなこんなで通された先、お城の謁見の間でのこと。

　上座に腰掛けた子爵の前で、自分と副店長さんは横に並んでいる。

　膝を床について、頭を下げている。

　室内には他に大勢、貴族と思しき人たちが居合わせており、部屋の壁に沿って立ち並んでいた。その様子はファンタジーゲームに見られる王座の間さながら。子爵というと貴族としては下っ端なイメージがあったけれど、決してそんなことはなかった。

　また、傍観者然とした貴族様たちとは別に、部屋の随所には剣を手にした騎士と思しき人たちが控えている。これがまた恐ろしい形相で我々を睨《にら》みつけているから堪らない。くしゃみ一つでこちらに向かい駆け出してきそうな雰囲気だ。

　子爵様でこの様子だと、本物の王様はどうなってしまうのだろうか。

　考えただけで恐ろしい。

「その方ら、この度はよくぞ参った」

　ミュラー子爵とのコミュニケーションは副店長さんにご協力を願った。何故ならば自分はこちらの世界の儀礼全般をまるで理解していないから。事前に受けた説明に従い、頭を下げているのが精々である。

「面《おもて》をあげよ」

「ははっ！」

短く返事をすると共に、副店長さんが顔を上げた。

これに倣って自身も頭を元の位置に戻す。

「その者が話にあったササキとやらか？」

「はい、そのとおりでございます」

副店長さんの声が部屋に響く。

これに応じて部屋に居合わせた皆々の注目が、自身に集まってくるのを感じた。まるで動物園のパンダにでもなった気分だ。肌の色だとか髪の色だとか、見た目が色々と違っている点も、興味を引くのに拍車を掛けているのではなかろうか。

「なんでも随分と精緻な品を扱っているそうだな」

「本日も幾つかお持ちしました」

「なるほど、それは是非とも見てみたいものだ」

ミュラー子爵が声を上げると、部屋の隅に控えていた騎士の人たちが動いた。

二人一組で現れた彼らの間には、金で縁取られた立派な台座が持ち上げられている。これをえっさほいさと運んで、子爵が腰掛ける椅子の前に配置した。その上には事前に我々からお渡しした品々が並べられている。

「これはどういったものだ？」

「はい、そちらは……」

台座に置かれていた品の中から、子爵が十徳ナイフを手に取る。

以降、副店長さんによって商品の説明が行われる運びとなった。

ちなみにそれらは一度、ハーマン商会さんに買い取ってもらった商品となる。どこの馬の骨ともしれない商人が持ち込んだものを、一直線にこの場へ運び込むことは不可能なのだそうな。そのように副店長さんから説明を受けた。

つまり保証人のようなものだろうか。万が一にもこの場で何かあれば、彼の首が物理的に飛ぶのだという。恐ろしい話ではなかろうか。こうなってくると、今後は持ち込む品も今まで以上に吟味する必要がありそうだ。

冗談でもシュールストレミングなど持ち込んではいけない。

副店長さんによる説明が一通り終わったところで、子爵から声が掛かった。

「ササキと言ったか、少し尋ねたいことがある」

「はい、なんでございましょうか？」

同所に足を踏み入れてから、初めて訪れた声を上げる機会。

当然ながら、めっちゃ緊張しているよ。

「その方は他所の大陸から来たと聞いているがまことか？」

「その通りでございます」

嘘は言っていない、きっとセーフである。

電卓の数字なども、そちらの文化だと説明していた。

「では尋ねたいが、他所の大陸ではこういったものが、一般的に市場で流通しているのだろうか？　それともこの国で言うところの貴族のように、一部の限られた者たちだけが扱える、特別な品としての地位にあるのだろうか？」

ミュラー子爵の危惧は尤もなものだ。他所の大陸とこちらの大陸がどれほど離れているのか、そもそも行き来が可能なのか、自分にはさっぱり分からない。ただ、彼が外界からの侵略者を恐れている点は容易に理解できた。

「ごく一部の限られた者だけが扱える品にございます」

「本当か？　ならば自然とその方は、それなりに高い身分の人間、ということになるのだろうが、そこのところはどうなのだ。他所の大陸の人間とはいえ、貴族や貴族に等しい身分の人間を一方的に扱うことは、私もどうかと考える」

子爵の言葉を耳にして、ビクリと隣の副店長さんが震えた。

予期せぬ設定を受けて驚いたようだ。

あまり偉い身分を偽ると、実際に隣の大陸の人々と出会う機会が訪れた時、嘘がバレて大変なことになりそうだ。日本でも身分の詐称は様々な罰則が存在する。そう考えると適当な地位で落ち着けておくべきだろう。

「私は職人でございます。船で航海に出ておりましたところ、これが難破してしまい、こちらの大陸に流れ着きました。こうしてお持ちした品々は、私が以前から持っていたものや、こちらで新しく作り上げたものとなります」

「なるほど、その方は職人なのか」

それならお前、どこで物を作っているんだよ、みたいな突っ込みがくるかもと、内心ヒヤヒヤしながらの受け答え。会社の上得意様が相手でも、ここまで緊張することはなかった。主に子爵の後ろで控えている騎士の人たちが怖い。だって剣とか持ってるし。

「当面はこの町で活動する予定なのか？」

「はい、そのようにさせて頂けたら幸いにございます」

下手に他所の町に移って、悪政の犠牲にはなりたくない。そういう町も割と多いのだそうな。ここの領主さん、つまり目の前のミュラー子爵は、それなりの人格者とのことでピーちゃんから伺っている。当面はこちらでお世話になりたい。

「商品はハーマン商会に卸す予定か？」

「そのように考えております」

「ならば今後は、ハーマン商会へ卸すと共に私の下にも献上せよ。価格は商会が引き取った額より少し色を付ける。その方が持ち込んだ品々は、使い方如何によっては、我々の生活に大きな影響を与えかねない」

「承知いたしました」

「その方には本日より、屋敷への立ち入りを許可する。この町で生活していて気になること、我が領の為になることがあれば、商品の持ち込みと合わせて随時進言するといい。その方の名前を家の者にも周知するとしよう」

「ありがたき幸せにございます」

そんなこんなでミュラー子爵とのやり取りは過ぎていった。

想像した以上に好感触。

ピーちゃんと話し合った通り、無事にお貴族様との繋がりをゲットである。ただし、部屋に居合わせた貴族の方々からは、なぜあのような平民が云々《うんぬん》、嫉妬じみた声が聞こえてきたので、お屋敷に出入りする際は十分注意しようと思う。

また、これは後で副店長さんから聞いた話だが、同じ子爵位でも人によって上下があるらしい。大課長だの担当部長だの、大きな企業の人事のようである。きっとこちらの世界でも、上は後ろが詰まっているのだろう。

そして、この町を治める子爵様は、同じ子爵でも比較的上の方に位置するのだとか。

＊

謁見を終えた我々は、その足で町の飲食店街に向かった。

前回、フレンチさんにお願いした店舗を確認する為である。副店長さんはお城でやることがあるとのことで、自分とピーちゃんだけでの訪問となった。きっと今回のミュラー子爵のお言葉を受けて、色々と事務処理が発生したことだろう。

帰路は往路と同様に、お城から馬車を出してもらえた。そう距離が離れている訳ではないけれど、未だに町の地理が怪しい身の上であるから、素直にご厚意に甘えることにした。行き先は副店長さんが御者に伝えて下さったので、丸っとお任せである。

そんなこんなで目的地となるお店に到着した。

御者の人にお礼を言って馬車を降りる。

本日が二度目の来訪だ。

フレンチさんには何もかも丸投げで申し訳ないと思いつつも、こちらの世界でまで働きたくはないな、とか考えてしまっていたりする。せめてお給料は十分に支払おうと、気分を改めての来店だ。

店に入ると店内には、多くのお客さんの姿が窺えた。

三割くらいが貴族と思しき身なりの方々である。マントを羽織っていたり、高そうなアクセサリーで身を飾っている。残りは平民のようだが、身なりの良い人が多い。比較的アッパーな方々を客層としているようだ。

「あ、旦那！」

店内を歩いてキッチンに向かう。

すると見知った相手と出会った。

「どうも、お久しぶりです」

包丁を握っていたフレンチさんが、こちらの姿に気づき駆け寄ってきた。

周囲には彼が雇ったと思しきスタッフが見受けられる。見慣れない異国人の姿を確認して、一同は手を止めると共にお辞儀をして下さった。どうやら自身の存在は、職場の皆さんにも既に伝えられているみたいだ。

そのまま作業を進めて欲しい旨、やんわりと伝えつつ、フレンチさんに向き直る。

「放置してしまってすみません。具合はどうでしょうか？」

「おかげさまで店は順調です。ハーマン商会の副店長さんのご助力もあって、初月から黒字で回すことができているんです。この時間でも見ての通り席が埋まっていて、書き入れ時は当分先まで予約が入っています」

「なんとまあ、それは凄いですね」

「旦那が持ってきて下さったチョコレートや砂糖を利用して、甘いお菓子を作っているんですが、これが目玉になって人が集まってきている感じです。もちろん、普通の料理も美味しいと言ってもらっています」

繁盛の理由は砂糖とチョコレートのようだ。

やはり一本、広告の柱となる商品があると飲食店は強いみたいだ。店としては少し狭いけれど、立地条件が良い点も多分に影響していることだろう。しかし、まさか予約制になるほどとは思わなかった。

「以前にお話ししたレシピをお持ちしました」

「本当ですか？　ありがとうございます！」

コピー用紙に手書きでまとめて、ホチキスで閉じたレシピ集だ。自分とピーちゃんの共同制作となる。向こうの世界でレシピ動画を確認の上、自身が細かい点を補足しつつ、ピーちゃんがゴーレムを操ることにより現地の言葉で仕上げた。

ちなみに対象となるメニューのピックアップは、ピーちゃん主導で行った。主に彼が食べたいと思う料理を挙げてもらった次第である。これで次にお店を訪れるときには、あちらの世界の料理を楽しむことができるのではなかろうか。

「スタッフに文字の読める方はいますか？」

「ハーマン商会さんからご紹介頂いた方が読めます」

「では、その方に読んで頂いて下さい」

レシピ集をフレンチさんにお渡しする。

彼はやたらと畏《かしこ》まった様子でこれを受け取った。

まるで卒業証書の授与式みたいな感じ。

「それとこちらが先月分の給与です」

「えっ!?」

他のスタッフに見えないように、物陰に隠して金貨を十枚ほど差し出す。以前が金貨五枚だったので、一ヶ月で二倍に昇給したことになる。自分の勤め先もこれくらいアグレッシブに昇給してくれたらな、なんて思いつつのやり取りだ。

「お受け取り下さい」

「いや、そ、そんなにもらう訳にはっ……」

「お店を軌道に乗せて頂いたお礼です」

途端に慌て始めたフレンチさん。そんなふうに挙動不審になったら、周りのスタッフから変な目で見られてしまいそうだ。他の人たちがどれほどのお給金で働いているか分からないので、手元がバレたら面倒臭い。

「ここに入れておきますね」

エプロンの前ポケットに放り込んでおこう。

「ちょっ……」

「それではすみませんが、お店をどうぞよろしくお願いします。もしも追加で設備投資が発生した場合には、副店長さんに仰って下さい。今回のレシピの件と併せて、既に話は通しておりますので」

「……が、頑張らせて頂きますっ！」

「ありがとうございます」

お店も混雑しているし、あまり長居するとお客さんに迷惑が掛かる。

今日のところはこれで失礼させて頂こう。

＊

お店を後にした我々は、それから町の外に魔法の練習に向かった。場所は以前と同様である。町が位置する草原地帯の外れ、森林に接した一角だ。移動はピーちゃんの瞬間移動の魔法にお世話になった。

それから数日の間、同所と町のお宿を往復しながら、魔法の練習を行った。

食事や睡眠、入浴といった時間以外、ほぼ一日中を費やしたこともあり、今回もまた幾つか魔法を覚えることができた。併せて過去に覚えたライター魔法や、水道魔法などについては、なんと呪文を唱えることなく使えるようになった。

『かなり上達が早いな……』

「本当？」

『うむ、我よりも早いやもしれん。ちと悔しい』

「いくら何でもそれは褒めすぎじゃないかな」

『いいや、決してそんなことはない。これは我の勝手な想像であるが、恐らくはイメージの取り扱いに優れているのだろう。この調子で習得が進んだのならば、近い内に中級魔法にも手を出せるのではなかろうか』

「なるほど」

魔法には難易度別に初級、中級、上級、それ以上のヤバいやつ、みたいな区分があるそうだ。最後の妙な区分に関しては、上級以上の上下幅があまりにも大きい為、また、扱える人が限られる為、普段は話題に上がらないとピーちゃんは語っていた。

これまで自身が習得してきた魔法は全て初級だ。

ちなみに瞬間移動の魔法は、それ以上のヤバいやつ区分である。行使する為には沢山魔力を使うのだとかで、滅多なことでは習得できないらしい。当然、その話を耳にした直後は焦った。ただ、ピーちゃんからもらった魔力なら問題ないとのこと。

「ただ、呪文を覚えるのが大変だよ……」

段々と扱える魔法の数が増えてきたので、呪文の扱いが面倒になってきた。簡単な魔法については、早い段階で呪文を口にせずとも出せるようにしないと、追加で魔法を覚えるとき困ったことになりそうである。

練習の最中も何度か間違えて、不発に終わったりしていた。

『ならば素直に魔導書を使ったらどうだ？』

「魔導書？」

『呪文を紙に書き出していただろう』

「え？　ああいうのが魔導書っていうの？」

『そうだ』

「意外とさっぱりとしたものなんだね」

もっとこう、手にしていると魔力がアップ、みたいなものを想像していた。コピー用紙の束が魔導書とか言われても、がっかり感が半端ない。傍から見たら完全に小中学生のごっこ遊びだよ。

『世の中に出回っている魔導書には、呪文の他に魔石や魔法陣が埋め込まれており、それらを利用することで、魔法の威力を高めることが可能なものも少なくない。魔導書とはそういったものも含めた総称だ』

「なるほど」

どうやら自分が想像したような品も存在しているみたいだ。

そこまで話を聞いて、ふと副店長さんが言っていた言葉を思い出した。我々が仕入れてきたコピー用紙とボールペンが、魔法使いの人たちにバカ売れだという。今ならその背景が容易に理解できる。きっと魔導書作りに利用しているのだろう。

こちらの世界の紙と比較して薄い上に品質が高いので、沢山呪文を持ち歩きたい人にとっては、きっと便利なのではなかろうか。そう考えると真っ白で厚めのノートとか、それに掛ける頑丈な革製のカバーとか、持ち込んだら高値で売れるかもしれない。

次の機会にでもチェックしてみよう。

「今回はこれくらいにしておこうと思うんだけど」

『ふむ、そうか』

「回復魔法を覚えられたのが一番の成果かな？」

ちょっとした擦り傷くらいなら治すことが可能だ。レベルが上がると、ちょん切れた手足なんかも生やすことができるらしい。更にそれ以上になると、病気やら何やら、人体に関係する問題の大半は片付けられるようになるのだとか。

『回復魔法は需要が多い割に習得できる者が少ない。貴様が覚えた魔法も我は初級として扱っているが、程度により中級として扱われる場合もみられる。そうした背景があるので、扱いには注意するべきだろう』

「なるほど」

現代で回復魔法を活用して、お年寄りの偉い人向けに宗教など始めたら、ガッツリ稼げそうな予感がする。ただし、ここ最近は中古の宗教法人も値上がりしているため、少し稼いだ程度では難しいだろう。


回復魔法の他には、炎の矢を飛ばす魔法と物を浮かす魔法、突風を起こす魔法、明かりを灯す魔法を覚えた。前回の習得と併せて、これで十個。初心者魔法使いセット的なメニューが揃ったように感じる。

各々の魔法には、より上位に位置づけられる魔法が存在するとのこと。その中には先程のピーちゃんの言葉通り、中級魔法として区分される魔法も、当然ながら含まれるらしい。今後はそちらについて学んでいけたらなと考えている。

簿記の勉強をするよりナンボか楽しい。

「日も暮れてきたし戻ろうか、ピーちゃん」

『今晩は肉を食べたい』

「昨日も肉だったじゃないの」

『我は肉が好きだ』

「ピーちゃんって小さい割によく食べるね」

『悪いか？』

「いいや、ちょっと驚いてるだけだけど……」

『もっと沢山稼いで、より良い肉を我に与えよ』

「可愛いペットの為だし、頑張らないとねぇ」

『うむ、その調子だ』

ピーちゃんの魔法にお世話になり、町のお宿まで戻る。居室のダイニングで夕食を食べた後は、広々ベッドで一泊してから、自宅アパートに戻った。行き来する時間を調節したので、日本に戻ると出社まで残すところ小一時間といった時分。

当面、自室のパイプベッドは使う機会がなさそうだ。異世界でのスローライフも、段々と始まってきたように思われる。

感覚的にはあれだ、フル装備で回復アイテムを持てるだけ持ったロールプレイングゲームの主人公。レベルも十分に上がっている。後は攻略本の指示に従い、ラスボスと隠しボスを倒すばかり。動画配信サイトで実況とかしてもいいかも知れない。

そんな感覚があるよ。

〈異能力との遭遇〉

数日にわたる異世界休暇が終わったのなら、次は社畜のお時間である。

本日は課長のお供で取引先巡りをする運びとなった。秋も深まり大分涼しくなってきたとは言え、電車に乗ってあちらこちらへ足を運ぶのは大変だ。しかもこの手の仕事は、最後に飲みという面倒臭いイベントが発生する。

「よし、佐々木《ささき》。それじゃあ飲みに行くぞ」

最後の取引先との挨拶を終えて、事業所から外に出る。その直後に課長が言った。

満面の笑みである。

「……あの、課長」

「どうした？　今日は冷えるし、モツ鍋《なべ》なんてどうだ？」

今年で五十六を迎える彼は、取引先巡りを終えた後の飲みが大好きだ。担当内ではこれに巻き込まれることを嫌って、誰もが課長との外回りを敬遠している。今回は自分に白羽の矢が立った形だ。

「この間の休みにペットを買いまして、今月はモツ鍋どころか、コンビニの焼き鳥《やとり》串一本を食べるのも厳しいんですよ。せっかく誘ってもらったところ申し訳ないんですが、今回は勘弁してもらえませんかね？」

「なんだお前、ペットなんて飼い始めたのか？」

「はい」

「うちにも犬が一匹いるが、ペットはいいもんだよなぁ」

「え、課長って犬を飼ってるんですか？」

「ゴールデンレトリバーっていうんだが、結構デカイぞ？　飼い始めた頃は小さかったんだが、気づけばあっという間に大きくなっていてな。今となっちゃあ遊び相手をするのも大変だ。飛び掛かられたら、こっちの身体《からだ》が持たないからな」

「っ……」

マジですか。

課長がゴールデンレトリバーのオーナーとか初耳だ。

そんなの羨まし過ぎる。

憧れの最強ワンワンである。

しかも遊び相手として飛び掛かられるとか、めっちゃ懐かれてるじゃないですか。やっぱり羨まし過ぎる。自分も子犬から育てたゴールデンレトリバーに飛び掛かられたい。絶対に幸せな気分に浸れると思う。

ピーちゃんも可愛《かわい》いけれど、やはり質量が足りないと思うんだ。

存在感っていうか、そういうの。

「娘がどうしてもというから飼い始めたんだが、結局世話をしているのは私でな。ここ二、三年は仕事から帰って散歩をするのが日課だ。おかげで運動不足が解消されて、去年の人間ドックじゃ赤が無くなった」

「…………」

「佐々木、どうした？」

「課長の奢《おご》りでモツ鍋、駄目ですか？　犬の話が聞きたいのですが」

「なんだお前、犬を飼い始めたのか？」

「いいえ、自分の場合は文鳥ですけれど」

「鳥か、鳥もいいよな。子供の頃に近所のカラスを餌付けしたことがあった。あれは楽しかった。よし、そういうことなら仕方がない、今日は俺の奢りだ。なんだかんだでうちの担当だと、お前が一番働いてくれているしな」

「ありがとうございます」

飲み屋でペット談義、いいじゃん。

しかも上司の奢りでモツ鍋。

たまには課長もやるじゃないの。

将来のお迎えに備えて、色々と勉強させてもらおう。

＊

課長とは二時間ほど飲んで、九時過ぎに店の前で解散した。

取引先が自宅から二駅と比較的近い場所にあった為《ため》、せっかくなので帰路は電車を使わずに歩いて帰ることに。ワンちゃんの散歩はかなり体力が必要だと課長が言っていたので、これも来《きた》る日に向けての準備である。

ひんやりとした風が頬《ほお》を撫《な》でて、酔いを覚ましてくれる。

今はまだジャケットで動き回れるけれど、もう少ししたらコートが必要になりそうだ。ピーちゃんの魔法にお世話になっていると、通勤のお手軽さから出勤時に忘れそうで怖い。会社にも一着、予備を備えておこうか。

「…………」

そういえば異世界は、春夏秋冬、四季はどうなっているのだろう。

こちらと変わりなく気温が変化するようなら、フカフカの冬物衣料など結構いいお値段で売れるのではなかろうか。ただでさえ衣類が高いようだから、お安い化学繊維の品でも十分に通用しそうな気がする。

「…………」

あれこれと考えながら、人気もまばらな通りを歩いていく。

すると帰り道も半分ほど進んだ辺りで、不意にキィンと甲高い音が響いた。

音が聞こえてきたのは、自身が歩いている道から角を折れた袋小路。道幅は二、三メートルほど。建物の間に生まれた僅かばかりの空間である。道路工事か何かだろうか。歩きながら奥まった方に目を向ける。

その直後、目の前を何かが通り過ぎていった。

ふわりと浮かび上がった前髪が、何本か千切れ飛ぶ。

「っ……」

数瞬の後、ガツンと大きな音が響いた。

何事かと音の聞こえてきた方向を確認すると、そこには三十センチほどの氷柱《つらら》が数本ばかり、アスファルトに突き刺さっていた。どうやら弾丸よろしく発射されたものが、目の前を飛んでいったみたいである。

どこからどう見ても魔法だ。

大慌てで発射元を確認すると、そこには人の姿が見受けられた。

男性が一人と女性が一人。

前者は上下スウェット姿の十代後半と思《おぼ》しき青年である。オールバックに撫で付けられた長めの金髪が印象的だ。顔立ちや肌の色から脱色によるものと思われる。地方の不良っぽい雰囲気を感じさせる人物だ。

対して後者は、スーツ姿の二十代前半と思しきお姉さんである。短めのスカートとそこから覗《のぞ》く太ももがとても魅力的だ。切れ長の目に少しきつい感じの顔立ちで、これが黒いショートヘアと相まって、秘書っぽい雰囲気を醸している。あと化粧が濃い。

特筆すべきは二人の位置関係。

地面に仰向《あおむ》けで横たわったお姉さんの上に、男が馬乗りとなっている。しかも何故《なぜ》なのか、男の右腕は肘から先が刃物のように変化しており、これがお姉さんの首元に向けて、今まさに振り下ろされんとしていた。

「マジか……」

咄嗟《とっさ》に足は動いて回れ右、同所から逃げ出そうとする。

ただ、ふと思い出した。

そういえば自分も似たようなことができる。

青年の行いを放っておいたら、まず間違いなくお姉さんはお亡くなりに。明日の新聞の一面は、都内に現れた通り魔の存在で決定だろう。きっと勤め先でも、何かにつけて話題に上がるに違いない。

それでも自身が無力であったのなら、これは仕方がなかったのだと、言い訳を並べることも難しくはない。残念な事故だったと勝手に結論付けて、半年もすれば忘れることができるだろう。

しかしながら、幸か不幸か昨今の社畜には不思議な力が備わっている。

ピーちゃんから貰《もら》い受けた異世界の力だ。

「…………」

致し方なし、前髪を飛ばしたのとお揃《そろ》いの魔法を男性に向かい放つ。

つい先日、無詠唱で撃てるようになった氷柱を飛ばす魔法だ。

「ぎゃぁっ！」

一直線に飛んでいった氷柱は、男の肩に直撃した。

肘から先が刃物に変化している方の腕である。

すると直後に変化があった。鋭かった切っ先が丸まり、やがて元の形、左側と同じ人の腕になったのだ。まるでクレイアニメでも眺めているようであった。

同時にパキパキと音を立てて、着弾点が凍りついていく。

「あ……」

これは放置したらヤバイやつだ。

患部が首に近いから、そのままだとすぐに死んでしまう。しかし、今の自分には対処する術《すべ》がない。どうしよう。ピーちゃんが一緒だったら、何とかしてもらえたかも知れない。けれど今は一人だ。このままだと人殺しになってしまう。

どうしよう、やばい、どうしよう。

生き物に対して撃つのは初めてだから、そこまで考えていなかった。

というより、他の魔法はもっと殺傷能力が高いから、他に選択肢がなかった。

「っ……」

焦りまくっていると、スーツの女性が動いた。

その手が男の肩に刺さった氷柱に触れる。そうかと思えば、これはどうしたことか。キンキンに冷えていたそれが、あっという間に液状となって、男の身体から落ちていくではないか。ものの数秒で溶かしてしまった。

直後に男はどさりと仰向けに倒れた。

ピクリとも動かなくなる。

その姿を確認して、スーツ姿の女性がゆっくりと立ち上がった。

もしかして彼や彼女も、自分と同様に魔法使いだったりするのだろうか。ピーちゃんのような存在が、同じように異世界から現代にやって来ていても、決して不思議ではない。そう考えると少し、お話をしてみたい。

「あ、あのぉ……」

なんて考えていたのだけれど、相手の反応は非常に厳しいものだった。

こちらに向き直った女性は、懐から取り出した拳銃を油断なく構えて語る。

「貴方《あなた》、どこの能力者かしら？」

「……え？」

まさかモデルガンだとは思えない現場の雰囲気だ。

能力者なるフレーズを受けて、どのように答えたものか返答に戸惑う。それは魔法とは違うのかと。すると彼女は懐から端末を取り出して、どこかへ連絡を取り始めた。更につかつかと歩んで、アスファルトに刺さった氷柱のもとへ向かう。

こちらも彼女の手が触れると、パシャリと水に変わった。後に残ったのはアスファルトに空いた拳大の穴と、これを濡《ぬ》らすように落ちた水ばかりである。つい今し方まで氷柱が刺さっていたとは誰も思うまい。

「あの、能力者というのは……」

「……さっきの氷柱、貴方が撃ったのよね？」

スーツ姿である上に、拳銃まで構えている点といい、警察やその親戚のような雰囲気を感じる。そうでなければ逆にヤクザだとか、マフィアだとか、アウトローな方々が想像された。いずれにせよ真っ当ではない状況だ。

撃たれたら嫌だし、この場は素直に応じておこう。

「ええまあ、撃ったような撃ってないような」

「いつ頃から撃てるようになったの？」

「つい数日前ですけれど……」

鉄砲で撃たれても平気な魔法とか、存在したりするのだろうか。もしもあるようなら、次の機会にでもピーちゃんから教わろう。まさか銃口を向けられる日が訪れるとは、夢にも思わなかった。

今の自分だと精々、氷柱を大量に生み出して盾にするくらいだろうか。もしくは土を盛り上げて壁にするとか。いやしかし、アスファルトってどうなのだろう。地面と同じように隆起してくれるといいのだけれど。

「まさか野良の能力者に助けられるなんて……」

素直に答えてみせたところ、女性の表情に変化があった。

なにやら悔しそうな面持ちである。

キーワードは能力者。

個人的には魔法に相当する某《なにがし》かのように思う。

「状況がまるで見えてこないんですが、能力者というのは……」

「悪いけれど、私と一緒に来てもらえないかしら？」

「え？」

「ちなみに断ると大変なことになるから、できれば素直に従ってくれると嬉《うれ》しいわね。貴方の能力がどういったものなのかは分からないけれど、こうして拳銃を向けられたらそれまででしょう？　決して悪いようにはしないから」

まさか、逆ナンというやつだろうか。

いやいやそんな馬鹿な。

っていうか、女性とお話をすること自体が久しぶり。

職場は女っ気が皆無に等しい上に、取引先の担当者も大半が男性。異性との会話というと、飲食店やコンビニの店員さん、後はアパートのお隣さんと一言二言を交わすのが精々である。夜のお店も性病をゲットして以来、ここ数年ほど足を運んでいない。

お金がないことを理由に異性から遠退《とおの》いていたら、いつの間にかそれが普通になっていた。今更結婚とか考えられないし、お店に通うくらいだったら、そのお金で美味《おい》しいご飯を食べたい。なんて、やっていたのが良くないのだと思う。

性欲こそあっても、その先に生身の女性を意識する機会が減ってきた。こうして人は段々と枯れていくのだろう。ショーウィンドウの高価な衣服を眺めて、手が届かないからこそ、欲しいと思わなくなるのと同じような現象だと思う。

そんな素人童貞の意見。

「付き合うのは問題ないですけれど、一度自宅に戻ってもいいですか？　すぐそこなんですよ。仕事帰りなので荷物をどうにかしたいのと、部屋にはペットもいるので、放っていく訳にはいかないんです」

「それくらいなら構わないわよ」

「ありがとうございます」

素直に受け答えをした為か、女性は銃を降ろしてくれた。

おかげでこちらも人心地がつく。

「……それと、助けてくれたことには感謝するわ」

「いえいえ、困った時はお互い様ですよ」

しばらくすると、どこからともなく黒塗りの高級セダンがやって来た。

スーツの女性に促されて、これに乗り込む。そのまま連れ去られて拉致監禁されたらどうしよう、とは考えないでもない。しかし、女性の懐に拳銃が収まっていることを思うと、逆らうという選択肢は浮かんでこなかった。

車が向かった先は、数百メートルほど先にあった自宅アパートである。

＊

我が家に戻ると、居室にはノートパソコンに向かうピーちゃんの姿があった。

傍《かたわ》らには彼が生み出したゴーレムなる物体が窺《うかが》える。Mサイズのテディベアほどの大きさだ。これがデスクの上に座り込んで、キーボードとマウスを操作している。初めて部屋で目撃したときは、それはもう驚いたものだ。

ちなみにお姉さん一派の居室への立ち入りはご免こうむった。

幸《さいわ》いこれと言って異論は上がらなかった。

「……っていうことが、ついさっきあったんだけどさ」

何はともあれピーちゃんに事情を説明だ。

こうした訳の分からない出来事のプロフェッショナルである彼なら、何かしら見えてくるものがあるかもと判断した次第である。すると彼はパタパタと翼を羽ばたかせて、窓際まで移動してみせた。

そして、カーテンの隙間から外の様子を窺う。

見つめる先には路上に停《と》められた車と、脇に立ったお姉さんの姿がある。

『あのスーツを着用した女がそうか？』

「そう、あの女の人」

『これといって魔力は感じられないな』

「え、そうなの？」

魔力がなければ魔法が使えないとは、過去に幾度となくピーちゃんから説明を受けたお話である。しかし、彼女はこちらの見ている前で、たしかに魔法っぽい現象を起こしてみせた。氷柱を瞬時に水に変えてみせた。

『能力者と言っただろうか？』

「彼女はそんな風に言っていたけど……」

『魔法とはまた異なる枠組みの上で成り立っている現象ではなかろうか？　ふむ、そう考えるとなかなか興味深い。こちらの世界には、我々の世界とは異なる道理に従い、似たような現象が存在しているのではないか？』

「それが本当なら世紀の大発見だよ」

『そうか……』

ところで、窓から外の様子を窺っているピーちゃんも可愛い。

思わず写真を撮りたくなってしまう。

思い起こせばお迎えから数日、未《いま》だに一枚も写真を撮っていない。ペットを飼い始めたのなら、誰もがまずは一緒に写真を撮って、記念にすると思う。つい先刻には課長からも、愛犬とのツーショットを見せてもらった。めっちゃ羨ましかった。

今回の騒動が終わったら、絶対に一枚撮らせてもらおう。

『それを確かめる為にも、話は聞いておくべきだろう』

「申し訳ないけれど、ピーちゃんも一緒に来てもらえるかな？」

『うむ、いいだろう』

「ちょっと窮屈な思いをするかもだけど、それは大丈夫？」

近所のスーパーで店内放送の下、ヒソヒソと喋《しゃべ》る分には問題ないと思う。まさか文鳥が飼い主と会話をしているとは思うまい。しかし、今回はそれも危うい。大変申し訳ないけれど、ピーちゃんにはカゴの中の鳥でいてもらわなければならない。

まさか素直に、異世界からやってきた喋る鳥です、と紹介する訳にはいかない。

『分かっている。大人しく黙っていればいいのだろう？』

「いつも面倒ばかり掛けてごめんね」

『問題ない。こちらの都合で巻き込んだ経緯もある』

「ありがとう、とても助かるよ」

色々と理解のある文鳥で、飼い主としては嬉しい限りだよ。

＊

スーツ姿の女性の指示に従い、着替えやら何やらを持って自宅を後にする。

ピーちゃんのケージを持ち出すことも忘れない。

なんでも本日は泊まりになるとのこと。

こっちは明日にも仕事があると伝えたところ、そちらは上手《うま》いこと話をつけておくとかなんとか、さらっと恐ろしいことを言われてしまった。まさか抗《あらが》うことなど考えられなくて、素直に彼女の言葉に従うことにした。

そうして自宅の玄関を出た直後、見知った相手と遭遇。

「おじさん、お出かけですか？」

アパートのお隣さんである。

見慣れたセーラー服姿が、隣室の玄関ドアの正面で体育座り。

「あぁ、うん。お出かけだね」

「遅くまで大変ですね」

「お母さんはまだ仕事なの？」

「ええ、そうみたいです」

「そっか……」

彼女も彼女で大変そうだ。

何か自分にできることはないかと考える。しかし、上手い考えが浮かばない。本日はこちらも急いでいるので、一度自宅の玄関口に引っ込んで、台所に備蓄した菓子パンを持ってくるくらいだろうか。

「これ、もしよければどうぞ」

「……すみません」

ピーちゃんとの買い出しで併せて購入した品だ。

お隣さんは申し訳なさそうな面持ちで、これを受け取った。かれこれ幾十回、幾百回と繰り返したやり取りながら、それでも彼女の態度は一貫して畏《かしこ》まったものだ。

そのため自身もズルズルと続けてしまっている。

いっそのことグレてしまった方が、幸せになれるのではないか、などと考えたこともある。こういうことを考えるのは失礼かもしれないが、若くて外見も整っている彼女なら、いくらでもやりようはあるのではないかと。

そうすれば隣のおじさんもお役御免である。

けれど彼女は、こうして本日まで清貧を良しとしていた。

「ところであの、少しだけ話をしたいのですが……」

「話？　それって僕と？」

「はい」

なんだろう、気になる。

けれど、それを伺っている時間がない。

人を待たせておりますので。

「ごめん、今ちょっと急いでるんだよね」

「そうなんですか？」

「また今度でいい？　明日には戻るから」

「……はい」

そういうことなら、電話なり何なりでやり取りすればいいじゃない、というのが現代人の在り方だと思う。しかし、彼女はスマホをお持ちでない。こうして自宅の前で交わす会話が、我々にとっては唯一の接点となる。

そして同時に、もし仮に彼女がスマホを持っていたとしても、連絡先を交換するような真似《まね》はしないと思う。万が一、彼女が事件や事故に巻き込まれたりしたとき、アドレス帳に残された自身の連絡先の存在は、恐怖以外の何モノでもない。

「それじゃあ、ごめんね」

「はい、お気をつけて」

お隣さんに見送られて、アパートを後にする。

各戸への出入り口となる玄関まわりは、表通りからは建物によって隠れている。なので彼女との会話については、スーツ姿の女性に見聞きされることもなかった。

先方はこちらが戻ったことを確認して、自動車の後部座席を開いてみせる。

これに促されるがまま、黒塗りのそれに乗り込んだ。荷物は足元。ピーちゃんのケージは膝の上。

自身に続いて彼女も後部座席に乗り込む。

ドアが閉められると、自動車はすぐに走り出した。

これと前後して、ルームミラーに映った後方の風景にふと目が向く。

夜の暗がりのもと、街灯の弱々しい明かりに照らされて、ぼんやりと浮かび上がるようにセーラー服。それは玄関から場所を移したお隣さん。その視線はジッと、こちらに向けられていた。

「…………」

「どうしたの？　ぼうっとして」

「いえ、なんでもありません」

勘違いだとは思うけれど、ミラー越しに彼女と視線が合うのを感じた。

＊

ピーちゃんのケージを抱えて、自動車に揺られることしばらく。

辿《たど》り着いたのは都心に所在する立派なビルのワンフロアだ。

そこに設けられた応接室を思わせる一室で、改めてスーツのお姉さんから事情の説明を受ける運びとなった。

部屋には自分と彼女の他に、ケージの中で止まり木に止まり、文鳥の振りをするピーちゃんの姿だけがある。

「……なるほど、それが能力者ですか」

問題のキーワード、能力者については早々に説明があった。

なんでも自然発生的に生まれる魔法使いのようなもののこと。扱える能力も人によって千差万別で、一夜にして町を焼け野原にできるような代物から、あってもなくても変わらないようなものまで色々とあるらしい。

また、能力は一度発現して確定すると、以降は変化したりしないようである。追加で二つ目を覚えることもないそうだ。ただし、繰り返し利用していると、威力が増加したり、作用の範囲が広がったりはするとのこと。

ちなみにお姉さんの能力は、水を操る能力だそうな。夜の通りで氷柱を飛ばしてみせたのも、そうして飛ばした氷柱を液体に変化させてみせたのも、同じ一つの水を操る能力によって行われた現象だと語っていた。

「当然、能力には危険なものが多いから、これを管理する必要があるの」

「それがお姉さんの職場ですか？」

「ええ、そうよ。そして同時に、本日から貴方の職場にもなるわ」

「え？」

「もう少し詳しい説明をするわね。まずは……」

つらつらと説明が続けられる。

彼女の言葉に従うと、各国はこの能力者というものを秘密裏に管理しているそうだ。能力によっては社会に大きな混乱を与えかねないとのことで、その扱いはかなり厳密なものであるらしい。

なので原則として、能力が発現した段階で、国が運営する能力者を管理する為の組織に就職が決定付けられるのだとか。これを拒否した場合、まあ、色々と大変なことになると脅されてしまった。

なんでも過去に能力者を巡って大きな事件があったらしい。

そうなると気になるのは能力者の人口だが、能力が発現する割合は十万人に一人ほどだという。つまり日本には千数百人ほどの能力者が存在していることになる。こうしたミニマムな規模も相まって、全頭管理を始めたのだろう。

「ここまでで何か質問はあるかしら？」

「いえ、続けて下さい」

「わかったわ」

以降は組織の詳細な説明となった。

扱いとしては国の機関になるらしい。つまり、そこで働く能力者は国家公務員、ということだ。お給料もちゃんと出るとのこと。能力や活躍に応じて、会社勤めでは到底不可能な額を頂くことも可能だという。

下手にけちって反感を買うよりは、お金で囲い込んでおいたほうがいい、ということなのだろう。また、過去には能力者の活躍によって解決された問題も多いとのことで、期待している面もあるらしい。

ただ、そうなると当然、反感を持つ人たちも出てくる。

自分が本日遭遇したのは、そうした人たちと組織における対立の現場とのこと。お姉さんを押さえ付けていた金髪の男性は、彼女の所属する組織に対して異を唱えるグループの人間だという。そうしたグループが世の中にはいくつか存在しているのだとか。

そして、これを抑えるのもまた、組織に所属する能力者の仕事だという。

思ったよりも危険と隣り合わせの職場事情にビックリだ。出動に際しては危険手当が出るらしいけれど、そうだとしても遠慮したい。拳銃を持った相手を圧倒するような人たちと喧嘩《けんか》なんて、とてもではないができそうにない。

「だいたいこんな感じかしら」

「ありがとうございます」

「さて、それでは早速なのだけれど、確認をさせてもらうわね」

「…………」

こうなってくると問題なのは、自身の能力の扱いである。

ピーちゃんが教えてくれた魔法とは完全に別物だ。なるべく危ないことはしたくないので、能力は過小に見積もって申請するべきだろう。できるだけ応用が利かない、なおかつ争いの現場で戦力にならないような能力がよいと考えている。つまり、現場で見せた能力が全て。

「貴方はどういったことができるのかしら？」

「先程お見せした通り氷柱を撃てます。ただ、それだけです」

氷柱を撃つだけだったら、そう大した能力ではない筈《はず》だ。国公認で拳銃を携帯できる身分であれば、わざわざ能力を利用してまで、取り回しの面倒くさい氷の塊を運用する必要はない。

個人的に国家公務員という肩書には魅力を感じるので、後方で事務仕事など任せて頂けたら、率先して転職したいと思う。少なくとも現職から更に給料が下がる、ということはあるまい。

「見せてもらってもいいかしら？」

「ええまあ……」

促されるがまま、無詠唱で小さめの氷柱を生み出す。大きさは三十センチほど。

ふよふよとソファー正面のローテーブルの上に浮かんでいる。

「やっぱり貴方の場合、ゼロから生み出すことができるのね」

「…………」

ニィとお姉さんの口元に笑みが浮かんだ。

ちょっと危うい感じがする。

「あの、どうかしましたか？」

「貴方の能力、私ととても相性が良いわ」

「え……」

「私は水を操ることができるけれど、ゼロから水を生み出すことができない。つまり仕事に際しては、あらかじめ水を持ち込むか、現地で調達する必要があるわ。そこに貴方が居たら、私は水源という制限なく能力を使うことができる」

「…………」

そうか、水を操る能力って、生み出すことはできないのか。

しかもこの語り方、ワーホリ的な危うさを感じさせる。既にこちらの存在を勘定に入れて、次の仕事を算段し始めているのではなかろうか。まるで自ら率先して、危険な現場に足を踏み入れようとしているような。

「普段はペットボトルに入れて持ち込んだり、現地の自動販売機で購入したりしていたのだけれど、貴方がいればそうした問題も解決することができるわ。それにこれまで以上の水量を扱うことができる」

「あの、もしかしてお姉さんは、その……バリキャリ的な？」

「言ったでしょう？　能力者の給与は働きによって青天井なの」

「いや、でも……」

「そうでもなければ、こうした現場を上から任されることはないわね」

「…………」

ヤバい人の目に留まってしまった気がする。

＊

同日はそれから簡単な身体検査や、運動能力のチェックなどが行われた。

これと言って問題はなし。

ちなみにピーちゃんの存在に関しては、なんら声を掛けられることもなかった。現時点ではただのペットとして認識されているようだ。色々と隠し事の多い立場としては、なにはともあれホッと一息である。

そして、検査や質疑応答から解放された我々は、お姉さんが手配したホテルに宿泊する運びとなった。都内に所在する高級ホテル、それもかなり上等な一室を押さえて下さったのは、今後の関係も含めての投資なのだろう。

「さてと……」

色々とあって疲れているので、本当ならすぐにでも眠りたい。

時刻もそろそろ日を跨《また》ごうかという時分だ。

しかし、自身にはどうしても今晩中に行わなければならないことがある。本国で仕入れを行い、異世界を訪れてハーマン商会の副店長さんに品を捌《さば》き、フレンチさんと会ってお給料を渡すという、非常に重要な残タスクである。

ただ、それがなかなか難しい。

同所は国お抱えの能力者であるお姉さんが用意した一室だ。万が一にも監視カメラなどが仕込まれていた日には目も当てられない。ピーちゃんの秘密を誰かに知られることだけは、絶対に避けるべきだろう。

文鳥が人の言葉を喋った、そんな摩訶不思議《まかふしぎ》な出来事を真正面から受け止めることができる人たちが、この世の中には存在している。その恐ろしさを今更ながら理解した。今後はスーパーでの会話も難しそうである。

「ピーちゃん、もうちょっと待っててね」

『ピー！　ピー！』

それっぽく語り掛けると、彼は可愛らしい声で鳴いてみせた。

そういう鳥っぽいこともできるんだね、ピーちゃん。

また一つ新しい君の魅力に気づいたよ。

元気の良いお返事を聞く限り、こちらの意図を理解して下さっているのは間違いない。こんな一方的なメッセージであっても、的確に受け取ってくれて本当にありがとうございます。きっと生前は天才としてブイブイ言わせていたことだろう。

「ちょっと散歩でもいこうか、ピーちゃん」

『ピー！　ピー！』

ピーちゃんをお出かけ用のショルダーバッグに移して部屋を後にする。

衣服や荷物に触れられた覚えはないので、盗聴器を取り付けられている、ということはないだろう。人目に触れない場所までいけば、向こうの世界との時間差も手伝い、小一時間程度の活動は可能と思われる。

色々と考えたけれど、仕入れは諦めよう。

本日は関係各所に事情の説明をして、すぐに戻って来ようと思う。

『尾行されているな……』

ホテルを出てオフィス街の夜道を歩いていると、ピーちゃんがボソリと呟《つぶや》いた。自分にだけ聞こえる小さな声である。しかも伝えられたお話は、これまた物騒な内容であったりするから困った。

あと、急にダンディーな口調になるの、ちょっとビビる。

「……なんとかならないかな？」

『向こうで少し過ごす程度であれば、時間差で吸収できる』

「それもそうだね」

ホテルの近所にあったコンビニに入店。そして、店内のトイレに入った。内側から鍵を掛ければ、まさか外から誰かが押し入ってくることもない。場所が場所なので、監視カメラも付いていない。

こちらの世界での一時間が、あちらの世界ではだいたい一日。つまり、あちらの世界で小一時間ほど過ごしても、こちらの世界では数分くらい。予期せぬ出来事を受けてメンタルがダメージを受けた為、急な腹痛から大便を、といったストーリーならば言い訳は立つ。

「ピーちゃん、お願いできるかな？」

『うむ』

お出かけ用のショルダーバッグから、肩の上に場所を移したピーちゃん。

彼が頷《うなず》くのに応じて、トイレの床に魔法陣が浮かび上がった。

＊

異世界に渡った我々は、その足でハーマン商会を訪ねた。

幸い副店長さんは店にいて、すぐに話し合いの場を設けることができた。通された先はここ数日で幾度となく通った同店の応接室だ。豪華絢爛《ごうかけんらん》な有り様は、未だに慣れることのないお金持ち仕様である。

「問題、ですか？」

こちらの説明を受けて、副店長さんの表情が曇った。

「一方的なお話となってしまい恐れ入りますが、次の取り引きまで少し時間が空いてしまうやもしれません。本日はそのご連絡に参りました。ご期待して下さっているところ、誠に申し訳ありません」

ソファーに腰掛けたまま頭を下げてみせる。

おかげでピーちゃんが斜めだ。

肩に掴《つか》まって、必死に堪える姿もラブリー。

「我々でよろしければ、是非ササキさんのお力になりたいのですが」

「すみません、どうしても独力で解決しなければならない問題でして」

「……そうですか」

こちらを気遣うように、副店長さんは寂しそうな表情を浮かべてみせる。彼はとてもいい人だし、今後の取り引きを円満に進める為にも、この場は上手いこと取り繕いたい。ここで心証を悪くする訳にはいかない。

「私事となり恐れ入りますが、問題が上手く解決しましたら、今後は仕入れの量を増やすことができるかも知れません。何のご相談もなくすみませんが、どうか長い目で見て頂けたら幸いでございます」

「なるほど、そういうことですか」

返答を受けて、先方の表情が少しだけ和らいだ。

悪いことばかりではないと考えてくれたのだろう。

「ご迷惑をおかけして申し訳ありません」

「いえ、ササキさんにも色々と事情があることでしょう」

「そのように仰《おつしや》って頂けて恐縮です」

この様子であれば、二、三ヶ月《かげつ》は持つだろう。勤め先が変わってお給料が上がれば、これを見越して商品を仕入れることができる。次の取り引きで多めに卸せば、十分にカバーは可能だ。今回の一件は決してマイナスばかりではない。

「どうぞ今後とも、よろしくお願い致します」

「承知しました。ご武運を祈っております」

最終的には気持ち良く商会から送り出してもらえた。

別れ際にはフレンチさんのお給料や、万が一お店の経営が赤字になった場合の追加資金についても、副店長さんに託しておいた。本来であれば自身の手で渡すべきところ、今は時間がないのでお願いした次第である。快く引き受けて下さり、ありがたい限りだ。

そして、店を後にした我々は、急ぎ足で日本に戻った。

スローライフも束《つか》の間《ま》、食事も儘《まま》ならない忙しさである。

＊

異世界から戻った我々は大人しくホテルに戻り、すぐに眠った。

もう少しピーちゃんとお話ししたかったのだけれど、時間的な都合からそれも難しかった。あまり長くあちらの世界にいては、尾行の人たちに変に思われてしまう。どれだけトイレに籠もっているのだと。

こうなると積もる話は翌日以降に持ち越しである。当初予定していた中級魔法とやらの練習も同様だ。後者についてはは公務員としてのお仕事に当たり、事前に行っておきたかったところ、まこと無念である。

そんなこんなで明けて翌日、早い時間に来客があった。

「……仕事、ですか？」

「ええ、そうよ」

寝起きから間もない頃おい、ベッドの上でゴロゴロとしていると、部屋のドアがノックされた。清掃担当者の方が訪れたのかと思い顔を出してみると、廊下にはスーツのお姉さんが立っていた。

昨日、能力者の何たるかを教示してくれた彼女だ。

「急な話で申し訳ないのだけれど、付き合ってもらえないかしら？」

「…………」

できればお断りしたい。

しかし、その顔には有無を言わさぬ笑みが浮かんでいる。

相変わらず化粧が濃い。

「私はこちらの組織で貴方の他に人を知りません。お誘いに付き合うことは吝《やぶさ》かではありませんが、こうした対応が組織全体の理にかなったものであるのか、これを判断するべき方にお目通りを願えませんか？」

「私と一緒に仕事をするのは不服かしら？」

「貴方という存在が組織において、どういった立場に在るのか、客観的に確認したいと考えることは、共に仕事へ臨む立場として当然ではありませんか？　見たところ現場の人間のようですし、直属の上長から話を伺う前に現場へ、というのはどうかと」

「……やっぱり年をとっている人間は使いにくいわね」

「誠意を持って接して頂ければ、自《おの》ずと人は心を開くものですよ」

「…………」

パッと見た感じクールな秘書さんっぽいのに、中身は出世欲にまみれた戦闘狂のようである。仕事熱心なのは良いことだけれど、もう少し相手のことを考えて欲しい。まさか能力者って誰もがこんな感じなのだろうか。

「あー、星崎《ほしざき》くん、星崎くん。ちょっといいかね？」

「っ!?」

そうこうしていると、廊下の方から他に声が聞こえてきた。

男性のものだ。初めて聞く声色である。

その声を耳にして、バリキャリの人が顰《しか》めっ面となった。

「……課長」

「朝イチでフロアを飛び出して行くから、気になって後をつけてみれば、なるほど、そういうことだったのかい。仕事に対して熱心なのは構わないけれど、君の都合に新人を巻き込むのはどうかと思うな」

「…………」

お姉さんの後ろから、スーツ姿の男性が現れた。

流すような前髪が印象的なミディアムヘア。俳優っぽい顔立ちのイケメンである。年齢は恐らく三十代。しかも背が高くて、百八十を超えていると思われる。おかげでスーツがよく似合っている。

課長という響きからして、彼女の上司で間違いあるまい。

「私は阿久津《あくつ》だ。君が佐々木君？」

「え？　あ、はい。自分が佐々木ですが……」

「星崎君から報告は受けていたんだけれど、顔合わせはこれが初めてになるね。何分忙しい身の上とあって、申し訳ないとは思うけれど勘弁して欲しい。一応、今後は君の上司となる人間だ。もちろん彼女の上司でもある」

「どうも、よろしくお願いします」

どうやら先方から、わざわざこちらを訪ねてくれたようだ。

あと今更だけど、バリキャリの人の名前をゲット。どうやら星崎さんというらしい。

ところで我々の上司ということは、彼もまた国家公務員ということになる。どういった名称の部署なのかは説明を受けていないから知らないけれど、他所《よそ》の中央省庁と横並びだとすると、彼の歳《とし》で課長というのは恐ろしく出世が早い。

見た感じどれだけ上に見積もっても三十代中頃なのだ

けれど、まさか若作りだろうか。普通だったら四十を過ぎた人間が就くポストだったはず。それとも外見を若く取り繕う能力など存在しているのか。いずれにせよ背景が気になる人物だ。

「星崎君、君はフロアに戻って先日の報告書作りだ」

「っ……」

「佐々木君には研修を受けてもらう」

よかった、その背景には気になる点も多いけれど、中身は思ったよりもマトモである。もしも水使いのお姉さんと同じ脳筋だったらどうしようかと、内心少し焦っていた。未だ就業規則のイロハさえ伺っていないのだから。

タイムカードの扱いや残業の申請方法とか、とても大切な業務知識である。

「これを持っていてくれたまえ」

スマホを渡された。

世間でも市販されているモデルだ。

「こちらは？」

「連絡はそこに入る。担当者の指示に従って欲しい」

「承知しました」

どうやら他所で研修を担当してくれる方がいるらしい。

それが星崎さんじゃないことを今は喜ぼう。彼女は上司から職場待機を言い渡されたことで、陰鬱そうな表情をしている。こうまでも露骨な反応をされると、昨日本人の口から耳にした、青天井だという報酬額が気になってくる。

「なるべく普段から携帯するようにしてくれ」

「プライベートもですか？」

「緊急の呼び出しが発生する可能性もある」

「……なるほど」

緊急の呼び出しは嫌だなぁ。

そういう制度があると、休日でも気が休まらない。あまり頻繁に掛かってくるようだったら、異世界に放置してしまおう。あっちだったら電波は入らないし、ＧＰＳを筆頭とした各種トラッキングも無効化できる。

「急な顔合わせですまないが、これで挨拶とさせてもらいたい」

「あ、はい」

「それじゃあ私は他に仕事があるから、これで失礼する。何か気になることや現場で解決できないことが生じたら、アドレス帳に私の連絡先が入っているから、電話なりメールなりで相談して欲しい」

「お忙しいところ、どうもありがとうございました」

こちらが小さく会釈をすると、彼は早々に去っていった。

＊

上司とバリキャリの人がホテルを去ってしばらく、端末に連絡があった。

その指示に従い、昨日も訪れたビルに向かう。なんでも研修は同所で行われるとのこと。当然ながらピーちゃんとはしばしのお別れである。一度自宅に戻り、彼の収まるケージを置いてからの出社と相成った。

フロントで担当者の名前を告げると、あれよあれよという間に案内を受けて移動。

十畳ほどの会議室に案内された。

そこで入れ代わり立ち代わり、同所に勤めていると思しき人たちから、お勤めに伴う様々な説明を受けた。勤怠管理の方法から始まって服務規程、各種アカウントの発行や今後の予定に至るまで。

ちなみに研修生は自分一人だった。

居眠りをすることもできずに苦労した。

気になる勤め先のお名前は、内閣府超常現象対策局とのこと。省庁下の組織ではなく内閣府直属だった。ただし、対外的には存在していない局とのことで、局外に口外することは厳禁だと固く言われた。言ったところで信じてもらえないだろうとも。

しかし、その場合だと対外的な身分に困るので、内閣府の外局から国家公安委員会の管轄として、警察庁の名刺を頂戴した。局外の人間にはそちらの名刺で名乗るように、との指示を受けた。

部署的には同庁の内部部局にあたる刑事局。星崎さんが上司のことを課長と呼んでいたのは、阿久津さんが同局における課長職に当たる肩書で普段は通しているかららしい。ちなみに我々の身分は巡査部長とのこと。

星崎さんが拳銃を携帯していたのも納得である。

場末の商社から警察に転職とか、知り合いが聞いたら驚きそうだ。お給料的には危険手当を筆頭とした各種手当を抜きにしても大幅なアップ。これで向こうしばらく、仕入れに困ることもなさそうである。

そうなると気になってくるのが待遇だ。

能力者は他の職員とは異なり、毎日決まった時間に出社する必要はないと言われた。それというのも人によっては、他に仕事をしながら同局に勤めている方もいるそうだ。このあたりは割と自由が利くらしい。

代わりに予定された招集には、必ず応じて欲しいと言われた。

仕事内容は多岐にわたるそうで、各人の能力に見合った仕事が割り振られるとのこと。人探しを専門的に行っている能力者もいれば、破壊工作を主として行っている能力者もいるそうで、これについてはピンきりだそうな。

そうした作戦行動への参加が主な業務だと伝えられた。ちなみに星崎さんは、あまり大っぴらには言えない仕事をしているそうだ。とんでもない人に目をつけられたものである。説明をしてくれた担当の方も、こちらの話を受けては同情的な眼差《まなざ》しであった。

最後に支度金としてお小遣いをもらった。

なんと百万円。

能力によっては運用にお金が必要な方もいるとのことで、入局時に一律で支給しているらしい。また、以降の給付は現場での運用により上下していくとのこと。自分の場合はこれといって必要もないので、きっと今回限り。

当面の仕入れにありがたく使わせて頂こう。クレカは限度額が近づいており、銀行の預金もカツカツだったので、とても助かった。これで次の給料日までは、十分に持たせることができそうだ。

きっと公務員として忠義心を誘う意味でも、こちらのお小遣いは機能していることだろう。国家公務員試験を受けて入ってきた人たちと比べれば、お国の為に、なんて意識も薄そうな異能力者勢である。

そんなこんなで研修の時間は過ぎていった。

翌日以降は端末に連絡が入るまで待機とのこと。能力の把握やら何やらは昨晩の内に星崎さんが終えていたので、オリエンテーションはこれにて終了だそうな。次に登庁を求められるのは、初仕事に際してとなるらしい。

同日はそんな感じで終えられた。

＊

自宅に戻るとピーちゃんの様子がおかしかった。

普段であれば飼い主の帰宅の挨拶を受けて、おかえり的なお返事をしてくれる愛しき文鳥。そんな彼がまるで野生に還《かえ》ったが如《ごと》く、可愛らしい鳴き声を繰り返し上げていた。それこそ言語を忘れてしまったかのようである。

『ピー！　ピー！』

「ピーちゃん？」

『ピー！　ピー！』

「………………」

もしやと考えて、彼をお出かけ用のショルダーバッグに移す。

仮に自身の想定が正しければ、この場で普段どおりに振る舞うことは極めて危険だ。スーツから普段着に着替えると共に、課長からもらった端末をデスクの上に放置する。そして、財布だけを手に部屋を後にした。

「ピーちゃん、お散歩にいこうか」

『ピー！　ピー！』

元気な鳴き声と共に、小さく羽ばたいてみせるピーちゃん。

これを確認して、何気ない調子で玄関から外に出る。

すると自宅から少し歩いた辺りで、ようやく彼が人の言葉を喋った。

『今日の昼間、あの部屋に人が入ってきたぞ』

「やっぱりかい……」

『なにやらゴソゴソと取り付けていたが、あれは貴様の知り合いか？　そうでなければ我の存在が他所にバレると不味《まず》いと考えたのだが。もしも要らぬ心配であったのなら、付き合わせて悪いことをした』

「いいや、おかげで助かったよ。ありがとう、ピーちゃん」

『ならばよかった』

「たぶんだけれど、監視カメラや盗聴器なんかを部屋に取り付けていたんだと思う。ピーちゃんが作った土のゴーレムや、ピーちゃん自身がインターネットをする姿とか、そういったのは見られたりしてない？」

『うむ、幸いケージで眠っているところを起こされた形でな』

「それはよかった」

タイミング的に考えて、十中八九で課長さんの指示によるものだろう。

まさか看過できる筈がない。

「取り付けられた場所って分かる？」

『全て覚えているぞ』

なんて頼もしい文鳥だ。

愛鳥との散歩の体で自宅近隣を歩き回りながら、ピーちゃんから機器の設置先を伺った。確認された設置箇所は合計で五つ。本当ならすぐにでも仕入れに行きたいところだけれど、本日はこれの取り外しを優先しよう。

数分ほど歩いてから自宅に戻った。

そして、ピーちゃんから確認した箇所の調査を行う。するとは彼の指摘どおり、監視カメラや盗聴器と思しき機器が出てくるわ出てくるわ。指摘されなければ、まるで気づけなかった自然さで、たしかに五つその存在が確認された。

各々電源を潰して機能の停止を確認する。

すると直後に課長からもらった端末が震えた。ディスプレイを確認すると、阿久津との名が表示されている。まさか偶然ではないだろう。数コールほど待って覚悟を決めると、思い切って通話ボタンを押す。

「……はい、佐々木ですが」

『君は優秀だねぇ、佐々木君』

「………………」

随分といきなりな語り口だ。

「課長の危惧は私も十分に分かります。ですが、自宅に監視カメラや盗聴器は勘弁してもらえませんか？　こういったことが今後も続くようであれば、そちらの意向に沿った行動が難しくなります」

『すまないね、これは通過儀礼のようなものなんだ』

「……どういうことですか？」

『君は合格だよ、佐々木君』

「………………」

いきなり合格だと言われても、何が何やらさっぱりだ。

『普通は一つ二つ見つけるのが関の山なのだけれど、まさか全て潰されるとは思わなかった。ひょろっとしている割に抜け目がないじゃないか。伊達《だて》に歳を重ねていない、ということかい？』

「切ってもいいですか？」

『いやいや、申し訳ないことをしたとは思っている。すまないことをした、ちゃんと謝罪するよ。ただ、我々の組織をよく思わない人間は多くてね。そのチェックと新人の腕試しを兼ねた試験なんだ』

「だとすると、僕の場合はチェックになっていないのでは？」

　ボロを出す前に全て撤去してしまったぞ。

『もしも君が組織に対して敵対的な人間であれば、気付いてすぐに撤去するような真似はしないだろう。内通者を捕まえる機会は幾度かあったけれど、そういった者たちはこの試験で、すぐにボロを出すか、敢《あ》えて平然を装っていたよ』

「……そうですか」

『君は素直で優秀な人間のようだ。私としては今後とも、仲良くやっていけたらと考えている。これは決してお世辞ではない。この仕事は何も能力ばかりが全てではないからね。その点はどうか誤解しないでもらいたい』

「…………」

『能力者というと、どうしても猪突猛進《ちょとつもうしん》な人間が多い。選民思考が強い者も多く見られる。これを管理する為にも、君のような人材は大歓迎だ。どうか私の下で、その手腕を存分に振るってもらいたい』

「承知しました」

『ありがとう。それでは失礼する』

　一方的につらつらと語られて、上司との通話は終えられた。

　阿久津課長、これまた油断のならない人物である。

*

　上司とのやり取りを終えた後は、総合スーパーでの仕入れだ。

　本日は一人で向かうことにした。

　色々と身の回りが忙《せわ》しなくなってしまったので、今後はピーちゃんを屋外に連れ出すことも控えるべきだろう。人目のある場所では十分に注意して接しないと不味そうである。自宅外でお話をするような真似はアウトだ。

　本人にもその旨、説明をして合意を頂戴した。

　楽しかった仕入れの時間も寂しくなりそうである。

　そんなことを考えつつ玄関から外に出ると、すぐに声を掛けられた。

「おじさん、こんばんは」

「え？　あぁ、こんばんは」

　声の聞こえてきた方に目を向けると、そこにはお隣さん。

セーラー服姿で、玄関ドアを背に体育座りをしている。

外に一歩を踏み出した直後に声を掛けられたので、少しびっくりした。夜の暗がりに紺のセーラー服という出《い》で立《た》ちが、ここ数ヶ月で慣れたつもりではあったのだけれど、それでも威力的に映った。

今年の春先までは、ランドセルを背負っていた彼女である。こうして身につけている衣服が変化しただけで、急に身体が大きくなったように感じられるから不思議なものだ。父親でも何でもないのに、妙な感慨を覚えてしまったよ。

「急ぎの用事は終わりましたか？」

ジッとこちらを見つめて、お隣さんが言った。

はて、何のことだろう。

思い出すのには、ちょっとだけ時間を要した。

昨日の別れ際、彼女と交わした言葉である。

星崎さんと初めて出会った日の晩、お隣さんとは玄関先で顔を合わせていた。その際にお話があるとかなんとか、相談を受けたような気がする。以降が色々と慌ただしかったこともあり、すっかり頭から抜け落ちていた。

「ごめん、僕に話があるって言っていたね」

「覚えていてくれたんですか？」

「危うく忘れるところだった。申し訳ない」

「いえ、こちらこそ急なお話をすみません」

すっくと立ち上がった彼女は、軽くお辞儀をしてみせた。

黒髪のサラサラと肩先に流れる様子が、妙に印象的なものとして映る。思い起こせば出会った当初はおかっぱだった彼女だ。それがいつの間にやら髪の毛も伸びて、随分と女性らしくなったものである。

身体つきもふっくらしてきたのではなかろうか。

ママさんの彼氏につまみ食いされるのも時間の問題だろう。

「それで話っていうのはなにかな？」

「おじさんに渡したい物があったんです」

セーラー服のスカート、そのポケットから何やら取り出される。

透明なビニールの袋に納められて、小綺麗《こぎれい》なテープで封がされたそれは、数枚のクッキーだった。市販製品と比べて歪《いびつ》に感じられる形は、大きさもほとんど揃っていない。恐らく抜き型を利用せずに、手ずから整えたのだろう。

「家庭科の調理実習で作りました。もらって頂けませんか？」

「え、いいの？」

未だ育児放棄の続くお隣さんにとって、食品は貴重品だ。

そんな彼女から食べ物をもらうというのは気が引ける。

「いつも頂いてばかりなので、お礼をさせて下さい」

これも彼女なりの自尊心の表れだろうか。

もしそうなら、素直に受け取ったほうがいいかもしれない。

「ありがとう、大切に食べさせてもらうね」

「いえ、こちらこそいつもありがとうございます」

親族以外の異性から何かをもらうの、初めての経験かもしれない。

クッキーを受け取ると同時に、ふと自らの寂しい過去に思い至った。それがこうして中年を迎えてから、女子中学生の手作りクッキーを受け取っている。圧倒的にマイナスであった異性経験が、プラスマイナスゼロまで引き上げられたような感覚。

自身の人生、異性関係はこれでフルコンプしたのではなかろうか。そんなふうに考えて、ある種の達成感が胸のうちに溢《あふ》れるのを感じた。人生というパズルのピースが、また一つカチャリとハマったような。

「ところで、一ついいですか？」

「なんだい？」

「前にご一緒していた女性は、お付き合いのある方でしょうか？」

それはもしかして、星崎さんを指しての話だろうか。

だとすれば、我々の関係はそんな素敵なものではない。

「彼女は職場の上司かな」

「随分とお若い方が上に立たれているんですね」

「実力主義の現場なんだよ」

「外資系、というものでしょうか？」

「まあ、似たような感じだね」

これ以上ないほどに内資系なのだけれど、その点は黙っていよう。

研修でも局の存在は決して口外しないようにと口を酸っぱくして言われた。それでもついつい口を滑らせてしまう新人はいるようで、機密を漏らした人間がどのような処罰を受けるのか、具体例を知らされたときは肝を冷やしたものである。

「すみません、勘違いをしていました」

「べつに気にしなくてもいいよ」

若い女性ってそういう話が好きだものね。

星崎さんももう少し、お隣さんみたいに控えめだったら嬉しかった。自身の前で恋バナを話題にあげて欲しいとは思わない。けれど、嬉々《きき》として異能力や銃弾の飛び交う現場に突っ込んでいく勇猛さは、人生も折り返し地点を過ぎた中年にはちょっと辛《つら》い。

「それじゃあ悪いけど、用事があるから僕は行くね」

「急に呼び止めてしまい、すみませんでした」

「いやいや、ぜんぜん大丈夫だよ」

玄関先で言葉を交わしていたのは数分ほど。

お隣さんと別れて、当初の予定通り総合スーパーに向かうことにした。

*

買い出しを終えた後は、ピーちゃんの魔法によって異世界入り。

いつもの魔法で自宅から異世界の拠点にひとっ飛び。

そこから徒歩で副店長さんの下まで向かった。

「……という訳で、以前お伝えしていた問題が片付きました。ですが向こうしばらくは、突発的に忙しくなる可能性がありまして、一方的なご相談となり申し訳ないのですが、そのあたりご理解を頂けたらと」

「わざわざご説明を下さりありがとうございます。まずはササキさんが無事に戻られたことに安堵《あんど》しております。今後についても承知しました。無理なことをお願いするつもりは毛頭ありませんので、末永くお付き合いできたら幸いです」

「ありがとうございます。とても助かります」

「あれだけ素晴らしい品ですから、その製造も大変な手間でしょう」

副店長さんには、商品の製造過程で問題が発生したと伝えさせて頂いた。まさか素直にあちらの世界での出来事を説明する訳にはいかないので、こればかりは仕方がない。当面は製造ラインが安定しない云々《うんぬん》、ご説明させてもらった。

「それで早速なのですが、今回見て頂きたいのは……」

場所はいつもの応接室、そのソファーに腰掛けてのやり取りだ。

正面のローテーブルに、日本から持ち込んだ品々を並べていく。砂糖やチョコレートといった定番商品についは、商会へ足を運んだ時点で他の担当者に受け渡した。この場に残っているのは新たに持ち込んだ品々だ。

前回に引き続き、アウトドア製品で攻めてみた。

色々と持ってきたけれど、目玉となる商品は二つ。弓矢を利用した狩猟と併せて、釣りも同じような層の貴族に人気がある趣味とのことで釣具を一式。また、現地での連絡手段として、トランシーバーと乾電池のセット。

それぞれ機能と使い方を副店長さんにご説明した。

食いつきが良かったのはトランシーバーだ。

「……ササキさん、これは凄《すご》いですよ」

「たしかに便利な品ではありますが、先程ご説明した通り、利用には燃料が必要です。この小さな金属を一つ使って、一日と少し動かすことができます。金属の中に収められている力がなくなったら、何の役にも立たないので注意して下さい」

「そうだとしても大したものです。ですがこれは狩猟などではなく、戦の為の道具ではありませんか？　仮にそちらの燃料が一つ金貨百枚であっても、買い求めるだけの価値はありますよ」

「そうですね、元々は戦の為に開発された道具です」

「そのような物を我々に売ってしまって、よろしいのですか？」

怖《お》ず怖《お》ずといった面持ちで問い掛けてくる。

後々問題になったらどうしよう、とか考えているのかも。

「数には限りがありますし、燃料の金属も有限です。また、仮に分解して中身を解析したとしても、恐らく同じものを作ることは困難だと思います。なので少数であれば販売しても問題ないと判断しました」

「なるほど……」

ワンセット数千円の安価なトランシーバーだけれど、こちらの世界では価値があるようだ。その開発に携わった過去の偉人一同に感謝しつつ、自分やピーちゃんが異世界で贅沢《ぜいたく》する為の資金源として、ありがたく利用させて頂こう。

原始的な品ならまだしも、昨今の送受信機は集積回路で実装されている。こちらの世界でリバースエンジニアリングされる可能性は皆無である。なんかチョコのかけらみたいなのが入っているな、くらいの認識で終えられると思う。

そして、トランシーバーや釣具以外の商品も、それなりに需要があるとのことで、持ち込んだ品々については、丸っと引き取ってもらえることになった。今回も在庫を抱えずに済んでホッと一息である。

気になる買取価格は、込み込み金貨五千六百枚とのこと。内三千枚は三セットのトランシーバーと、これを動かす為の乾電池五十本である。過去最高のプライシングを受けて、手持ちの金貨が一万枚近くまで膨れ上がった。

「この度も素晴らしいお取り引きをありがとうございました」

「いえいえ、こちらこそ素早いご対応を恐れ入ります」

ローテーブル越しに頭を下げて、取り引き終了のご挨拶。

そこでふと、これまで気になっていたことを尋ねてみることにした。

「ところで一つよろしいでしょうか？」

「なんでしょうか？」

「こちらの商会の代表の方はいらっしゃいますか？」

いつも副店長のマルクさんが相手をして下さるので、一度も顔を見たことがなかった。日本では数日の期間ながら、こちらの世界では数ヶ月近い時間が経過している。ご挨拶くらいした方がいいのではないかと考えた次第だ。

「代表のハーマンは、大きな商談を行う為に首都まで足を運んでおります。そして、今年一杯は戻る予定がありません。もしも急ぎのご用ということであれば、手紙を出させて頂きますが、いかがしましょうか？」

「いえ、それなら大丈夫です」

「よろしいのでしょうか？」

「もしもいらっしゃるようなら、ご挨拶をと思いまして」

「そういうことであれば、こちらに戻った際には是非お願いします」

「ありがとうございます」

自動車や新幹線といった高速な移動手段が存在しない為、他所の町と行き来するのにも時間が掛かることだろう。ピーちゃんに瞬間移動の魔法を頼めば、サクッと行って帰ってくることができるかもだけれど、当面は保留だ。

能力者云々で乱れた生活習慣が落ち着くまでは控えておこう。

仕事にさえ慣れたのなら、商社勤めより自由な時間は増える筈である。

＊

副店長さんと別れた後は、フレンチさんに会って話をした。

飲食店の経営状況は相変わらず順調とのこと。レシピも大半を消化したそうで、同日は彼のお店でご飯を食べさせてもらう運びとなった。書き入れ時から外れて店が空《す》いた時間帯、店内の奥まった場所にある個室にテーブルを用意してもらっての食事だ。

二人がけの控えめな円卓、対面には卓上にピーちゃんの姿がある。

『これはなかなか美味《うま》いな。経験のない味だ』

「こっちの世界だと、香辛料の種類が少ないからかな？」

我々が食しているのはスープカレーだ。

日本で流通している一般的なカレーライスは見た目がよろしくない。いきなり出しても食べてもらえない可能性があった。そこで先んじてスープカレーを提案したところ、これが存外のことウケているそうな。

ただし、利用しているスパイスの大半は、砂糖やチョコレートと一緒に日本のスーパーから持ち込んでいる。なので一日十食の限定商品とのこと。今後は現地の食材での再現を検討したい。

『肉が柔らかくて美味い。ピリピリしているのもいい』

「たしかにこの肉の柔らかさは堪《たま》らないね」

完成度は想像した以上だった。

もしかしたら辛いだけのスープになってしまうかも、などと考えていたのだけれど、ちゃんとレシピ通り作って下さったようだ。こうなるとまだ見ぬ他のレシピの料理についても、今から期待してしまう。

ちなみにピーちゃんの分はお肉多め。

「あの、い、いかがでしょうか？」

食事を摂《と》っていると、フレンチさんが我々の下までやってきた。

いつものエプロン姿である。

「とても美味しいです。こちらが思い描いていたとおりですよ」

「本当ですか!? ありがとうございます！」

「こちらこそ見事に再現して下さり、ありがとうございます」

彼のおかげで、ピーちゃんに多少なりとも報いることができた。フレンチさんとは出会いこそ酷《ひど》いものであったけれど、結果的にはこうしてお誘いして良かった。お店の経営も商会の副店長さんと協力して、まるっと面倒を見て下さっている。

当然、お礼をするべきだろう。

事前に用意していた金貨の包みを差し出させて頂く。金貨を束にして紙とテープで留めたものだ。流石《さすが》に裸で渡すのが申し訳なく思えてきたので、それっぽくデコってみた。大河ドラマに出てくる江戸時代の小判みたいな感じ。

「こちらは先月分のお給料となります」

「あ、ど、どうもありがとうござ……え、あの、これはっ……」

「レシピを再現して下さったお礼も入っております」

「……ほ、本当にもらってしまっていいのですか？」

「どうぞ、お受け取り下さい」

金貨も三十枚となると、結構な厚みがある。

こちらのお店の収支については、商品の持ち込みと併せて、商会で副店長さんから共有を受けている。先月は金貨百枚の黒字だったという。自分はこれといって何もしていないのに、金貨百枚が懐に転がり込んできた。現場に還元しない訳にはいかない。

「こ、今後も誠心誠意頑張らせて頂きます！」

「是非よろしくお願いします」

「はい！」

「それと来月からは、店の利益に見合った額をご自身で計上して下さい。今後こちらのお店の経営に関しては、フレンチさんに全ておまかせします。月に一度、報告だけ上げてくだされば結構です」

いちいちお給料を渡しに行くのも面倒である。それにこちらの都合で会いに行けない場合も、今後はちょくちょく出てきそうだ。そう考えた時、お店のことについては、もう全部彼に任せてしまった方が無難だと思う。

　ハーマン商会さんのサポートもあるから、きっと大丈夫だろう。

「え、それって……」

「いつも丸投げで申し訳ありませんが、お店を頼みます」

「は、はいっ！　ありがとうございます！」

　しかしなんだ、自分が努力した訳でもないのに、こうして畏まられると居心地がよろしくない。どれもこれもピーちゃんのおかげである。当の本人が目の前に鎮座している手前、フレンチさんに持ち上げられると、なんとも言えない気分である。

　彼自身は我関せず、めっちゃ美味しそうにお肉を啄《ついば》んでいらっしゃるけれど。

「すみませんが、あとは勝手に楽しませて頂いても構いませんか？」

「え？　あ、は、はいっ！　それでは失礼いたします！」

　それとなくお伝えすると、彼は厨房《ちゅうぼう》に戻っていった。

　ここ最近はピーちゃんに苦労ばかり掛けてしまっているので、こちらのお店のご飯で少しでも気分を良くしてくれたら嬉しい。同店の存在は彼の為と称しても過言ではない。当面は今くらいの感覚で、ゆっくりと運営してもらえたら幸いだ。

『しばらくはこの店で食事を摂りたい』

「それは僕も同意見だよ」

『他にも色々とレシピを渡したのだろう？』

「そうだね」

『それらはこれと同じくらい美味いのか？』

「個人的にはそう思うけど」

『貴様、なかなかやるじゃないか』

「ピーちゃんに満足してもらえて嬉しいよ」

『神戸牛《こうべぎゅう》のシャトーブリアンは残念だったが、これはこれで良いものだ。他にも色々と控えているとあらば、当面は楽しむことができるだろう。これであちらの生活が落ち着けば、我々の生活もしばらくは安泰だな』

「早いところ落ち着くといいんだけどねぇ……」

　ご満悦な文鳥の姿を眺めて、自身も心が温かくなるのを感じた。

＊

お腹《なか》が膨れた我々は、次いで魔法の練習にやって来た。

場所は以前と変わらずだ。活動の拠点であるエイトリアムの町が所在する草原地帯と、これに隣接した森林地帯。両者の境目辺りを練習場として利用している。町からはそれなりに離れている為、これといって人と出会うこともない。

前に訪れた際と同様、ブツブツと呪文を繰り返し唱えては、新しい魔法の習得に躍起となっている。こちらの世界のみならず、あちらの世界でも呪文の暗記には余念がない。スキマ時間を活用して頑張っている。

そうした努力が実ったのだろう、なんと中級魔法を使うことができた。

『……本当にこの短期間で、中級魔法を習得するとは思わなかった』

「ピーちゃんが譲ってくれた魔力のおかげじゃないかな？」

『いいや、魔力という障壁はたしかに存在しているが、そうだとしても大したものだ。この世界の一般的な魔法使いは、中級魔法を習得するまでに十年以上の歳月を要する。それを僅か数週間の修練で達するとは異例だ』

「そこまで褒められると逆に恐ろしいんだけれど」

どのような魔法かと言うと、雷撃を放つ魔法だ。

手元の魔法陣から、ピシ、バリバリっと。

これが随分と強力で、目にも留まらぬ勢いで放たれたかと思えば、対象に着弾して炸裂《さくれつ》する。通電のみならず、最後に直撃部位を激しく抉《えぐ》る。つまり正しく目標を設定すれば、ほぼ確実に対象を死傷可能なのだ。

近くに生えていた木に対して、試しに一発撃ち放ってみたところ、樹木はいとも簡単に根本からへし折れた。直撃地点は焼け焦げており、ぷすぷすと煙を上げている。なんて恐ろしい魔法だろう。

『一定以上の障壁があれば、無効化することは容易だ』

「……なるほど」

ピーちゃん的には、そこまで恐れる魔法でもないらしい。

肩に乗った文鳥のことが、少しだけ恐ろしいと思ってしまったよ。その矛先が自身に向かうとは決して思わない。けれど、同じ魔法を使う人がこの世界に存在している可能性は非常に高い。なるべく早めに障壁魔法とやらを覚えたいと思った。

っていうか、今の口振りからすると必須でしょう。

魔法使い同士の争いだと。

避《よ》けるのではなく無効化という対処法が与えられた点に鑑みると、こちらの世界における魔法とは、割と真っ向からの力量勝負と思われる。お互いにお互いの魔法を無効化しつつ、如何《いか》に自身の魔法を有効打とするか、みたいな。

今し方に確認した雷撃の威力的に考えて、警察の備品を持ち込んだ程度では、これを圧倒することは難しそうだ。仮に現代の武器が手に入ったとしても、生半可な装備では、魔法の前には意味を為《な》しそうにない。

「なんていうか、中級魔法って凄いんだね」

『今の魔法は中級魔法でもかなり初級に近い魔法だ』

「え……」

『中級魔法と一口に言っても非常に幅が広い。初級、中級、上級という大雑把《おおざっぱ》な区分となっている手前、それぞれの区分においても上下が存在している。中級でも上位の魔法となれば、かなりの威力を誇る』

「…………」

ピーちゃんがかなりの威力と言うのだから、きっと相当なものだろう。

個人的にはそうした危ない魔法よりも、瞬間移動の魔法を習得したい。しかし、こちらも継続して練習しているのだけれど、未だに使える兆しが見えない。上級の更に上という扱いは、決して伊達ではないようだ。

『ついでに言うと上級以上は才能の世界だ。どれだけ努力しようとも、使えない者は使えない。これは保有する魔力量の問題となる。貴様の場合はその制限がない。努力すれば努力しただけ報われることだろう』

「ピーちゃん、僕は上級魔法を覚えるのが恐ろしいよ」

『なんだ、やはり覚えるつもりでいるんだな？』

「…………」

おぉっと、卑しい驕《おご》りを見事に見破られてしまったぞ。

恐ろしいとは言いつつも、覚えてみたいとは考えていた。

『気にするな、人とはそういう生き物だ。我もそうであった』

「……そうなのかな？」

『第一、躊躇《ちゅうちょ》していられないのが貴様の置かれた身の上だろう？　我が共にいれば守ってやることもできるが、別々に行動していたのではそうもいかない。上級魔法を覚えれば、向こうでも安心して暮らせるぞ』
「そうだったね」
いつの間にか魔法の習得が死活問題になっている。

＊

翌日、町のお宿で惰眠を貪っていると、副店長さんがやってきた。

なんでも子爵様の下へ一緒に来て欲しいとのこと。先日納品させて頂いたトランシーバーを献上に向かいたいとの話であった。そういうことであればと、手早く支度をしていつぞやのお城に向かう。

道中は彼が馬車を用意してくれた。

出不精な現代人としては、その心遣いが非常に嬉しい。

城内では以前の謁見も奏功して、怪しまれることなく子爵様の下まで通された。前は謁見の間的なスペースでのご挨拶であったけれど、本日は応接室を思わせる部屋にご案内を受けてのやり取りである。

「なるほど、たしかにこの箱から声が聞こえてくるな……」

子爵様には既に副店長さんから話がいっていたようだ。

恐らく自分が魔法の練習をしていた間に、こちらまで足を運んでいたのだろう。日本での騒動から中級魔法の習得を優先した為、商品に関するやり取りについては、丸っと副店長さんにお任せしてしまっていた。

「こちらの商品についてですが、我々ハーマン商会としましては、ミュラー子爵にこそ納めるべきと考えております。下手な相手に売ったのでは、後々困ったことになるやもしれません。いかがでしょうか？」

「あぁ、その心遣いを嬉しく思う」

副店長さんの言葉に子爵様が深く頷いて応じた。

どうやら当面の売り先が決定したようだ。

ミュラー子爵の手には、搬入したばかりのトランシーバーが握られている。どういった機能、用途の製品であるのか、副店長さんに協力してもらい実演していた。それを無事ご理解頂いたところである。

「ササキよ」

「はい」

「こちらのトランシーバーとやらについては、他所に回すことなく、全てを私の下に流して欲しい。燃料となる電池という金属に関しても同様だ。また、その存在についても他言無用で頼みたいのだが、できるか？」

「それは問題ありませんが……」

「商売の邪魔をするようなことを言ってしまい悪いとは思う。代わりにこちらの商品についてだが、あればあるだけ買い取ろう。価格に関しても、ハーマン商会が買い取った額に色を付けていい」

「承知しました。そのようにさせて頂きます」

「うむ、助かる」

思ったよりも無線機は引き合いが強そうである。

ただ、異世界のお財布には既に結構な額が収まっている。当面の暮らしは安泰だ。なので急いで沢山持ち込むような真似はする必要もない。ちょいちょいと小出しにして、子爵様に会う機会作りに利用する程度で十分だろう。

「それとササキよ、私から一つ伝えておきたいことがある」

「なんでございましょうか？」

「もしかしたら、その方を頼る日が訪れるかもしれん」

「え、それは……」

「悪いが詳しい説明はまだできん」

「……承知しました。その際には謹んでお受け致します」

正直、ごめんなさい、ってお伝えしたかった。

しかし、相手はお貴族様である。まさかお断りすることなんてできない。それはたとえば社長命令のようなもの。ご本人はいい人っぽいから、断っても咎《とが》められないかも知れないけれど、周りからどう思われるかは別問題だ。

そんなこんなで子爵様との謁見は終えられた。

「ササキさん、子爵が仰っていた件ですが……」

お城からの帰り道、別れ際に副店長さんから声を掛けられた。

「あ、はい。なんでしょうか？」

「最近、隣国との関係が悪化していると噂《うわさ》に聞きまして」

「…………」

「備えておいた方がいいかもしれません」

これまたとんでもない噂である。

今このタイミングで彼が語ってみせたということは、きっとそういうことなのだろう。こちらの副店長さんはしっかりとした人だ。不確かな情報を流して相手を混乱させるような真似はしない。かなり確度の高い情報だと思われる。

障壁魔法の習得の優先順位が跳ね上がったぞ。

以降の数日はピーちゃんにお願いして、身の安全を守る魔法について、色々と学ぶことになった。できれば回復魔法についても、より強力なものを覚えておきたい。ピーちゃんは自分がいれば大丈夫だと言うが、それでも不安なものは不安である。

*

数日間にわたる魔法の練習を終えて、自宅アパートに戻ってきた。

いずれの世界でも問題の尽きない昨今、メンタルには些《いささ》か不安が残る。けれど、異世界で手に入れた上質な睡眠と美味しいご飯のおかげで、肉体的にはかなり良いコンディションである。この調子であれば、本日も元気良く過ごせそうだ。

久しぶりに筋トレとかしてみようかな。

などと考えたのが良くなかったのだろうか、戻った直後にスマホが震えた。

個人所有のものではなく、課長から受け取った一台である。

ディスプレイを確認すると星崎さんの名があった。

「はい、佐々木ですが」

「今すぐに登庁してもらえないかしら？　急ぎの仕事が入ったの」

「それは阿久津さんからの……」

「課長からの指示よ。頼んだからね？」

「……承知しました」

残念である。

星崎さんの独断専行であったら、適当に言い訳を並べて逃げようと考えていた。しかし、課長からの指示となると無視する訳にはいかない。今すぐにとのことなので、大急ぎでスーツに着替えて荷物を支度する。

「行ってくるよ、ピーちゃん」

『うむ、気をつけるといい』

しかしなんだろう、こうして送り出してくれる人がいるって素敵だ。

＊

二度目の登庁ともなれば、電車の乗り換えもスムーズである。

一直線に目的地まで向かうことができた。

本当はピーちゃんの瞬間移動の魔法のお世話になりたかった。けれど、行き先が行き先ということで、今後は控えることにした。ただし、勤め先の目を誤魔化《ごまか》す手立ては、今後とも意欲的に模索していきたいと思う。

「おはようございます」

電話で指示されたとおり、フロア内の会議室に向かう。

するとそこには既に百名近い人の姿があった。

ドラマなどでよく見る、何とか事件対策会議的な雰囲気だ。

ただし、これに臨む人たちは非常に個性的である。

下は十代の若者から上は六十近い初老まで、シアター形式に並べられたテーブルに対して、老若男女が腰掛けている。髪の色も黒の他に、茶色かったり金髪だったりと賑《にぎ》やかなものだ。とてもではないが公務員とは思えない人たちである。

自分と同じようにスーツ姿も見られるが、残念ながら少数だ。

「来たか」

こちらの姿を確認して、課長が声を上げた。

彼は部屋の正面に設けられた大型のスクリーンの傍らに立っている。映し出されているのは、人の顔と思しき写真の連なりだ。バストアップに混じって、明らかに盗撮だろうと思しきショットもチラホラと。

「佐々木君、こっちに来てくれ」

「あ、はい」

促されるがままに彼の隣に並ぶ。

どことなく剣呑《けんのん》な雰囲気を感じさせる会議室。居合わせた面々からは、ジロジロと好奇の視線が向けられる。

新卒で前の勤め先に入社した直後、初めて担当のフロアを訪れたときのような感覚である。いいや、それ以上に注目されているかも。

「新しく入った佐々木君だ。今回が初仕事になるので、皆々も気にかけて欲しい。能力については事前に配布した資料の通りだ。恐らく星崎君と組むことが多くなるとは思うが、場合によっては他の者と組むこともあるだろう」

課長の口から皆々に紹介が行われた。

チラリと視線を向けられたので、自分からも一言。

「どうぞ、よろしくお願いします」

能力者的なスペックについては資料が配布されているとのことなので、わざわざ説明する必要はないだろう。

軽くお辞儀をして挨拶は終了だ。居合わせた面々からも、質問の声が上がることはなかった。

「空いている席に座って欲しい」

「はい」

促されるがまま空いた席に腰掛ける。

チラチラと様子を窺うような気配こそ感じるが、話し掛けてくる者はいなかった。

そして、こちらが椅子に座ったことを確認すると、再び正面に立った課長が口を開いた。ぐるりと部屋全体を見渡すようにしての口上である。

「佐々木君が来たので、本日集まってもらった理由を説明する」

どうやらすぐに仕事の説明に入るようだ。


皆々の意識が向かったのは正面のスクリーン。そこに並んだ写真を指し示して、彼は淡々と語り始めた。曰《いわ》く、映し出されているのは、国の組織への従属を拒む、非正規の能力者たちだという。

便宜上、国に所属している能力者を正規の能力者、所属していない能力者を非正規の能力者、国が運営する組織を知らない能力者を野良の能力者として、こちらの局では扱っているらしい。

そうした非正規の能力者の間には、いくつかの組織化された仲良しグループが存在しており、その中でも比較的大きな二つのグループに所属する構成員が、スクリーンには映し出されているとのこと。

当然、局からすれば全員が摘発対象だ。常日頃から行方を追い掛けていたところ、これら二つのグループの間で、正規の能力者に対抗する為、その合併を検討する会合が開かれるとの情報が入ってきたらしい。

まさか放ってはおけないということで、この場が設けられたそうだ。

つまり自身の初めてのお仕事は、早い話が討ち入りである。

なんておっかない業務内容だろう。

怪我《けが》をした場合、ちゃんと労災はおりるのだろうか。

「……以上、質問がある者はいるか？」

一頻《ひとしき》り喋り終えたところで、課長が居合わせた皆々を見渡して言った。

すると早々に手が上がり始める。

その中から上下スウェット姿の男性が課長から名指しされた。二十代も中頃と思しき粗野な外見の人物だ。乱暴に染められた茶色い長髪が印象的である。処置をしてから久しいようで、根元の黒が目立ち始めてきている。

「今回の仕事ですけど、参加するのはこれで全員なんですかね？」

「実働部隊はこれで全員だ。他に非能力者の局員が数十名ほど、後方から支援に当たる予定になっているが、こちらは原則として戦闘行為には参加しない。万が一に備えて武装はしているが、当てにはしないで欲しい」

「ぶっちゃけ、いけそうなんですか？」

皆々の面前、二人の間で言葉が交わされる。

それは自身も気になっていた事柄だ。

「そのように判断したからこそ、こうして皆を集めた」

「ならいいんですけどね……」

どうやら会議室に居合わせた人たちだけで仕事に当たるらしい。能力者による争いは、単純な人数比では判断できないと思うけれど、スライドに掲載されていた写真の枚数に対して、数の上では負けている。相手は我々の二倍以上だ。

それからしばらく、課長と局員の間で質疑応答が交わされた。

気になっていた点についてはすぐに出尽くしたので、自身から声を上げることはなかった。また、質問の大半は現状に対する確認であって、新しい情報が上司の口から齎《もたら》されることもなかった。

＊

業務内容の説明が終わるや否や、我々は現場に駆り出された。

移動は同局が保有する自動車だ。

黒塗りのハイエースだ。

複数台に分かれて、現場に向かい一直線である。

目的地は都市郊外にある廃ビルとのこと。元々はボウリング場であったらしいが、流行の終了と平成不況の波を受けて廃業。土地と建物が売りに出されるも、買い手が付かずに今まで放置されているらしい。

現地に到着した我々は課長の指示の下、各々に与えられた役割に従い現場に散っていく。直接対決を命じられた人は正面へ、支援を命じられた人は物陰へ。事前に配布された地図に従っての移動である。

そして、気になる自身の担当はというと、あぁ、困った。

「頼りにしているわよ」

「……善処します」

前線で星崎さんの支援である。

いくらなんでもあんまりだろう。

正面から突入する彼女のもとに向けて、その後ろから氷柱の形で水分を補給して欲しい、というのが自身に与えられた業務であった。直接的な戦闘行為は不要だと説明を受けたものの、彼女の動き次第ではどうなるか分からない。

彼女が前に出たら前に出た分だけ、自分も前に出なければならない。

非常に憂鬱な気分だ。

異世界ではこうした状況に備えて、障壁魔法の練習を繰り返し行った。

しかし、未だ習得には至っていない。

ピーちゃんの言葉に従えば、実用に足る障壁魔法は中級魔法から、とのことである。初級にも同じ効能の魔法は存在はするが、効果は微弱との見解だった。これは単純に魔法の性能の問題である。

何故ならば初級の障壁では、初級の魔法を受け止めるのが精一杯で、相手がそれ以上の魔法を使えた場合、簡単に破られてしまうのだという。決して無意味ではないが、現場で利用するには心許《こころもと》ないと伝えられた。

また、初級の魔法は障壁がなくても対処可能な場合が多く、実質的に障壁の存在が必須となる中級以上の魔法の打ち合いが発生した場合、初級の障壁は焼け石に水、というのが実情だそうだ。

そこで最終的には、初級であってもそれなりに有用な回復魔法を優先して習得した。果たしてどちらが正解であったのか、今の自分には分からない。ただ、できることなら共に必要とすることなく済んで欲しい。

『突入』

耳に嵌《は》めたイヤホン越し、課長の指示が届いた。

今回の作戦は彼が指揮を執るとのこと。ただし、その所在は戦場予定の元ボウリング場から離れて、路上に停められたバンだ。現場での行動は各々の裁量に任せる的な発言をしていたので、恐らく乱戦が見込まれると考えての判断だろう。

現地に向かう人間としては、これでもかと不安を覚える。

「行くわよ！」

「……はい」

星崎さんの背中を追い掛ける形で、駐車場を建物に向かい駆ける。

気分はノルマンディーに上陸する連合軍さながらだ。

今のところ味方以外、人の姿は見受けられない。しかし、どこから何が飛んでくるとも知れないので油断は禁物だ。能力のみならず、銃器による狙撃にも注意する必要があるそうで、物陰に隠れながらの移動である。

希望者には装備が貸し出されるとのことで、自分はこれを頂けるだけ頂いた。そのため外見は警察の特殊部隊の人みたいになっている。まさかボディーアーマーや戦闘用ヘルメットを装着する日が来るとは思わなかった。手には防弾シールドである。

希望者のみ貸出となっているのは、人によっては能力の都合があるからだ。ただし、大半はちゃんと身を固めている。星崎さんも本日は自分と同じような恰好《かっこう》をしている。違いはシールドの有無。能力を使うのに邪魔だそうな。

聞いた話によると、過去には半袖シャツとジーンズで出動した局員が、狙撃により頭部を撃ち抜かれて死亡した事件があったらしい。その事実を研修で伝えるようになってから、装備の貸出率が跳ね上がったとかなんとか。

各種備品の取り扱いについても、皆さん能動的に日々訓練しているらしい。

「……誰もいないわね」

「そうですね」

裏口から侵入して、メインフロアに抜けた。

営業を停止してから長いようで、内部はかなり荒れている。不良の出入りも多分にあったようで、随所に落書きがしてあった。空き缶やペットボトル、コンビニのビニール袋など、やたらとゴミが目に付く。ボウリングのレーンも穴だらけだ。

しかし、局の人間以外には、誰の姿も見られない。もしかして早く来すぎてしまっただろうか。

いやいや、そんな馬鹿な。

しんと静まり返ったフロアを眺めていると、なんとも危うい気配を感じる。星崎さんも同じように考えたらしく、彼女からすぐに指示があった。回れ右をして元来た道を戻ろう、とのことである。

これに自分が頷いた直後の出来事だ。

『すまない、敵に捕捉されっ……』

耳に入れたイヤホンから課長の声が届けられた。

間髪を容《い》れず、無線越しに炸裂音。

ズドンと火薬が弾《はじ》けたような音である。

「っ……」

これと時を同じくして、我々の周囲でも変化があった。フロアのそこかしこに散らかっていた建材の破片やボウリングの玉、放置されたピンなどが、次々と空中に浮かび上がり始めたのである。かなりの数だ。恐らく三桁近いのではなかろうか。

「まさかっ……」

星崎さんの表情が強張《こわば》った。

いいや、彼女に限らずフロアに突入した面々の表情が、一様に変化していた。まるで万引きを咎められた学生のような、驚愕《きょうがく》と恐怖の入り混じった面持ちである。こうなると新米局員としては気が気でない。

自身と最前線に立った彼らとの間には、二、三十メートルほどの距離がある。初陣ということもあり、物陰に隠れての追従を指示されていた。しかし、それでも膝がガクブルと震えるのを抑えられない。

事前にもらった資料によれば、物を浮かせるタイプの能力者はいなかった気がする。見た感じサイコキネシスというか、念動力というか、そういった類いの能力を思わせる。なかなか汎用性の高そうな代物だ。

「佐々木、逃げなさいっ！」

そうかと思えば、星崎さんから撤退の命令が下った。まさか能力を一度も使用せずに、彼女から撤退の命令が出るとは思わなかった。とりあえず一発殴ってから考えるタイプの人だとばかり思っていた。

彼女たちも思い思いの方向へフロア内を散っていく。

その直後、空中に浮かんでいたあれこれが動いた。

急に加速して、逃げ出した突入部隊に向かい飛んでいった。

変化に気づいた面々は、大慌てで守りに入る。

ある人は回避を試みて失敗。どうやら対象を追尾してくるようで、一度は避けたものの後ろから回り込まれていた。また、ある人は防弾シールドを構えて対抗を試みたものの、シールドごと吹き飛ばされてしまう。

道理で重量のあるものばかり浮かんでいた訳である。しかも空を飛び回る速度は凄まじく、頭部に直撃を受けた人は首から上が破裂している。上手く減速を狙えた人も、身体に当たっては負傷を免れない。

フロアに突入した局の人たちが、次々と倒れていく。比較的無事なのはシールドを持ち込んでいた人たちだ。

しかし、それも時間の問題だった。重量物による体当たりは一度ではない。次から次へと持ち上がり、四方八方から繰り返し放たれる。幾度か防いでも、やがては力負けして被弾、からの滅多《めった》打ちである。

シンプルな能力ながら非常に恐ろしい。

ハリケーンの暴風域から逃れることができたのは、出入り口に近いところにいた人たちだ。つまり自分を含めて、最前線に向かった面々を援護するべく、隅の方に控えていた人員である。恐らく距離的な制限がある能力なのだろう。

「星崎さん、水をお送りします！」

「頼むわっ！」

その間に自身は逃げ惑う同僚に向けて、人間大の氷柱を打ち出す。

以前よりも大きめだ。

一本と言わずに十本、二十本と。

彼女は手元まで到達した氷柱に指先で軽く触れる。すると氷柱は水に姿を変えて、周りをぐるりと取り囲むように壁となった。まるで水族館の水槽のように、一メートル近い厚みのある水が、星崎さんの周囲を円柱状に覆っていく。

最中には何度か重量物がぶつかったが、水の壁に阻まれて勢いを失う。反対側に突き抜ける頃には、勢いの大半を失っている。それでも当たれば痛いだろうが、少し痣《あざ》ができる程度と思われる。

氷柱を数十本ほど送ると、彼女の壁は上から下まで完成した。

パッと見た感じ、一人水族館状態である。

不意に魚類を流し込みたい衝動に駆られる。

「いい働きよ、佐々木っ！」

「どうもです」

怖いのは壁に遮られて足元に落ちた重量物の再来だが、これは忙しなく動き回ることで対応する腹積もりのようだ。水の壁に守られながら右へ左へ駆け巡る星崎さん。当面はハリケーンの中でも活動ができそうである。

しかし、そうした判断も次の瞬間には崩れた。

なんと彼女の身体が、ふわりと宙に浮かび上がったのである。

「っ……」

どうやら人体もハリケーン現象の対象となり得るようだ。

＊

恐る恐る臨んだ初陣は、初《しょ》っ端《ぱな》から大惨事の予感である。

フロア内では建材の破片やボウリングの玉など、重量のあるあれやこれやが、どこの誰の能力に因るものか、凄まじい勢いで宙を飛び回っている。まるで局所的にハリケーンでも上陸したかのようだ。

これを受けて突入部隊は全滅。

課長が運用していたドローンも、全て撃ち落とされてしまった。

活動しているのは星崎さん一人だけ。

そうした彼女もまた、遂《つい》には建材の破片やボウリングの玉と同様に、ハリケーンの餌食となってしまった。敵グループの能力者による行いだろう、身体がふわりと空中に浮かび上がり、天井付近まで持ち上がる。

そうかと思えば、頭を下にして床に向けて急加速。

見た感じソロでパイルドライバー。

ただし、彼女の周りには縦横無尽に動き回る水の壁が存在しているから、これといってダメージを受けることはない。水が衝撃を吸収することで、衝突から身体を守っていた。被害があるとすれば、都度水の中に身体が入り込んで濡れる程度だろうか。

現状を抽象化して考えると、水を操るという彼女の能力もまた、念動力的な側面を備えている。これにタンク係の自身が付き従えば、ハリケーンの人ともある程度は勝負になる、というのは割と自然な話なのかも知れない。ただし、相手の姿が見えない為に、戦況は彼女の防戦一方だった。

「佐々木っ……に、逃げなさいっ！」

「ですが……」

上司からも連絡がないし、逃げるのが得策だろう。

だが、そうなると星崎さんはどうなるのか。

他に控えていた前線支援の面々は、既に姿が見られない。どうやら逃げ出した後のようだ。こうなると自分もめっちゃ逃げたい。けれど、彼女のパートナーという立場上、どうしても決断することができない。

倒れた同僚の中には、見るからにお亡くなりになっている人も多い。水の安定供給が失われたのなら、彼女もそこに仲間入りしかねない。後々になって星崎さんの訃報など届けられた日には、メンタルに支障をきたしそうだ。

「このままだと死ぬわよ!?　いいから、い、行きなさいっ！」

「パートナーである貴方を残して逃げる訳にはいきません」

「っ……」

それに何よりも、敵前逃亡で重罰、などと言われたら大変だ。

以前、自衛隊の規律について本で読んだ覚えがある。敵前逃亡は七年以下の懲役または禁固となっていた。まさか彼らと同じとは思わないけれど、それに近い規則が整えられていても不思議ではない。

というか、公務員として現場での活動に特別手当が出る時点で、絶対にあると思うんだ。思い起こせばそういったあたりの規定については、ほとんど確認していなかった。法律の上では存在しないかも知れないが、内々ではどうだか分からない。

逃げるにしても、その辺りを考慮した上で――

「思ったよりも奮闘しておるのぅ」

などと、あれこれ悩んでいたのがよくなかった。

フロアの片隅で新たに人の気配が生まれた。

ボウリングのレーンがあるメインフロアに対して、その隅に延びていたトイレに通じる一角である。見たところ小学校中学年ほどと思しき和服姿の女の子だ。腰下まで伸びた長い黒髪に、色白い肌が印象的である。

彼女が一連のハリケーンの元凶だろうか。

「なっ……」

その姿を確認して、星崎さんの口から悲鳴じみた声が上がった。

戦闘狂の彼女らしからぬ反応である。

「だがまあ、これで終わりじゃろうがのぅ」

少女の姿を目撃して早々、星崎さんは水の壁から氷柱を作り出し、これを相手に撃ち放った。一つ一つはペットボトルほどのサイズで、先端の鋭く尖《とが》った幾十という氷が、我々の見つめる先で少女めがけて飛んでいく。

これに対して先方は地を蹴って走り出した。

勢い良く飛んでくる氷柱を器用に躱《かわ》しながら、右へ左へ進路を変えつつも、星崎さんの下に向かい猛然と迫る。その速度はとてもではないけれど、子供の足とは思えない。まるで野生動物のようだった。

やがて水の壁の正面まで到達した少女は、大きく右腕を振り上げる。

星崎さんが正面の水を氷に変えた。

構わずに振り下ろされた少女の拳が、分厚いそれを直撃。

ガツンという大きな音と共に、氷は音を立てて割れた。その先から現れたのは、驚きから目を見開いている星崎さんのお顔である。まさかそんな馬鹿なと、言外に訴えて止《や》まない表情であった。

そうした彼女の頬に、少女がそっと指先で触れた。

「殺しはせん。なかなか使えそうな能力じゃ」

その行為に一体どういった意味があったのか、詳細は定かでない。ただ、少女に触れられると同時に、星崎さんの周りに浮かんでいた水や氷が床に落ちた。形を失ったそれらが大きな水たまりを作る。

同時に本人はガクリと脱力して、ピクリとも動かなくなった。

どうやら意識を失ってしまったようだ。

宙に浮いたまま、仕事を終えた操り人形のように大人しくしている。

「…………」

一連の出来事から察するに、ハリケーンの原因とは別の能力者のようである。つまり我々からすれば、能力者の敵が一人増えたということだ。しかもパッと見た限りでは、どういった能力なのかまるで判断ができない。

人間離れした身体能力とも関係しているのだろうか。

「……もう一匹、ネズミが隠れているようじゃのぅ」

「っ……」

なんということだ、こちらの存在にもお気づきの予感である。

既に敵対組織の会合がどうのと言っていられる状況ではない。恐らく課長は偽の情報を掴まされたのだ。そして、まんまとおびき出された我々は、一方的に奇襲を仕掛ける筈が、逆に仕掛けられてしまったと思われる。

素直に逃げても、彼女の人間離れした脚力を出し抜けるとは思えない。しかもこちらの廃墟《はいきょ》のどこかには、ハリケーンの原因となった能力者が隠れている。下手に動き回るより、まずは落ち着いて状況の確認を優先するべきだろう。

そのように考えて、逃げ遅れた新米能力者は物陰から一歩を踏み出した。

「すみません。乱暴は止めてもらえると嬉しいです」

「ふむ、見ない顔じゃのぅ」

ロリっ子の視線がこちらに向けられる。

めっちゃ可愛らしい。

古めかしい和服姿と相まって、まるでお人形のようだ。

「はじめまして、佐々木と申します」

「局の人間のようだが、水の出どころはお主か？」

「ええまあ、そんな感じです」

「なるほど、この娘と共に運用すると効果がある訳か」

「…………」

サクッと舞台裏が看破されてしまった。

このままではよくない。

こちらからも話題を振って情報を引き出さねば。

「お二人とも恐ろしい能力ですね。物を飛ばす能力で広域を抑えると共に、貴方の力で漏れてしまった相手を個別に対処していく。もしよろしければ後学の為にも、皆さんの名前を伺いたいのですが……」

「……おぬし、儂《わし》らを知らんのか？」

「え？」

まさか有名人だったりするのだろうか。そんなことを言われても、異能力者一年生の自分にはさっぱりである。

結果的に自身の経験の浅さが露見する羽目となってしまった。よりによって一言目で地雷を踏んでしまうとは。

「なるほど、新人というわけじゃな」

「…………」

女の子の口元に、ニヤリと笑みが浮かんだ。

助けて、ピーちゃん。本格的にヤバそうな気配を感じるよ。

＊

圧倒されてばかりの初陣、引率役は撃沈して現場にはルーキーが残るばかり。

インカム越し、課長も依然として沈黙。

既に作戦としての体裁は、完全に失われたように思われる。

「ご指摘の通り私は新人です。つい先日局に配属されました。せっかくなので皆さんにご挨拶をしたいのですが、もう一人の方にもお目通りを願えませんか？　どちらにいるのかさっぱり分からなくて」

「この期に及んで随分と落ち着いておるのぅ」

「物事を知らないことだけが、今の私の武器ですから」

「それはまた前向きなことじゃ」

適当に言葉を交わしつつ、フロアの様子を窺う。

味方の能力者は全滅だ。誰一人の例外なく倒れ伏しており、意識を失っているのか、それとも亡くなってしまったのか、ピクリとも動く素振りは見られない。支援に当たっていた能力者たちも、一向に戻ってくる気配はない。

一方でハリケーンの原因となる能力者の姿は、どれだけ探しても見つけられない。第三者の能力によって、姿を隠している可能性も考えられる。そうなると今の自分には、見つけることは難しいだろう。

こうなったら致し方なし。

「繰り返しとなりますが、ご挨拶を願えませんか？」

「悪いがそれはできんのぅ」

「……残念です」

口元のマイクのスイッチをオフにする。

自身にとって幸いであったのは、雷撃魔法の詠唱が比較的短かった点だ。連日にわたる呪文の詠唱を受けて、舌の廻《まわ》りが良くなった現在であれば、数秒と要さずに魔

法を完成させることができる。

「っ……」

手の平を正面に突き出すと共に、覚えたての中級魔法を放った。

パシッという音が響いて、光の走りが少女の下半身を襲う。目にも留まらぬ速度で進んだ雷撃は、対象へ到達すると共に肉体を炸裂させる。血液や肉が勢いよく飛び出して、ビシャリと辺りを赤く染めた。

右膝から下が大きく抉れた。

バランスを崩した小さな身体が床に崩れる。

めっちゃグロい。

「ぬぉぁあっ……」

もう少しソフトな魔法で牽制《けんせい》したかったとは思うけれど、生きるか死ぬかの状況も手伝い、相手までの到達速度を優先してチョイスした。おかげで非常に申し訳ない光景が、すぐ目の前で展開されている。

相手が幼い女の子というのが、やはり精神衛生上よろしくない。

ただ、樹木を一撃で倒壊させるほどの魔法の割に、彼女が受けたダメージは軽い。骨は繋《つな》がっており、肉が抉れただけ。どうやら障壁的なものが備わっているみたいだ。星崎さんの分厚い氷を素手で砕いた点からも、それは窺える。

果たして本人の能力なのか、それとも他の誰かの能力なのか。拳銃から発せられる銃弾くらいなら、直撃しても平気な顔で活動しそうな雰囲気を感じる。

そして、少女の口から苦悶の声が漏れると同時に、周囲では反応があった。

「っ……」

周りに転がっていた建材の破片やボウリングの玉などが、次々と空中に浮かび上がり、こちらに向かい飛んでくる。やはりハリケーンの原因となる能力者は、何かしらの手立てで身を隠しつつ、距離を詰めていたようだ。

能力の影響圏内に収まったことで、幾十という重量物が迫ってくる。

呪文を唱えていたのでは間に合わない。

実際に現場で魔法を使ったことで、無詠唱の大切さを理解した。

今後は魔法の新規開拓と併せて、習得済みの魔法を無詠唱にする為の練習にも力を入れていこう。ちなみにピーちゃんは初級、中級魔法の大半を無詠唱で使えるそうだ。なんてハイスペックな文鳥だろう。

どうか出て下さいと祈りつつ、詠唱を省いて魔法をイメージ。

チョイスしたのは先程と同様に雷属性。

自身が備えている最大戦力。

すると、出た。

火事場の何とやらだ。

パシッという音と共に多数の光が走って、目前まで迫った対象を次々と撃ち落とした。砕かれた建材やボウリングの玉が、細かな破片となって脇を通り過ぎていく。直撃コースもシールドに阻まれて無効化。それでも一部が身体に当たったたが、少し痛いくらいで済んだ。

危機一髪、どうにか迫る脅威に対応することができた。

「なっ……」

すると向かって正面、十数メートルの地点から声が聞こえてきた。

男性の声だ。

しかし、そこに人の姿は見られない。

やはり第三者の手助けを受けて、存在を隠しているようだ。

「この辺りですかね？」

調子に乗った魔法使いは、声の聞こえてきた辺りに雷撃魔法を放った。位置は低め。続けざまにパシパシッと音が響いて、光が扇状に伸びる。するとその内の一本が何かに接触して、赤いものを撒《ま》き散《ち》らした。

どうやら正解のようだ。

何もなかった空間に、ふっと人の姿が現れた。

二人一組。

一人は二十代後半から三十代前半と思しき男性である。長めの金髪をオールバックに撫で付けた髪型が印象的だ。値の張りそうなスーツを着用しており、一見してヤクザ屋さんのような雰囲気を感じさせる。

もう一人はそんな彼に寄り添うように佇《たたず》む、中学生ほどと思しき女の子。艶やかな黒髪の姫カット、更にゴスロリ衣装という際立った恰好をしている。なかなか可愛らしい顔立ちで、人を選ぶだろう装いが似合っている。

気になるのは魔法が当たった相手だが、これは前者だ。金髪の男性は魔法に撃たれて、膝から下を失っていた。

仰向けに倒れた男を抱きしめて、女の子が大きな声を上げる。甲高い悲鳴がフロアに響き渡った。

被害を受けた男性は、先程の女の子とは異なり、本来の雷撃の威力がそのまま被害に繋がっていた。両足が消し飛んでいた。彼女以外、仲間も同様の耐性を備えているかもと考えて、遠慮なく撃ってしまった結果だ。

「おぬし、何者じゃ？」

戦況が一変したことを受けて、和服の少女が声を上げた。

床に倒れ伏して尚《なお》も、平静を保っている。

両腕を床に立てて、どうにか顔を上げつつの問い掛けだ。

怪我が痛くないのだろうか。

「先程伝えたとおり、先日こちらの業界に入ったばかりの新人です」

「…………」

油断ならない眼差しで、ジッとこちらを見つめている。

彼女たちをこの場で倒すことは可能かも知れない。

しかし、課長から命じられた作戦内容は、能力者たちの捕縛である。更に先程の会話に従えば、居合わせた能力者は界隈《かいわい》に通じた有名人のようである。この場でどうこうした結果、今後の自身の扱いに影響が出ては大変である。

それと気になるのは、倒れた女の子の肉体の変化だ。床に倒れ伏した彼女の片足が、現在進行形で蠢《うごめ》いている。しかもどうしたことか、肉や管が伸び始めている。まるで刻一刻と元の形を取り戻そうとしているように見える。

めっちゃキモい。

「私から一つ、皆さんに提案があります」

「……言うてみぃ」

「この場で起こったことを他言しないと約束して下さるなら、私はこれ以上、皆さんに手出しをしません。今回の一件については、お互い引き分けということにしませんか？　こちらも深追いをして怪我をするのはごめんですから」

「…………」

逆恨みから自宅を特定、襲撃などされた日には目も当てられない。ただでさえ課長の動きが怪しい昨今、これ以上は個人的な敵を生みたくない。異世界に逃れる術があるとはいえ、現代日本での生活も自身にとっては大切なものだ。

「いかがですか？」

「……わかった」

和服の少女は悩む素振りを見せた後、小さく頷いた。

交渉成立である。

そうかと思えば自身の面前、どこからともなく人が現れた。床に倒れた和服の少女の傍ら、何もなかった場所に新キャラが登場である。ピーちゃんの瞬間移動さながら、ふっと音もなく現れた。きっと似たような能力が存在しているのだろう。

見た目は二十歳ほどと思しき女性。おっぱいが大きくて、お尻も大きくて、女性的な魅力に満ち溢れている。白いブラウスにベージュのジャケット、ネイビーのキュロットといった出《い》で立《た》ちが、若々しい外見と相まって新入社員って感じ。

「おぬし、佐々木と言ったかのぅ？」

「はい」

和服の彼女から名前を呼ばれた。

今更ながら偽名を名乗っておけば良かったと思った。ただ、調べようと思えば自宅のポストを盗み見たくらいで、簡単に調べられる情報だ。この期に及んで隠し立てすることもないと開き直って返事をする。

すると彼女から続けられたのは予想外のご提案。

「儂らの組織に興味はないかぇ？」

「残念ながら自分は、長いものに巻かれて安心するタイプなもので」

「……そうか」

この期に及んで勧誘とは恐れ入る。

見た目相応の年齢とは、とてもではないけれど思えない。

下手をしたら年上かもなんて、ふと思ってしまった。外見を偽る能力が存在していてもおかしくはない。

「いつか気が向いたら、声を掛けてもらえると嬉しいのぅ」

「そうですね。機会があったら是非お願いします」

気づけばいつの間にやら、金髪の男性とゴスロリの女の子が、和服の少女の下に近づいていた。両足を失った前者は、後者に身体を引きずられてのことである。おかげでフロアの床が酷いことになっている。血に汚れて真っ赤だ。

「では、我々はこれで失礼しようかのぅ」

「あ、ちょっと待って下さい」

「……なんじゃ？」

「うちの上司ってどうなってますか？　年齢は三十代くらいで、割と男前な人なんですけれど。ついさっきまで外で指揮を執っていたんですが、こちらのフロアが荒れ始めてから、一向に連絡が付かないんですよ」

「………」

「どうしました？」

「あの者の身柄が必要かぇ？」

「自分にとっては大切な上司ですから」

　転職から間もないこのタイミングで、上司が替わるのは避けたい。得てして新任は前任の行いを否定しがちだ。直近で前任者の手により採用された新人など、ストレスの捌《は》け口《ぐち》としては、これ以上ないサンドバッグである。

　封建的な文化が息づく公務員社会ともあらば、それはきっと顕著だろう。

「……わかった」

「息災でしょうか？」

「今回は痛み分けじゃ。素直に戻すとしよう」

「ありがとうございます」


　どうやら課長さん、敵グループにゲットされていたようである。指摘しなければ、そのままお持ち帰りされていた、ということになるのだろうか。まるでブラック企業を相手に仕事をしているような気分である。

　コンプライアンスもへったくれもあったものじゃない。

「ではな……」

「ええ、どうぞ今後ともよろしくお願い致します」

「………」

　去り際、和服な彼女の表情がムヘってなった。

　眉間にシワが寄っていた。

　咄嗟に出てしまった文句が気に入らなかったのだろう。社畜の条件反射のようなものだから勘弁して欲しい。

　そして、最後に現れた色っぽい女性の能力は、やはり瞬間移動であった。こちらの挨拶に合わせて、彼ら彼女らの姿が音もなく消えた。ロリっ子の傍らに移動していた二名も含めて、まるっと現場を離脱したようである。

「………」

　後に残ったのは、壊滅してしまった局のチームだけだ。

＊

そんなこんなで一晩が過ぎて翌日、昨日と同様に上司の命令で登庁した。

ちなみに昨晩は現場から戻って早々、近隣のホテルに業務命令で拘束されていた為、ピーちゃんの待つアパートに帰宅することができなかった。当然、異世界にも足を運べていない。副店長さんやフレンチさんには申し訳ないばかりだ。

それでもどうにか、無事に生きて帰ることができた。

まずはこの点を素直に喜んでおこうと思う。

ただ、安堵しているのは自分だけだ。後ほど確認したところ、作戦に参加した能力者の七割が亡くなってしまったとの話である。生き残ったのは大半が前線支援の能力者らしい。今回の一件で局が受けた被害は甚大とのこと。

担当内は大混乱であった。

局勤めの能力者が全員参加したという訳ではない。しかし、失われた人員は決して少なくないそうな。しかも前線で活躍できる局員は、能力の他にメンタルや素質も含めて、一定以上の水準が求められることから貴重らしい。

当面は大規模な行動が取れないだろう、との説明を受けた。

そして、司令塔且つ責任者である課長は、やはり敵グループに攫《さら》われていたようである。こちらが和服の少女と交渉を終えたタイミングで、特に理由を説明されることもなく、一方的に解放されたと語っていた。

「……それで、敵は勝手に撤収したと？」

「ええ、そうです」

おかげで面倒臭いのが事後の事情聴取である。

局に呼び出された自分はすぐさま声を掛けられた。六畳ほどの手狭な会議室で、机越しに課長と向き合っている。他に人の姿は見受けられない。登庁するや否や、即行で同所まで連れて行かれた次第である。

「…………」

「課長は何か聞いてはいませんか？」

「いいや、こちらもこれと言って情報は入っていない」

そうして語る上司の顔は、頬に大きなガーゼが当てられていた。スーツのジャケットの袖口からも、ちらりと白いものが覗いている。自身の知らないところで、彼もまた争いに巻き込まれていたのだろう。

「ところで課長、今回の作戦を行うにあたって参考にした情報ですが、どちらから与えられたものなのでしょうか？　他の局員の方々からも報告は上がっていると思いますが、相手は完全にこちらの動きを知っておりましたよ」

「……その点については私の失態だ。申し訳なく思う」

「教えて頂くことはできませんか？」

「悪いが、それはできない」

「そうですか……」

こういうのがお役所勤めの辛い点だと思う。

中央省庁の課長職ともなれば、本国においては官僚である。その裁量は何気ない決裁の一枚が、幾百、幾千という民間人の生活に影響を与えることもあるそうだ。だからこそ、駄目と言ったら絶対に駄目なのだと思う。

ただ、それでも追及は十分に行っておく。

何故ならばそうしないと、逆にこちらが追及されそうだから。

疚《やま》しい身の上を隠す意味でも、逆ギレ風味で対応するのが吉とみた。

「局が抱えた能力者について、何か探っていたのではありませんか？　もしくはこうして数を減らすことこそが、目的であったのかも知れません。入局から間もない身の上で、勝手な想像を申し訳ないとは思いますが」

「………………」

あれこれと当たり障りの無い意見を述べさせて頂く。

すると彼は何やら考え込む素振りを見せ始めた。きっとこちらの身柄を疑っているのだろう。タイミング的に考えて、これ以上ないほど怪しい状況で勧誘された我が身である。敵グループの間諜《かんちょう》だと思われても仕方がない。

「もしかして、私のことを疑っておいでですか？」

「ああ、そのとおりだ」

おっと、思ったよりも素直なご意見である。

ジッと真正面から見つめられた。

まさか異世界や魔法といったキーワードを公にする訳にはいかない。しかし、そうなると敵グループが去ったことに説明がつかない。そこで自分から彼に対して取れるアクションは、同様に疑問を返すばかりだ。

「だとすれば、私も課長を疑っております」

「……なるほど」

後になって聞いた話だが、なんでも現場で遭遇した和服の少女とハリケーン属性の男性とは、本国の異能力業界において有名な人物とのこと。もしも仕事の上で遭遇したのなら、四の五の言わずに逃げるべきだと、局の誰もが語っていた。

当然、事前のミーティングでは共有されていなかった。彼らの登場は完全に想定外であったのだ。

チラリとでも可能性として上がっていれば、もっと慎重にことを運んだのではなかろうか、というのが前線支援をご一緒していた方々の愚痴である。現場からの撤収時、ハイエースの後部座席で顔を青くして呟くその姿は、嘘《うそ》を言っているようには見えなかった。

能力者には能力の如何《いかん》によって、ランクなるものが与えられるらしい。

要は対象の危険度だ。

AからFまでの記号表記となり、これは国内外で共通して利用されているグローバルな指標らしい。自身のランクはEとなる。初めて局に連れられて来た時、星崎さんの指示に従い受けた各種テストにより判定された。

多数存在していた判定条項のうち分かりやすいものだと、市街地で戦闘行為に至ったとき、警察による鎮圧が困難と判定される能力については、ランクD以上の判定を受けるとの記載があった。

ここで問題となるのが昨日遭遇した面々だが、Bランク以上が大半を占めるチームだという。和服の少女がAランク。ハリケーンの男性とテレポートの人がBランク。光学迷彩っぽいことを行っていたゴスロリの姫がDランクとのこと。

ちなみに星崎さんは、ゴス姫と同じDランクである。

能力の相性によって大きく左右されるものの、ランクが二つ離れた場合、その戦局は一方的になるというのが、研修に際して聞かされた内容だ。そして、今回の作戦で我らが局から参加した能力者は、もっとも高レベルな方でランクBとのこと。

ただし、あれだけ数がいてたった一人だけ。

ランクB以上はとても希少なのだとか。

次いでランクCの方が数名。

そして、これらのうち半数以上が先の騒動から亡くなっている。

ランクSとか出てこないことを切に祈りたいと思う。

「現場には当初説明を受けた能力者グループの姿が見られませんでした。代わりに姿を現したのは、私もこれは事後に知ったのですが、業界でも名を知られた非正規の高ランク能力者グループとのことではないですか」

「その点は報告を受けている。申し訳ないと思う」

「今回の出来事を受けては、誰もが無傷ではいられないと思います。しかし、一人だけ逃げ遅れた前線支援の能力者をトカゲの尻尾切りに使うというのであれば、それは幾ら何でも非情な行いではありませんか？」

「いいや、そういったことは考えていない。どうか安心して欲しい」

「本当でしょうか？」

「能力者は貴重だ。佐々木君は星崎君とも相性がいい上に頭もキレる」

「それなら少しは信用して頂きたいのですが……」

部下っぽくゴネつつ、譲歩を引き出す作戦である。

それでも駄目だった時は、ピーちゃんと共に異世界へ引きこもろう。そして、沢山魔法を覚えてから戻ってくればいい。社会生命的には色々と終わってしまうかもしれないが、それでも神戸牛のシャトーブリアンを仕入れることくらいはできるだろう。

最悪、和服の人のところへ再就職を願ってもいい。

「……分かった。君の証言を信用するとしよう」

「ありがとうございます」

「初仕事でありながら、苦労を掛けたことは申し訳なかった」

「いえ、その点については過ぎたことですから」

「そうか……」

小さく会釈をして席を立つ。

部屋を後にするに際しては、これといって引き止められることもなかった。当面は能力者による作戦行動も自粛予定とのことで、しばらくは自宅待機という名の食っちゃ寝生活が始まりそうである。

それでもお給料は出るらしいので、この点だけは幸いだ。

＊

課長から解放された後は、素直にフロアに戻った。

局員のデスクが並んでいる界隈である。

大勢の死傷者が発生したので、同所はお通夜のような雰囲気である。新参者の自分には分からないけれど、同じ職場の同僚として、仲の良い間柄や気になっていた人など、色々と人間模様が存在していたようだ。

そうした直後、星崎さんに呼び止められた。

「佐々木、ちょっといいかしら？」

「あ、はい。なんでしょうか？」

「す、少し話をしたいのだけれど……」

以降はこれといって仕事も入っていない。昨日は家に帰れなかったことも手伝い、このまま自宅に帰ろうと考えていた次第である。途中でスーパーに寄って、ピーちゃんにお土産を買うことも忘れてはならない。

ただ、次はいつ登庁するか分からない身の上、少しくらいは話を聞いておくべきかもとも思った。当面は同僚兼パートナーとして、職場や現場を共にする予定の相手だ。心証を悪くすることは避けたい。

「私に用事ですか？」

「いえ、お、お、お礼を言っておきたくて……」

ポリポリと頬をかきながら語ってみせる。

なんて殊勝な態度だろう。

戦闘狂らしからぬ言動だった。

「お礼でしたら不要ですよ。お互いに任された仕事を全うしただけじゃないですか。それに最終的にはこちらも力及ばず、星崎さんには怪我をさせてしまいました。そういった意味では申し訳なく思います」

下手に関わっても面倒だし、なるべく距離を設けたい。彼女と仲良くなったら、より大変な現場に連れ出されそうで恐ろしい。

少し遠慮が働くくらいの距離感が最適だと思う。

「……そう」

「ええ、そうだと思います」

「しかし、それでも私は佐々木に助けられた」

「気にしないでください」

「もしよければ、私からお礼をさせて欲しいのだけれど」

「………………」

この人、また面倒臭いことを言い始めたぞ。

異性から好意的な言葉を投げ掛けられた経験なんて、夜のお店でしかないから、嘘臭く聞こえてしまって仕方がない。また、その後に待っているだろう見返り労働を思うと、家に逃げ帰りたくなる。

すぐにでも帰宅して、ピーちゃんとの会話で心を癒《い》やしたい。

*

すったもんだの末に、星崎さんとは昼食を共にする運びとなった。

なんでも昨日のお礼に奢ってくれるのだそうだ。

他に控えている仕事があれば、忙しいだ何だと理由を挙げて逃げることもできただろう。しかし、当面は自宅待機が待っている我々局の能力者一同である。以前の勤め先との関係も彼女には伝えているので、そちらで言い訳を並べることも難しい。

結果的に局の近くにあるイタ飯屋で、お互いに顔を向き合わせている。

「付き合ってくれてありがとう、佐々木」

「いえ、ちょうどお腹も空いていましたので」

「そう言ってもらえると助かるわ」

出会った当初と比較して大人しく映る姿が新鮮だ。お礼をしたいという想《おも》いも伝わってきた。

ただ、そうだとしても落ち着かない。

「素敵なお店ですね。いつも来られるんですか？」

「そういう訳でもないのだけれど……」

席についてしばらくすると、ウェイターが注文を取りに来た。

オサレな店の雰囲気に違《たが》わず、イケメンな若者である。ツーブロックの刈り上げの黒髪をアップバング。錨《いかり》型に整えられたヒゲが映える彫りの深い顔立ちが、スタイリッシュなお店の制服と良く似合っている。

「注文はお決まりでしょうか？」

「こちらの日替わりセットをお願いします」

「あ、私も同じものをっ……」

「承知しました」

恭しく頷いてみせる姿にも品が感じられる。めっちゃ羨ましい。細マッチョ体型の上に足も長くて、パリッとした制服がこれでもかと映える。異性に不自由した経験など、恐らく一度もないことだろう。

しかも物腰穏やかで格好《かっこ》いいし。

「ドリンクにはアルコールもございますが如何《いかが》しますか？」

「え、あ、それじゃあ……」

せっかくだし昼ビールとか、しちゃおっかな。

念願の夢をこの場で叶《かな》えてしまおうかな。

もしも自分がイケメン中年で、星崎さんとエッチしたいとか考えていたのなら、昼酒を控えるという選択肢も存在したかも知れない。しかし、その手の可能性を正しく測ることができるようになった凡夫は、これといって遠慮する必要もない。

周りに構わず、楽しみたいときに楽しみたいことをする。それが異性に不自由する生き物の人生を豊かにする唯一の手段。周囲の価値観に流されてはいけない。しかもなんと、若い女性の奢りときたものだ。

普通の昼ビール以上の昼ビール感を感じる。

感じるったら感じる。

「こちらのビールをお願いします」

「今月のおすすめクラフトビールですね。承知しました」

星崎さんはどうだろう。

こちらに構わず、遠慮なく飲んじゃって欲しい。

そのように考えて促すように見つめると、彼女は困った表情になった。

「あの、私は未成年なので……」

「え、そうだったんですか？」

てっきり二十歳を超えているものだとばかり思っていた。

ウェイターの人も驚いている。

「それではこちらのソフトドリンクのメニューからどうぞ」

「……はい」

それから一通り注文を取って、イケメンの彼はキッチンに戻っていった。時刻は午前十一時を少し過ぎた頃おい。店内に設けられた客席には十分な余裕がある。この様子であれば、注文した品はそう時間を掛けることなく届けられるだろう。

その背中を厨房に見送ってしばらく、オッサンは未成年にお尋ねさせて頂く。

「失礼ですが、お幾つなんでしょうか？」

「…………」

「あ、いえ、決して無理にとは言いませんが……」

あとでセクハラだなんだと訴えられたら面倒である。

ただ、彼女は思ったよりも素直に答えてみせた。

「……十六よ」

「え……」

十六と言えば、あれだよ、ほら、女子高生。

お尋ねしたことで二度ビックリ。

まさか高校生だとは思わなかった。

「あの、冗談じゃないですよね？」

「この顔は化粧だし、普段は学校に通っているわ」

「……なるほど」

女性は化粧で化けるとはよく話に聞くけれど、若返るだけでなく、歳を重ねて見せることもできるようだ。たしかに出会った当初から、化粧が濃いなとは感じておりましたとも。常にスーツを着用していた点も拍車を掛けている。そこまで彼女の年齢に対して気を向けていなかったことも大きい。

しかし、それでも女子高生だとは思わない。

若くても二十歳は超えているものだとばかり考えていた。

「子供だと相手に舐《な》められるから、こうして取り繕っているのよ」

「もしかして、その話し方も同じ理由からですか？」

「………………」

どうやら図星のようである。

これまでのやり取りに関しても、現役の女子高生から呼び捨てにされていたと思うと、なかなか悪い気がしないから不思議なものである。同時に学内ではどのように振る舞っているのか、どうしても気になってしまう。

「友達とは普通にされているんですか？」

「……当然よ」

まあ、そりゃそうか。

こんな言動で学校生活を送っていたら、満足に学友もできないだろう。しかも背景には異能力などという大層なものを抱えているから、彼女の日常とはなかなか、面白おかしいことになっているに違いない。

自分は巻き込まれたのが歳をとってからで良かった。

「星崎さんはどうして仕事に一生懸命なんですか？　高校生というと、他にも色々とやりたいことや、興味があることも出てくることでしょう。わざわざこんな危ないことに、率先して時間を使うこともないと思いますけれど」

「前にも言ったけれど、この仕事は支払いがいいのよ」

「なるほど」

どうやら金銭的な問題のようだ。

そうなるとこれ以上の問い掛けは憚《はばか》られる。こちらが考えている以上に、大変な事情を抱えているのかも。十代という年齢を確認した後だと、若さからくる勢いが危険な仕事に対しても、一歩を踏み出す決心を与えているのだろうとも素直に思えた。

やはり今後は、距離感を大切にしつつお付き合いさせて頂こう。

「おまたせしました」

そうこうしているとウェイターが食事を持ってきた。

以降は粛々と、他愛《たあい》ない話を交わしつつランチの時間は過ぎていった。

＊

同日、昼食を終えた後は、星崎さんと別れて仕入れに向かった。

昨日は自宅に戻れなかった都合上、なるべく価値の高そうなものを吟味しての調達である。ついでにピーちゃんへのお土産を購入することも忘れない。丸一日放置してしまったことへの謝罪の意味も込めて奮発した。

ただし、課長の知り合いに尾行されている可能性もあるので、怪しまれるような買い方は控えておいた。時間に余裕の生まれた中年男性がアウトドアに目覚めた、そんなシナリオを描いてのお会計である。

砂糖やチョコレートなど、大量にモノが必要になる仕入れについては、今後やり方を検討する必要がありそうだ。少なくとも近所のスーパーでの購入は控えよう。個人のアカウントに紐付《ひもづ》いて記録が残る通販での調達も止めておきたい。

そんなふうに、あれこれと考えを巡らせながら帰路を歩む。

ビニール袋を下げて道を進む。

するとしばらくして、端末に着信があった。

ディスプレイを確認すると、そこには上司の名前だ。

「……はい、佐々木ですが」

できれば出たくはなかった。

しかし、無視する訳にもいかない。

『阿久津だ、少し時間をいいかね？』

「ええ、構いませんが」

『悪いが明日も登庁して欲しい。仕事ができた』

「承知しました」

他にやることもないし、それくらいは構わないだろう。ちゃんとお給料も発生しているのだから、顔を出すことに抵抗はない。サビ残が常であった前の勤め先と比較したら天国だ。しかし、それでも呼び出しの理由は気になる。

まさか過去の仕入れに疑問を持たれただろうか。

背筋を寒いものが走る。

だが、続けられた言葉はまるで想定外のものだった。

『君の出世が決まった。内示を執り行う』

「……なるほど」

出世、出世である。

完全に虚を衝かれた形だ。

『君も理解しているだろうが、今回の一件で局員が減ってしまった。その関係で空いてしまったポストを埋めなければならない。本来であれば有り得ない話だが、こと能力者に限っては人材が限定的だ。早急に人事が行われる運びとなった』

彼の言葉は理に適《かな》っている。

前に星崎さんから聞いた話では、能力者の全人口に占める割合は十万分の一とのこと。国家公務員の採用人数よりも遥《はる》かに少ない。少なくとも現場のプレーヤーに関しては、余裕など皆無なのだろう。

棚ぼた的にお給料が上がりそうな予感。

「承知しました」

『それと今後の君の仕事だが、当面は能力者の勧誘となりそうだ』

「まあ、そうなりますよね」

『詳しい話は明日にでも局で行おう。それでは失礼する』

「分かりました」

今は能力者の勧誘とやらが、安全なお仕事であることを祈るばかりだ。

＊

無事に仕入れを終えて、目当ての品々を購入した帰り道のこと。

駅から自宅への道を急いでいると、ふと妙なものが目に入った。コンビニエンスストアに面した細い路地の一角で、フリルやリボンに彩られた可愛らしい衣服を着用した子供が、店の廃棄物の収められたケージの前でゴソゴソとやっている。

どこからどうみても残飯漁《あさ》りだ。

これで漁っているのが見窄《みすぼ》らしい恰好の老人であれば、しかし、何度見返しても気にも留めなかっただろう。

そういうこともあるだろうと気にも留めなかっただろう。しかし、何度見返してもゴミを漁っているのは小学生ほどの子供である。それもアニメから飛び出してきたかのような衣服を身に着けている。

ケージに顔を突っ込んでいるので、相手の表情を窺うことはできない。ただ、スカートから覗く若々しい肌の張りから、背丈が小さいだけの成人であるとは思えなかった。また、ツインテールに結われた長い髪より察するに、性別は女性と思われる。

「…………」

警察に通報するべきだろうか。

そう考えたところで、ふと思い出した。

我が身は先週からお巡りさんだ。

常に携帯しているようにと持たされた警察手帳は、今もズボンのポケットに突っ込まれている。これがあれば自分のような中年オヤジであっても、安心して幼い少女に声を掛けることができる。防犯ブザーを鳴らされることもあるまい。

最寄りの交番まで連れて行くことも可能だ。

「……よし」

義務教育の時分、自身も食べるものに苦労した覚えがある。

遠い親類から義理で施される白米に、醤油《しょうゆ》を掛けただけの食事。キャベツとウィンナーの炒《いた》めものや、具のないインスタントのラーメンがご馳走だった。友達の家に遊びに行って出されるオヤツが、日々の楽しみだったことを覚えている。

そうした経緯も手伝い、自然と足は動いていた。

「君、ちょっといいかい？」

「っ……」

片手で警察手帳を構えつつ、ゴミを漁る少女に声を掛ける。

すると相手はビクリと身体を震わせて反応した。

勢いよくケージから顔が上げられて、視線がこちらを捉える。

実はこういうの、憧れてた。

警察手帳をかざして、国家権力を盾にして、偉そうに語るの。だって、絶対に気持ちいい。しかし、いざ実際にやってみると申し訳なさが先んじる。別に自分が凄い訳じゃないし、これといって得られるモノもない。

むしろ少し虚《むな》しい。

「…………」

「少しだけお話を聞いてもいいかな？」

相手は想定したとおり、小学生ほどと思しき女の子だった。

クリクリとした大きな目が印象的な、とても愛らしい顔立ちをしている。けれど、その表情からは子供らしさがまるで感じられない。何故ならば彼女のお顔には、感情らしい感情が窺えなかった。ジッとこちらを見つめる面相は能面のようである。

一方で外見はというと、パッと眺めた感じ魔法少女。アニメなどでよく見るそれだ。

浮世離れしたピンク色の髪が人目につく。

スカートにはフリルが盛り沢山。

ただし、そこかしこが汚れていたり、解《ほつ》れていたり、破けていたりする。匂いも相当のもので、少し近づいただけであっても、ホームレスとすれ違ったときのような悪臭が感じられた。髪の毛も皮脂でべたべたである。一日や二日ではこうはなるまい。

かなり年季の入った残飯漁りの経験が窺える。

「もしよければ、お巡りさんと一緒に近くの交番まで……」

「私のことは放っておいて」

こちらからの問い掛けも早々、彼女はゴミ箱に向き直った。

そして、再びガサゴソと中身を漁り始めた。

「…………」

まさにプロの仕事である。

寡黙にして淡麗な漁りに妙な気迫を感じる。

声を掛けることも憚られた。

下手に騒動を起こして、本職のお巡りさんに迷惑を掛けるのもよくない。警察手帳こそ備えていても、自身の立場はハッキリとしない。張り切って交番業務に手を出すのは、本来のお巡りさんたちからすれば迷惑な話だろ

う。課長からの評価も下がる。

　そこで致し方なし。

「これ、もしよかったら食べるかい？」

　手に下げたビニール袋から、アイスを差し出してみる。

　すぐ近くにある駅前のお店で購入したものだ。本日の夕食後、デザートにと考えていた品である。しかしそれも、コンビニの廃棄物を漁る少女を目撃したのなら、自ずと身体が動いていた。ピーちゃんの分と併せて二つ買ったので、自分の分を一つプレゼントである。

　相手が成人のホームレスだったら、きっとこんなことはしなかっただろう。

「……補導しないの？」

　すると彼女は妙なことを問うてきた。

　もしかして、常連なのだろうか。

「補導して欲しいのかい？」

「…………」

　ただ、その言葉に首を傾げたのも束の間のことである。

「私に関わらない方がいいよ、お巡りさん」

「っ……」

　ふわりと少女の身体が空に浮かび上がった。

　両足が地面から離れて、何の支えもなく肉体が空に舞い上がっていく。

　当然ながらビックリだ。

　思わずその姿を凝視してしまった。

「じゃあね」

　そして、彼女は短く一言だけ告げて、どこともなく消えていった。

　背後の風景が裂けるように、何もない空間に真っ黒な割れ目がジジジと現れて、これが彼女の身体を飲み込んだのである。それこそサイエンスフィクションの映像作品に出てくる、ブラックホールさながらの光景だ。

「……マジか」

　育児放棄に遭った浮浪児かと思いきや、まさかの異能力者だった。

＊

　ホームレスの少女と別れた後は、素直に自宅に向かった。

　そこでピーちゃんと二日間の出来事を共有しつつ、同時に晩御飯の支度を進める。スーパーで購入してきた食材を並べて、コンロに火を入れると共に、野菜を湯がいたり、肉を焼いたりと、手早く作業を進めていく。

そんなこんなで夕食の支度が整った。

食卓に並んだのは、神戸牛のシャトーブリアンのステーキ。

遂に買ってしまったよ、シャトブリ。

『これが神戸牛のシャトーブリアンか』

「ピーちゃんにはお世話になっているから、そのお礼ということで」

もしもピーちゃんから雷撃の魔法を学んでいなければ、きっと自分は死んでいたことだろう。そう考えると、自然と高価なお肉に手が伸びていた。近所の総合スーパーではなく、都内の百貨店まで足を延ばしてのお買い求めである。

百グラムで三万円もした。

二人前で六万円の出費である。

購入したのも生鮮食品売り場ではなく、別フロアのギフトコーナーだ。

店頭に在庫があって助かったよ。


「どう？　ペットショップの山田《やまだ》さんが絶賛していた味は」

『美味い。おぉ、これは美味いぞ、貴様よ』

「そりゃよかった」

ちゃぶ台の上、細切れに切り分けられたシャトブリを啄むピーちゃん可愛い。お皿の上に盛られたお肉が、次々とお口に消えていく。まるで子供がこぼしたお菓子のカスに群がる公園のハトのようだ。可愛い、可愛いけれど、眺めていて少し不安になる。

おかげで彼の素直な気持ちが伝わってきた。

決して世辞ではなく、本心から美味しいと感じてくれているようだ。

買ってきてよかったと素直に思えた。

お皿の脇には塩胡椒《こしょう》やステーキソースを用意した。彼はくちばしを器用に利用することで、そこにお肉を転がして、自分好みに味付けを行っている。文鳥とはなんて愛らしい生き物なのだろう。

『これなら毎日食べても飽きないな』

「でもこれ、一食で一ヶ月分の食費相当なんだよ……」

調理に際しては手が震えた。

焦がしてしまったらどうしようと、嫌な汗で背中が濡れていた。

『……そんなに高価な肉なのか？』

「うん」

『そうか……』

しゅんと目に見えて落ち込む姿もラブリーである。

けれどまあ、高価なお肉には違いないが、買って買えないほどではない。転職に成功した今であれば、一ヶ月に一度くらいなら構わないだろう。ピーちゃんの分だけであれば、費用的にも半分で済む。

「毎日は無理だけれど、今後もたまの贅沢ということで」

『いいのか？』

「色々とお世話になっているからね」

『……貴様の心遣いに感謝する』

「いえいえ、どういたしまして」

一緒に高いお肉を食べて、また少しピーちゃんと仲良くなれた気がした。

＊

夕食を平らげた後は、日課となった異世界へのショートステイである。

両手に商品を携えて、副店長さんの下まで向かった。

ここ数日で通い慣れたハーマン商会の応接室。同所で持ち込んだ品々を金貨に換える。一連の流れも大分熟《こな》れてきた。過去に運び込んだ品については、金額の確認のみで済ませる。新しく持ち込んだ品については、用途用法を説明する。

今回の目玉商品は、乾電池式の防犯用人感カメラと虫《むし》除《よ》けスプレーだ。

人感カメラは液晶内蔵、別途端末を用意せずとも撮影した静止画を確認できる。些か使い勝手は悪くなってしまうが、最低限の用途は果たせる筈だ。本来であればクラウドと連携して、ネット上で撮影した画像を確認できる。

山岳部など電源がない場所での利用を前提とした品となり、乾電池八本を利用したロングバッテリーモードとやらで、最長一年間の待受が可能だという。この手の商品も日々進化を続けているのだなと、改めて技術の進歩を感じた。

虫除けスプレーについては、これに相当する魔法が存在しないという話をピーちゃんから伺っての購入である。狩猟に臨むならば、藪《やぶ》の中を歩き回ることも多いだろう。当然、虫に集《たか》られることは日常茶飯事と思われる。

ただし、現地にも似たような薬剤は存在するそうなので、効果効能に関してどの程度アドバンテージを取れるかが勝負となる。初回となる本日は数を抑えて、当面は顧客の反応を窺いつつ、といった形で考えている。

他にも携帯式の浄水器などを検討したのだけれど、飲料水は魔法で解決可能であったことを思い起こして取り止めた。人口に占める魔法使いの割合がどの程度かは知らない。けれど、お金持ちの貴族様であれば、水筒代わりに連れて行くくらいはするだろう。

これに対して、副店長さんの反応は共に上々であった。締めて金貨二千三百枚。結構なお値段である。

お互いにホクホク顔で商談は成立した。

取り引きを終えたのなら、以降はこれまでと同様に魔法の練習である。馴染《なじ》みのお宿にチェックインして荷物を置いたのなら、その足で町の外に向かおうと考えていた。目指すは中級の障壁魔法及び回復魔法の習得である。

しかし、取り引きを終えた直後、副店長さんから相談を受けた。

なんでも子爵様からお呼び出しが掛かっているとのこと。可能であればこれからでも、一緒にお城まで向かって欲しいとのお話であった。外には既に馬車を用意しているというから、まさか断る訳にはいかない。

その足で町の中心部にそびえ立つお城へ向かう運びとなった。

ハーマン商会の紋章が入った馬車に揺られて移動する。

城門は顔パスだ。

子爵様から呼び出しを受けたことを伝えると、お城の人たちは快く案内をして下さった。過去に何度か足を運んでいるので、こちらの顔も覚えて下さったのだろう。

そう待たされることなく応接室まで通された。

「よくぞ来てくれた、ササキよ」

「お招きに与《あずか》り光栄にございます」

我々が到着した時、室内には既にミュラー子爵の姿があった。

彼に促されるがまま、副店長さんと並んでソファーに腰を落ち着ける。

世辞の挨拶と共に、まずは献上の品をご説明。

今回も人感カメラや虫除けスプレーに興味を持って頂けたようで、副店長さんと同様、持ち込んだ分だけお買い求め下さった。また以前の約束に従い、トランシーバーを乾電池と一緒に十セットほど納品した。

これによって異世界のお財布には、金貨がプラス九千枚。

そうして取り引きが一段落した時分のことである。

「ところでササキよ、改めて話がある」

「なんでしょうか？」

ジッと真正面から見つめられてのお声掛けだ。

自ずとこちらも身構えてしまう。

脳裏に浮かんだのは、前回の来訪時に副店長さんから聞かされた、戦争、の二文字である。あれから現地時間で五、六十日ほどが過ぎている。局面が大きく動いていたとしても何ら不思議ではない。

「その方も商人であるならば、既に耳にしているとは思うが、十日ほど前に隣のマーゲン帝国が、我らがヘルツ王国に攻め入ってきた。先々月から雲行きの怪しかった両国間の関係だが、今回の一件を受けて本格的な開戦と相成った」

ドンピシャである。

「私も王命に従い、兵を率いて対処に当たる運びとなった」

「…………」

こういうとき、自分のような立場の人間は、どのように応じるのが正しいのだろう。お疲れ様です、なんて言ったら絶対にアウトだろうし、そうかと言って喜ぶのも違う気がする。自然と口を閉じて黙ることになった。

「マーゲン帝国は強大だ。我らがヘルツ王国との戦力差は、単純に兵の数だけを比較しても二倍近い。そして、国境が近いことも手伝い、場合によってはこの町にも、敵兵の手が及ぶ可能性がある。そうなっては被害も甚大だろう」

「…………」

子爵様は深刻そうな表情で語ってみせる。

副店長さんとの取り引きで盛り上がった気分が萎えていくのを感じる。そうなると当面は異世界に寄り付かず、日本で過ごした方がいいだろう。あぁ、その前に現地の通貨をマーゲン帝国とやらの通貨に換金しておく必要がある。

敗戦国の貨幣とか、絶対に価値が下がりそうだ。

「そこでササキよ、どうか私に協力してはもらえないだろうか？」

「恐れながら私は一介の職人であり、数多《あまた》いる商人の一人に過ぎません。これといって武勇に秀でているわけでもなく、人を扱うことに慣れていることもございません。とてもではありませんが、子爵様のお役に立てるとは思えないのですが」

「その方にこんなことを言うのは申し訳ないと思う。だが、ササキが我が領にもたらしてくれた品々は、今回の戦局を支えるにあたり、非常に価値のあるものだと考えている。そこでササキには戦の御用商人として、我々に協力して欲しいのだ」

「いえ、しかし……」

「その方が異国の職人であり、商人であることは私も重々承知している。自らの利益を優先してくれて構わない。代わりにどうか、我が軍がマーゲン帝国の兵を迎え討つにあたり、必要となる物資を提供してもらいたいのだ」

「…………」

能力者云々が一段落したと思ったら、これまた大変なご相談を受けてしまった。

＊

【お隣さん視点】


私は今日もまた、自宅アパートの玄関前に座り込んで待っている。

誰を？　何を？

隣の部屋に住んでいるおじさんが帰宅するのを。

「…………」

かれこれ何年になるだろう、こうして放課後を過ごすのは。

契機は両親の離婚にあった。母に引き取られて現在の住まいに移り住んだのが、小学校に入学してしばらくのこと。以降、何かと厳しく当たられることが増えて、最終的には今のような形に落ち着いていた。

隣の部屋のおじさんとは数年来の知り合いになる。

彼がこちらのアパートに引っ越してきたのは、私たち親子が今の部屋に移り住んでから、数ヶ月ほどが過ぎてのことだった。当時、引っ越しの挨拶にお菓子を持って訪れた姿は、未だ記憶に残っている。

こんな安アパートで生活しているような人からの手土産なんて、危なくて食べられたものじゃないわ。そんなことを呟いて、受け取ったばかりのお菓子をゴミ箱に捨てた母親の姿が、今でも鮮明に思い出せる。

捨てられたお菓子は食事に欠いていた当時の私にとって、ご馳走以外の何物でもなかった。学校で与えられる給食以外、数日ぶりに口にした固形物は、朦朧《もうろう》としていた意識を幾分かマシにしてくれた。

以来、おじさんは玄関の前に座る私に、何かと食べるものを与えた。

大半はパンやおにぎりなど、比較的高カロリーな食品だった。

ガリガリに痩せていた当時の私に気を遣ってくれていたのだろう。次いで多かったのがお菓子。与えられていたお菓子の大半が、ビタミンやら何やらが添加された機能性のものであると知ったのは、つい最近のことだ。

またそれ以外にも、冬の寒い日にはホカホカに温められた肉まん、夏の暑い日にはよく冷えたスポーツドリンクやアイスなど、色々ともらったことを覚えている。学校の授業で使う道具を譲り受けたこともあった。

「…………」

過去には何度か、自宅に児童相談所から職員が訪れた。多分だけれど、おじさんが通報したのだと思う。

けれど、私の母は表向きはまともな顔をしているようで、彼らが私に対して何かするようなことはなかった。いずれも口頭での注意に留《とど》まり、私たち親子の関係に変化が訪れるようなことはなかった。

どういった意図があってのことなのか、母の行いは一貫している。自身の留守に子供を家に上げることをせず、同時に食事を与えることをしない。それは私が小学校を卒業して、中学校に入ってからも変わらなかった。

私がおじさんから施しを受けていることを母親は知っている。

けれど彼女は、これに何を言うこともない。

母が何を考えているのか、私は未だに理解できていない。

「……おじさん、今日は帰りが遅いですね」

夜空を見上げて、誰に言うでもなく呟く。

よく晴れた空にはたくさんの星が瞬いている。かれこれ幾度となく眺めてきた光景だ。これからの私の生涯、幼少の頃の思い出として残る風景は、きっとこの夜空になるのではないかと思う。

「そういえば前に、残業が多いって言ってましたね」

ところで、最近になって考え始めたことがある。

それは私の女としての価値だ。

小学生の頃はその手の知識に乏しく、また肉体的にも貧相であったため、ただただ内に抱えた飢えに従い、おじさんから与えられる食べ物に狂喜していた。まさか自身の肉体に、そうして口にする食事以上の価値があるとは思わなかった。

けれどそれも中学校に入学してしばらくすると変わってきた。

おじさんからの施しの賜物《たまもの》だろうか。

私は同世代の女子生徒と比較して身体付きに恵まれた。

学校では男子生徒からの視線を受ける機会が増えた。

担任の女性教師よりも大きいと思う。

また、母は私に制服こそ買い与えたが、ブラジャーや生理用品を与えることはしなかった。後者については学校のトイレで得られるトイレットペーパーで凌《しの》いでいる。けれど前者はどうにもならない。これが周囲からの視線に拍車を掛けた。

だからだろう、自然とその先にある行為が意識された。

隣の部屋のおじさんも、そういうことを求めているのではなかろうかと。

嫌悪感がないと言えば嘘になる。最近は母親が連れてくる男たちも、私の身体に視線を向けるようになった。同じものが与えられた時、素直に受け入れられるとは到底思えない。多分私は自分以外の人間が嫌いなのだと思う。

けれど、これまで養ってくれたお礼を考えたのなら、そういうこともあるのではないかとも感じていた。おじさんは母よりも年上のようだが、結婚しているようには見られない。私を孕《はら》ませたところで、これといって問題はないだろう。

飢えから助けてくれたお礼に、性的な充足を提供する。

それは身体以外に何も持たない私にとって、唯一叶う恩返しだ。

ゴムさえしてくれるのなら、あるいは堕胎の面倒を見てくれるのなら、当面は好きにしてくれて構わないと思う。それはきっと目に見える形で安心が欲しいという、私のクズみたいな心の表れでもあるのだろう。

堕胎を繰り返すと子宮が駄目になるとは学校の授業で学んだ。ただ、こんな自分が将来、まともに子育てをできるとは思わない。それなら今のうちに駄目にしておいた方が、まだ見ぬ子供の為になるのではないだろうか。

あぁ、自分はなんて厭《いや》らしい人間なんだろう。

決して母のことを悪くは言えない。

「…………」

私はアパートの隣の部屋に住んでいるおじさんに生かされている。

おじさんから与えられる食べ物がなければ生きていけない。

それはきっとこれからも続くのだろう。

少なくとも私が中学校を卒業して、母のもとから離れるまではずっと。

〈世界間貿易〉

子爵様からのご相談については、持ち帰りとさせて頂いた。

その旨を口にした時、すぐ隣にいた副店長さんは顔を真っ青にしていた。どうやらお貴族様からの依頼を即断しないことは、大変な失礼に当たるらしい。帰り際にそれとなくご指摘を受けた。

笑みを浮かべて見送って下さったミュラー子爵は、きっと人格者なのだろう。

そんなこんなで、町のセレブなお宿に戻った我々は作戦会議である。

メンバーはピーちゃんと自分の二人きり。

お部屋付きだというメイドさんには、取り立てて必要ないけれど、町中での買い物をお願いした。当分は戻ってこないだろう。そのためどっしりと構えて、我々は当面の課題について話し合うことができる。

「ピーちゃん、ぶっちゃけ戦争ってどうなんだろう」

『まあ、十中八九この国は負けるだろうな』

「そ、そうなんだ……」

子爵様の言動から、なんとなく想像はしていた。けれど、こうして彼の口から聞くとショックも大きい。ピーちゃんが十中八九負けるというのなら、明日にでも町から逃げ出すのが正しい判断だと思う。

ただ、その行為に抵抗がないと言えば嘘《うそ》になる。

ハーマン商会の副店長であるマルクさんを筆頭として、短い間ではあったけれど、仲良くなった人たちの存在が理由だ。また、こちらの町にはピーちゃんの為《ため》に設けた飲食店もある。それら全てを一方的に奪われるというのは、あまり気分がいいものではない。

『……貴様はどうしたい？』

「なんとかできるものなら、なんとかしたいよ。だけど、負け戦に参加しても良いことなんて一つもないじゃない？　それなら負けた後のことを考えて、皆で幸せになれる方法を検討するほうが、より建設的だと思うんだけれど」

『たしかにこのままでは、どうにもならないだろうな』

「でしょ？」

『だが、我の魔法なら戦況を覆すことは可能だ』

「……そうなの？」

『我が名はピエルカルロ。異界の徒にして星の賢者』

「あ、それ前にも聞いたやつ」

ピーちゃんと初めて話をしたとき、そのような自己紹介を受けた。可愛《かわい》らしい外見に似合わない厳《いか》つい感じが、個人的には気に入っている。今なら星の賢者という大仰な煽《あお》り文句にも納得できるよ。

『国同士の小競り合い程度であれば、これを収めることは大した手間ではない。壊すことのなんと容易なこと。一方で生み出すことのなんと手間の掛かること。ならばこそ貴様が生み出した町との関係は、決して失うべきではないだろう』

「なるほど」

『ただし、その為には貴様の協力が必要だ』

「そうなの？」

『この脆弱《ぜいじゃく》な肉体では、高等な魔法を繰り返し行使する負荷に耐えられない。世界を移る際と同様に、貴様の肉体を通じて魔法を行使する必要がある。早い話がこうして肩に止まっていなければならないのだ』

「そっか……」

どうやって争いを収拾するのか、具体的な方法は定かではない。ただ、ピーちゃんができると言うのであれば、きっと上手《うま》いことやってしまうのだろう。そうなると問題になってくるのは、自分や彼の社会的な立ち位置だ。

まさか表立って活躍する訳にはいかない。

ピーちゃんの掲げていた、周りは放っておいて自分の好き勝手に過ごす、というルートから外れてしまう。きっと周囲の人たちから持《も》て囃《はや》されて、権力者からは大変なお仕事が降ってきて、食っちゃ寝とは程遠い生活が始まることだろう。

「なるべく目立たないで解決する方法を考えようか」

『うむ』

個人的にもピーちゃんの主張は好ましい。こちらの世界が忙しくなると、日本での生活が破綻する可能性も出てくる。新しい勤め先の上司は何かと隙のない人物だから、なるべく余裕を持って日々を送りたい。

っていうか、こちらの世界では常に休暇でありたい。

『それならば否応《いやおう》なしに、魔法に関する知識が必要となる。中級魔法の習得に追加して、上級以上の魔法に対する講釈を行おう。それを今後どのように運用するべきかは、我も貴様と共に決めたいと思う』

「ありがとう、とても嬉《うれ》しいよ」

ということで向こう数日、我々は町の外で魔法の講義と練習である。

＊

結果的に今回の異世界ステイでは、新たに一つ中級魔法を覚えた。

なんと回復魔法である。

戦争に参加する可能性が出てきたことで、障壁魔法と回復魔法を優先して練習した次第である。結果として前者は未《いま》だに習得できていないものの、後者に関しては最終日にギリギリで発動を確認できた。

瀕死《ひんし》の野ネズミに対して呪文を繰り返すこと幾百回。

その怪我《けが》が治っていく様子は感動ものだった。

初級の回復魔法ではちょっとした切り傷や擦り傷、簡単な骨折を治すのが精一杯であったのに対して、中級の回復魔法では、魔法に費やす魔力次第で四肢欠損や深刻な火傷《やけど》、複雑な骨折までをも完治させることができるという。

中級の回復魔法が使えれば、どこへ行っても食いっぱぐれることはない、というのがピーちゃんの言葉である。死に体であった状況から一変、元気を取り戻したネズミの駆け足で逃げていく姿を眺めては、仰《おっしゃ》ることも尤《もっと》もだと思った。

併せて今回はピーちゃんから、大規模な魔法の存在について講義を受けた。なんでも山の形を変えるほどの代物が、いくつも存在しているらしい。流石《さすが》にそれはどうなのよということで、運用方法については二人の間で要検討という結論に落ち着いた。

そして、魔法の練習を終えたのなら、現地のお宿で食事と睡眠を取ってからの帰還である。上司から呼び出しを受けている手前、あまり長居をすることはできない。自宅に戻り次第、駆け足での登庁と相成った。

そうして訪れた先は、都心部のビルに収まった局内の会議室。

六畳ほどの手狭な空間で、課長と顔を向かい合わせている。

「休みを告げて早々、いきなり呼び出して悪かった」

「いいえ、それは構いませんが」

「公務員の昇進というと、本来であれば試験だ何だと色々あるのだが、我々の部署は少しばかり特別となる。そもそも肩書などあってないようなものだ。そういった背景も手伝い、現場の状況次第でこうポンポンと変わる」

「お給料の方はどうなるんでしょうか？」

「その点は安心していい。ちゃんと見合った額が用意される」

「それはなによりです」

ここ最近は出費が激しいので、次の給料日が待ち遠しい。

採用初年度はボーナスってどういう扱いになるんだろう。

前の職場では存在しなかったから、それはもう気になる。

「ただし、担当内で人が足りていないのは事実だ。入ったばかりで申し訳ないが、今後は即戦力として扱わせてもらう。昨晩にも伝えたとおり、佐々木《ささき》君には星崎《ほしざき》君と組んで、能力者の勧誘を行ってもらいたい」

「能力者の勧誘については承知しています」

「なにか問題が？」

「しかし、星崎さんと一緒というのは物々しいですね」

「能力者の勧誘と一口に言っても色々とある。警察への通報から挙がってきた情報を元に、野良の能力者に声を掛ける場合があれば、非正規の能力者として活動している者に対して、交渉を持ち掛けるようなこともある」

「なるほど」

「一人で頑張ってみるかね？」

「是非とも星崎さんと組ませて下さい」

一人で他所《よそ》の能力者と喧嘩《けんか》なんて冗談じゃない。

星崎さん愛してる。

「素晴らしい判断だ」

「ところでその場合、危険手当は出るんでしょうか？」

「原則として我々の外回りには、常に危険手当が発生する。能力者関係の仕事で安全な仕事は存在しないと考えたほうがいい。能力者というのは、何の訓練も受けていない素人が重火器を手にしているようなものだ」

「……たしかに課長の仰るとおりですね」

ボウリング場での出来事を受けて、そのあたりは意識が改まった。

だからこそ、わざわざ能力者を集めて公務員とした上で、同じ能力者の問題に対処させているのかも知れない。そうでなければ大々的に、警察や自衛隊を動かさなければならなくなる。情報の秘匿もなにもあったものではない。

「ただ、そうは言っても一昨日《おととい》のような件は稀《まれ》だ」

「もしも日常だと言われたら困ります」

ちなみに自身の新しい肩書についてだが、名刺の上では警部補、ということになるのだそうだ。年齢的に考えると、決して悪くない響きである。ちなみに課長は同じ尺度で考えると、警視長というやたらと偉そうな位置にくる。

「それと君には、星崎君の面倒をみてやって欲しい」

「彼女のですか？　むしろ私が面倒をみてもらっているような気がしますが」

「彼女はああ見えて、些《いささ》か不安のある人格の持ち主だ。歳《とし》も若い」

「……承知しました」

実年齢を聞いた後だと、課長の言葉にも頷《うなず》ける。

ただ、できれば距離を取りたい相手だ。大人としての義務感、みたいなものが良心を刺激しないでもないけれど、何事も命あっての物種である。彼女は自ら望んで危険手当を稼ぎに行く傭兵《ようへい》ＪＫだから。

「小一時間ほどで、改めて内示に向けた連絡が行く。それまでフロアで待機だ」

「分かりました。それでは自席でお待ちしています」

上司との面談はそんな感じで過ぎていった。

しかしなんだ、出世という響きは意外と悪くないかも知れない。自身には何の変化もないのに、根拠のない自信が内側から滲《にじ》み出てくるのを感じた。世の中の社畜が上司に胡麻《ごま》をする理由が、何となく分かったような気がする。

現在の職場に関しては、出世すれば出世しただけ、身の回りの自由も増えそうだ。そうなると異世界にも行きやすくなる。ここは一つ公務員として、局内の出世レースに挑んでみるのも、悪くない判断かもしれない。

扱い的には準キャリ以下だろうけれど、それでも少し期待してしまった。

＊

無事に内示を受けて、警部補なる肩書の記載された名刺をゲットした。

星崎さんも一緒に昇進していた。

以降はこれといって予定もないので、そのまま退庁である。向こう数日はゆっくりと休んで身体《からだ》を癒《い》やせと上司から言われた。局も今回の騒動の後始末で手一杯らしい。現場部隊はしばらく暇になるだろう、とのご連絡であった。

そこで本日は、素直にご厚意に甘えることにした。

帰り際に総合スーパーで仕入れを行うことも忘れない。ただし、あまり妙な買い物をしていては課長に目を付けられかねない。ミュラー子爵から請われているトランシーバーを数台と乾電池、あとは香辛料を少々に控えておいた。

そして、自宅に戻ったのならピーちゃんと共に異世界へ移動だ。

時刻は昼を少し過ぎた頃おい。家を空けていたのは三、四時間ほどとなる。時間経過の速い現地では、数日ほどが過ぎていることだろう。子爵様の語っていたマーゲン帝国との戦争も、そこまで大きく状況が変化していることはないと思う。

日本での有給期間を仮に一週間とすると、異世界では百数日という月日に相当する。当面は時間を気にすることなく、あちらの世界で活動できる。少なくとも自分が勤めに出ている間に町が滅びていた、という状況は回避できるだろう。

「それじゃあピーちゃん、お願いするよ」

『うむ』

必要なものを手にして、自宅アパートから異世界の宿屋に移る。

住み慣れたフローリングの居室が、ゴツい石造りの部屋に取って代わる。窓から外の光景を確認してみるも、これといって騒動が起こっている様子は見られない。現時点において、マーゲン帝国の侵攻はエイトリアムの町まで及んではいないようだ。

だが、決して楽観はできない。我々は副店長さんの下に急いだ。

＊

商会に足を運ぶと、すぐにマルクさんの下に通された。

なんでもミュラー子爵から彼に連絡が入っていたらしく、今からでもお城に向かいたいとの話であった。まず間違いなく隣国との戦争絡みだろうとは彼の談である。無視する訳にもいかないので、子爵様への献上品のみを携えて登城する運びとなった。

そんなこんなで場所を移した先、我々はお城の応接室で顔を合わせている。

「……なるほど、兵糧と資材ですか」

「うむ」

この度の戦争において、ミュラー子爵が本国から拝命したお仕事は、前線での基地の設営と、そこで行われる炊き出しの支度とのことであった。これが自身の領地の防衛とは別に、彼が国の貴族として果たさなければならない役割なのだという。

こうした責務はミュラー子爵に限らず、同国の貴族一同に対して、領地の経済規模や地理的な条件などに応じた形で、それぞれ任されているのだという。もしも逆らったりした場合には、お家の取り潰しもありえるのだとか。

ちなみに彼のお隣の領地の伯爵には、兵五万と馬千頭の動員が命じられているらしい。果たしてどちらの方が大きな負担なのか、異世界一年生の自分には見当がつかない。ただ、いずれとも大変そうだとは素直に思う。

「戦で必要とされる物資を一ヶ月《かげつ》以内に届けねばならない。現地まで馬車を使って二週間は掛かる。調達は既に始めているが、状況は芳しくない。移動期間を除いた二週間以内に、指定された品目を揃《そろ》えることは絶望的だ」

「左様ですか」

「そちらのハーマン商会を筆頭に、領地内の商会や商人にも依頼を進めてはいるが、それらを含めても物資の調達は立ち行かない。食料の高騰も既に始まっており、このまま強引に作業を進めると、敗戦を待たずに町の経済が崩壊する」

「…………」

こちらが考えていた以上に戦争って雰囲気だ。

国家総力戦の気配を感じる。

「このようなことを異国の民である貴殿に頼むのは、筋違いだと理解している。だが、もしも何か手立てがあるようであれば、助言をもらえないだろうか？　ちょっとした気付きでも構わない。どうかこのとおりだ」

言葉と併せて、子爵様が深く頭を下げてみせた。

一連の振る舞いを目の当たりにして、隣では副店長さんが目を見開き驚いている。どうやら貴族が平民に頭を下げるというのは、かなりレアケースのようだ。それくらい退っ引《の》《ぴ》きならない状況ということなのだろう。

「……助言ですか」

「うむ、何か良い案はないだろうか？」

しかし、そう言われても困ってしまう。

ピーちゃんの存在を公にすれば、幾らでもやりようはあると思われる。一方で彼の助力がなければ、こちらは一介の平民に過ぎない。少しばかり懐は暖かであるけれど、個人として行えることは高が知れている。

なるべく目立たないで助力する、という彼との話し合いの結果を思えば、この場でピーちゃんの存在を前面に出しての会話は避けるべきだろう。ミュラー子爵とのやり取りについては、自分個人のできる範囲で行うべきだ。

たまには飼い主として、ペットに格好《かっこ》いいところを見せたいじゃないの。

「一点ご確認させて頂きたいことがあります」

「なんだ？」

「そもそも今回の戦争の原因は何なのでしょうか？」

「たしかに異国の民である貴殿には、その説明が必要であったな」

ものは試しに尋ねてみると、子爵様は思ったよりも簡単に説明をして下さった。ただし、語る表情はこれまで以上に芳しくないものだ。その理由は彼の口から言葉が続けられるのに応じて、段々と明らかになっていった。

つい百年ほど前まで、こちらの国は魔法技術に優れた大国であったそうだ。国土こそ大したものではないが、優秀な魔法使いを多く抱えた同国は、近隣の列強と呼ばれる各国とも対等に競い合っていたという。

しかし、それも月日が過ぎると共に衰えていったのだそうな。

原因は国が保有する魔法技術の衰退だという。王侯貴族や豪商といった富裕層による搾取。これに嫌気の差した優秀な魔法使いたちが、長い時間を掛けて段々と国を去ったことで、国力が落ちてしまったらしい。

「ササキ殿、貴殿は星の賢者様をご存知《ぞんじ》か？」

「……いえ、存じません」

ミュラー子爵のお口から、どこかで聞いたような単語が漏れた。

ピーちゃんが自称していた肩書である。

「それでも国は辛うじて平穏を保っていた。星の賢者様という極めて優秀で偉大な魔法使いが、王宮内でその手腕を振るって下さっていたからだ。おかげで我々は穏やかに、日々を営むことができていた」

「………………」

この場は大人しく黙って話を聞かせて頂こう。

ピーちゃんにもこれといって反応は見られない。

いつもどおり肩の上でジッとしている。

「しかし、それも数年前までのことだ。現王から絶大な支持を得る星の賢者様は、その存在を妬んだ一部の貴族の手によって、闇討ちされてしまったのだ。以降、この国は腐敗と衰退を繰り返し、刻一刻と崩壊に向かっている」

「なるほど……」

ピーちゃん、想像した以上に凄《すご》い人物だった。

こうなると殊更に、彼を頼ることに引け目を感じる。

自分を闇討ちした人たちが治める国の為に手を貸すなど、気分のいいものではないだろう。こちらの子爵様に対しては、それなりに良い感情を抱いているようだけれど、他はどうだか分からない。

そして、どうやったのかは定かでないけれど、闇討ちから逃げ延びたピーちゃんが、ペットショップで文鳥として過ごしている二ヶ月の間に、こちらの国は数年という月日を重ねて、落ちるところまで落ちてしまったのだろう。

今や隣国から攻め込まれて、未曾有《みぞう》の危機に陥っている。

「星の賢者様にはお弟子さんなどいらっしゃらなかったのですか？」

「非常に多忙な方で、弟子を育てる余裕もなかったと言われている」

「そうでしたか……」

こうなると仮に今回を凌《しの》いだとしても、繰り返しマーゲン帝国は襲ってきそうである。完全に獲物として見られてしまっているではないか、ヘルツ王国。噛《か》み付いたら仕返しをされると、ちゃんと相手に意識させない限り、問題は解決しないと思われる。

「ところでどうして、星の賢者と呼ばれているのでしょうか？」

「夜空に浮かんだ星の数ほど、沢山の魔法を使えることから、いつからか誰かが呼び始めたのだ。事実、私は彼ほど多彩な魔法を使いこなす魔法使いを知らない。本人は他者からそう呼ばれることを恥ずかしがっていたようだが」

「なるほど」

たしかにミュラー子爵の仰るとおり、ピーちゃんはめっちゃ沢山の魔法を知っていた。どんなに長い呪文も一字一句間違えずに覚えており、これを的確に教えてくれた。あと、恥ずかしがっていた割には、自ら二つ名を名乗っていたの可愛い。

星の賢者様、それなりに気に入っているのではなかろうか、なんて思う。

＊

場所は変わらずお城の応接室、話題も引き続き戦時への対策。

子爵様から一通り事情を窺《うかが》った。

その上で我々は、精一杯の助言を返させて頂く。

「このようなことを申し上げるのは失礼かと存じますが、今のお話を確認させて頂いた後ですと、この国を捨てる、というのが私には最も賢い判断だと思えてなりません。マーゲン帝国との交渉こそが唯一の活路に感じられます」

「ササキさんっ！」

こちらの言葉を受けて、副店長さんから声が上がった。

やはり非常に失礼な提案であったようだ。

「いいや、構わない。それは私も考えの一つとして持っていた」

「ですがっ……」

副店長さんが落ち着きをなくし、周りの様子を気にし始めた。

きっと第三者に聞かれたら大変な事柄なのだろう。

「しかしながら、不確かな交渉に領民の命を預ける訳にはいかない。私が前線に向かうまでの一ヶ月という期間で、マーゲン帝国との交渉をまとめ上げることは不可能だと判断した。本国から敵国に向かう他所の領地の兵が、我が領を通過する点も大きい」

「たしかにそれは非常に困難な行いとなりますね」

そういえばそうだった。

こちらの世界は現代社会と比較して、物事の進捗がゆっくりとしている。電話やインターネットが存在しない分だけ、情報の伝達が遅い。子爵様の言葉通り、関係各所と連絡を取り合うだけでも、一ヶ月くらいは容易に過ぎてしまうことだろう。

光回線の代わりに、お馬さんが頑張っている世界なのだ。

「だが、今後はどうなるか分からない。故に今回は最低限、本国からの要求に応える形で延命を図ろうと考えていた。近い内に大敗の知らせが届けば、同じ結論に達する者たちも少なからず出てくることだろう」

「なるほど」

「幸《さいわ》い我が領には兵の動員が求められていない。代わりに金銭的な負担はかなり大きなものとなったが、民さえ生きていれば次の機会に繋《つな》げることが可能だ。本当に必要なときにこそ、我々は武器を手にするべきだろう」

ミュラー子爵も色々と考えていらっしゃるようだ。本国から受けた責務についても、恐らくは苦心して交渉、調整した結果ではなかろうか。こうなると下手な提案は自身の浅慮が目立つばかりだ。自分のような凡夫など比較にならない、とても優秀な方である。

人の上に立つべくして立った人物って感じがする。

「子爵様のお考えは承知しました。意識を兵糧と資材に限定します」

「色々と頭を悩ませてくれたところ、一方的にすまないな」

「滅相もありません。こちらこそ差し出がましい発言をいたして恐れ入ります」

「それでどうだろう？　何か案はないだろうか」

「そうですね……」

日本から持ち込むことは不可能だ。少なくとも数万という規模に及ぶだろう人員の食料だもの。クレカの上限を簡単に突破してしまう。また、課長に知られたら確実に追及されることだろう。

そうなると同じ世界の他の町から運び込むことになる。

可能か不可能かで言えば可能だ。

これまでの商売で貯《た》めた金貨を利用して商品を買い付け、ピーちゃんの瞬間移動の魔法のお世話になり運び込む。そうすれば子爵様が求めているものを期間内に現地までお送りできる。一ヶ月という期間でも十分な成果を挙げられる。

ただし、その場合でもハードルは存在する。

誰がどうやってそれを行ったことにするのか、という問題だ。

ピーちゃんを表舞台に立たせない為に必要な工作である。

「そう言えば昔、空間を縦横無尽に行き来する魔法が存在すると、噂《うわさ》に聞いた覚えがあります。なんでも離れた場所まで、あっと言う間に移動できるのだとか。数日を要する道のりも、一瞬にして移ってしまうそうです」

「それなら私も聞いたことがある。星の賢者様が得意とされていた魔法だ。しかし、彼以外にその魔法を使える魔法使いを私は知らない。かなり高等な魔法らしく、並の魔法使いでは習得できないらしい」

「……なるほど」

子爵領から現地まで荷を運ぶだけであれば、一ヶ月という期間に対して、半分の二週間で済むという。もし仮に領地内の倉庫に、ふっと湧いて出たように必要な品々が納められたのなら、ミュラー子爵の願いは叶《かな》う。

そのふっと湧いて出る瞬間を誰にも見られなければ、どうだろう。

何度か言葉を交わした限りではあるが、こちらの子爵様はなかなかの人格者だ。口外を厳禁とすれば、自領の倉庫に勘定の合わない兵糧や資材が存在することに対しても、黙秘を貫いてくれるのではなかろうか。

当然、我々の存在についても。

自宅所轄の税務署よりは、余程融通が利くと思う。

「…………」

チラリと肩に止まったピーちゃんに視線を向ける。

すると彼は小さくコクリと頷いてみせた。

星の賢者様からもゴーサインをゲットである。

「ミュラー子爵、もしも子爵の領地内の倉庫に、今回の責務について十分な量の食糧と資材が収まっていたとします。そうしたときに一ヶ月という期間で、これを現地まで運び込むことは可能でしょうか？」

「可能だ。荷を運ぶだけであれば、十分な猶予がある」

「では、その領地内の倉庫についてですが、何人たりとも出入りすることなく、荷を現地に向けて運び出すその時まで、人に知られず扱うことはできますか？　倉庫の中での出来事は未来永劫《みらいえいごう》、決して誰にも伝わることがないと、お約束して頂けますか？」

「まさか、貴殿はあの魔法を……」

「お約束が頂けないようであれば、私は町を離れなければなりません」

　ピーちゃんに代わり、自身が矢面に立つことにした。

　ミュラー子爵の話を聞く限り、星の賢者という肩書は、このような場所で表に出せるほど軽々しいものではなさそうである。それこそ存命を口にしただけで、隣国を怯《ひる》ませるくらいの影響力がありそうだ。

「お約束して頂けますか？」

「承知した」

　間髪を容《い》れず、ミュラー子爵は頷いて応じた。

　続けられたお言葉は今まで以上に厳かな口調でのこと。

「そのような倉庫を早々に用意させて頂く。口外もしないと約束する」

「ありがとうございます」

「いいや、感謝の言葉を述べるのはこちらのほうだ。ササキ殿」


　これで当面、やることが決まってしまったぞ。

＊

　子爵様は約束通り、お城の敷地内に立派な倉庫を用意して下さった。

　学校の体育館ほどの規模の建物だ。出入り口には急遽《きゅうきょ》職人の手が入り、二重構造に加工が行われた。更に唯一となるドアの外側には、子爵様の側近だという騎士が立ち、二十四時間体制で人の出入りを監視するという。謁見の間で後方に控えていた人たちだ。

　何人たりとも倉庫に出入りすることは叶わない。それは子爵様や我々であっても例外ではない。そのように騎士の方は命を受けているという。そのため安心して仕事に臨める。倉庫内に立ち入り可能なのは、瞬間移動の魔法を使えるピーちゃんと自分だけだ。

　手元には子爵様から頂戴した買い出し品のリストがある。こちらに記載された品々を倉庫の中に運び込めば仕事は完了となる。ちなみにそれぞれの卸価格は、戦時下であることを踏まえて、本来の市場価格より割増で買い取って下さるとのこと。

数が非常に多い為、仕入額にもよるだろうが、べらぼうな儲けになりそうな予感がある。当然、失敗した時の子爵様の心証を思うと、リスクは小さくない。ただ、それでも成功した場合の金銭的なメリットは計り知れない。

そこで早速、我々は仕入れに向かうことにした。

訪れた先はルンゲ共和国という国のニューモニアという町。

ヘルツ王国、マーゲン帝国に次いで三つ目の国名をゲットである。

提案はピーちゃんからだ。聞いた話によると、なんでも過去に何度か商売に訪れたことがあるのだとか。旅路も彼の瞬間移動の魔法にお世話になったおかげで、これといって苦労もなく到着した。

「賑《にぎ》やかなところだね。子爵様のところより栄えて見えるよ」

『うむ、ここは商売が盛んな町なのだ』

目の前に広がる町並みを眺めて、愛鳥と言葉を交わす。

ヘルツ王国の町、ミュラー子爵が治めるエイトリアムと比較して、規模が段違いだ。人口密度や建物の大きさなど、圧倒的にこちらの方が勝って思える。あまり厳密な喩《たと》えではないけれど、地方都市の商店街と都内の有名な繁華街ほどの違いが窺えた。

行き来する人々の身なりも、こちらの方が上等な気がする。また、頭に角が生えていたり、背中に羽が生えていたりする人たちの割合も、こちらの町の方が幾分か多い。上京して初めて、銀座や渋谷の街を歩いた時の記憶が思い起こされた。

仕入れに臨むのに際して、気分が盛り上がるのを感じるぞ。

「ピーちゃん、伝手《つて》とかあったりする？」

『そうだな……』

小一時間ほど歩いて訪れたのは、ニューモニアの町を進む。物知りな文鳥の案内に従い、一際大きな建物だ。

ハーマン商会さんの社屋が霞《かす》むほど、立派なお店である。総石造りの地上八階建て。日本橋にある三越《みつこし》の本店あたりと比較しても、尚《なお》のこと荘厳な店構えである。想像した以上に立派な伝手を受けて、貧乏人は物怖《ものお》じしてしまうよ。

「……ここ？」

『ここならある程度の量をまとめて、現物で仕入れることが可能だろう。数万という兵を食べさせる為の兵糧となると、仕入先も限られてくる。開戦の知らせを受けて、周辺各国で物価が上昇しているとあれば尚のことだ』

「やっぱりそうだよね」

『仕入れに利用する貨幣があの国のモノとなると、なるべくここで決めておきたい。一度に大量の貨幣を市場に流すと、色々と良くないことが起こる。それは貴様の国の金銭に関する仕組みと、恐らく似たような現象だ』

「分かったよ、ピーちゃん」

彼がそういうのであれば、こちらのお店で頑張らせて頂こう。

精々足元を見られないように、毅然《きぜん》として交渉に臨もうと思う。

しかし、国を跨《また》いで地理に覚えがあるとは、なんてグローバルな文鳥だろう。こうして博識な姿を立て続けに見せつけられると、転生以前の活動にも興味が湧いてくる。きっと後世で教科書に残るタイプの活躍をしていたことだろう。

肖像画とか残っているのなら、是非とも拝んでみたい。

優秀な方なら、一枚くらいは描かれているのではなかろうか。

「…………」

いや、待て。それは軽率な願いだ。

もしも彼の前世が濃い顔のオジサマとかだったらどうしよう。

きっと今後のやり取りに一歩を引いてしまう。

肩に感じる彼の重みにダンディーの気配とか、なんだか辛《つら》い。でも、だったらどういう姿であれば、素直に受け入れられるのだろうか。とかなんとか、自身の碌《ろく》でもない見てくれを棚に上げて、あれこれと考えてしまう。

迷走しそうなので、今は目の前の問題に集中するとしよう。

ピーちゃんはピーちゃんだ。

可愛らしいペットの文鳥であって、それ以上でもそれ以下でもない。

『……どうした？』

「ところでここは子爵様のところから、どれくらいの距離にあるのかな？」

『ヘルツ王国のエイトリアムからルンゲ共和国のニュー

モニアまでは、荷馬車でゆっくりと進んだのなら、順調に進捗して数週間といったところだ。早馬を乗り継いでも数日は掛かることだろう』

「けっこう遠いんだね」

『それでも貴様の国で普及している、飛行機とやらを利用すれば、僅か数時間の距離だ。一部の国では、知性に劣る小型のドラゴン亜種を家畜化して、馬の代わりに利用しようという試みも行われている』

「空を飛べると早そうだね」

『うむ、馬の比ではないだろう』

やっぱりドラゴンも存在しているようだ。もしもペットとしてお迎えできるのなら、ゴールデンレトリバー並に興味ある。だって、絶対に格好いい。しかも背中に乗って飛べるとか夢が広がる。

「ちなみに何ていうお店なのかな?」

『ケプラー商会だ』

「なるほど、ケプラー商会さんね」

大量の大金貨を収めた革袋を片手に、いざ正面玄関から突入である。

＊

店内を歩いていた店の人に声を掛けると、上の方のフロアに通された。

ちなみにこちらでも、肩の上に乗ったピーちゃんの存在は、使い魔との自己申告のみで、これといって咎《とが》められることはなかった。どうやら国を跨いでも通用する常識のようである。一体どういった存在なのだろう。

「はじめまして、この店で食料品を預かるヨーゼフと申します」

「お目通りをいただきありがとうございます。佐々木と申します」

副店長さんが勤めるハーマン商会の応接室も立派であったけれど、こちらのケプラー商会さんの応接室はそれ以上のものだ。それどころかミュラー子爵のお城の応接室にも勝っているように思われる。

ソファーの座り心地とか、もうヤバい。

尻を落ち着けた途端、ズボッと沈んでガシッと腰を奪われた。

ずっと座っていたくなる。

「なんでも大量の食糧を現物で仕入れたいとお伺いしましたが」

「ええ、その通りです。これだけお願いしたく考えております」

出会いの挨拶も早々に、手元から必要物資の一覧をお渡しする。ミュラー子爵から要請を受けた品々について、改めて書き出したものだ。そこには買い付けの金額も併記されている。ちなみに制作はピーちゃんとの共同作業。

彼の話によれば、こちらのケプラー商会さんは、日本における総合商社のようなものだという。それも各国に支店を持つ国際的な商社らしい。

本拠地であるこちらの町、ルンゲ共和国のニューモニアには巨大な倉庫を有しており、世界各国から実に様々な商品が集まってくるのだとか。

今回は多様な物資を大量に買い付ける必要がある為、こちらの店舗を選んだのだとピーちゃんは言っていた。

「随分と沢山お買い求めされようとしていますね」

「御社であれば在庫をお持ちかと考えて参りました」

「たしかに私どもであれば、ササキさんのお求めになっているものを提供することができると思います。しかし、これだけの商品を一度にとなると、他との兼ね合いが出てまいります。そう簡単に判断はできませんよ」

「金額的には十分な額を記載させて頂いていると思いますが」

「我々には古くからお付き合いのあるお客様が大勢いらっしゃいます。そういった方々に差し支えるようなお取り引きは、どれだけ対価を積まれましても、容易に判断を下せるものではありません」

「そうですか……」

「しかもこちらの買い付け、まるで戦でも始められるかのようではありませんか？　そう言えばつい数日ほど前に、南の方の支店から食料品の値上がりが報告に上がっておりました。なんでも周辺国の関係が怪しいのだとか」

おおっと、後ろめたいことが早々にバレてしまったぞ。できることなら、秘密裏に調達したいなと考えていたのだけれど、やはりそれは難しそうだ。市場や業界のキーマンに対する影響は、確実に出てくることだろう。

こうなると目の前の彼がどこまで事情を知っているのか気になる。けれど、こちらから尋ねても素直に教えてもらえるとは思えない。なのでこの場はグイグイとお話を進めさせて頂こう。こういった取り引きでは、勢いが大切だと思うんだ。

「おっしゃる通り、どこぞの国の衰退は目を見張るものがあります」

「…………」

トランシーバーがありがたがられる時点で、魔法も含めて、高速な情報伝達の手段は普及していないと考えられる。ただし、ピーちゃんの言っていたドラゴン便が運行していたら、それでも数日ほどで伝わることだろう。

子爵様は十日ほど前に隣国からの侵攻が確認されたと言っていた。

ヘルツ王国とマーゲン帝国の開戦は伝わっているものと考えて、交渉に臨んだほうがよさそうだ。仮に伝わっていなかったとしても、一触即発の状況にあることは、彼らも既に掴《つか》んでいることだろう。

「ヨーゼフさんのご指摘に違《たが》わず、これは戦の為の仕入れとなります」

「それはまた遠方からよくいらして下さいました。ですがそうなると、こちらでお買い求め頂いたところで、積み荷を持ち帰るまで大変ではありませんか？　その間に戦局が動いていたら大変な損失ですよ」

「いいえ、それはありません。必ずや役に立つことでしょう」

「それはまた力強いご判断ですね」

語るヨーゼフさんの顔には、余裕と自信が満ち溢《あふ》れている。

その姿を眺めていると、以前の勤め先の上得意様であった、大手商社の担当者の顔が思い起こされる。常に堂々と胸を張っており、意気揚々と語る姿が印象的だった。彼には何度苦労させられたことか。

「運搬の為の手立ても既に用意しております」

「なんとまあ、手が早い。かなり以前から動かれていなければ、そこまでの支度は行えなかったことでしょう。そうなると今回の一件については、やはり本格的にやり合うことになるのでしょうか？」

「ええまあ、そういうことになりますね」

「……なるほど」

「そこでどうかケプラー商会さんに、ご協力を願いたく考えているのですが」

まさか素直にヘルツ王国の名を出して、お買い求めできるとは思わない。ミュラー子爵からお聞きした同国の腐敗具合を鑑みるに、周辺国から総スカンを喰《く》らってても不思議ではない。ピーちゃんほどの人物を嫉妬から闇討ちするような国だ。

「失礼ですがササキ様は、この大陸の方とは違うように見受けられますが……」

「私のような者の方が動きやすい局面もまたございます。そして、商人の方々に対して誠実でありたいと願うのであれば、必要となるのは地位や名誉ではなく、ひとえに利益だと我々は考えております」

「私ども以外、どこか他所の商会にお声掛けを？」

「いいえ、是非ともケプラー商会さんにと考えておりまして」

「お支払いはどのように考えておられますか？」

「発注書の注釈にも記載の通り、ヘルツ大金貨をご用意しております」

「……左様ですか」

　こちらの返答を受けて、なにやら考え始めたヨーゼフさん。彼の脳内では今、どういった検討が行われているのだろうか。我々はソファーに掛けたまま、その姿を黙って眺める。そうしてドキドキと胸を高鳴らせて待つことしばらく。

　ややあって先方からお返事があった。

「承知しました。今回のお取り引き、受けさせて頂きます」

「ありがとうございます」

　無事に承諾を頂戴することができた。

　ホッとひと息である。

　断られた場合の流れを考えて、あれこれと悩んでいたけれど、それもふっと脳裏から消えてなくなる。ピーちゃんから紹介された手前、改めて他の商会さんにお声掛けするというのも、やっぱり抵抗があった。

「代わりにと言ってはなんですが、今後とも貴国とは格別のお付き合いを願いたく存じます。戦が終わってからも何かと入り用となりましょう。そういった際には、是非とも私どもにお声掛けを頂けたらと」

「それは願ってもないことです。ただ、今回の買い付けにつきましては、しばらく内密にして頂けませんでしょうか？　我々も決して小さくない投資を行っておりまして、このお話は商会内だけに留《とど》めて頂けたらと」

「もちろん承知しております」

ハーマン商会で副店長さんとお話をしていたときにも感じたけれど、商人さんとのやり取りはサクッと終わるから好きだ。貴族様との交流とは異なり、儀礼的なものがないし、挨拶に時間を掛けることもない。

今回のお取り引きも淡々と過ぎていった。

＊

一番の問題は買い付けた商品の引き取り作業だ。

こちらについてはニューモニアの町の倉庫を一時的に借り受けた上、そこに運び込んでもらうことで対処した。買い付けた商品が全て揃った時点で、ミュラー子爵のお城にある倉庫まで、ピーちゃんの魔法によって運搬である。

結果的に品々の運び出しは、数日ほどで完了した。

『あの男、最後まで我々をマーゲン帝国の使いと勘違いしていたな』

「そうみたいだね」

スッカラカンになったルンゲ共和国はニューモニアの町の倉庫。

その光景を眺めて、ピーちゃんと言葉を交わす。

『というか貴様、そのように狙ったのだろう？』

「いや、そこまで具体的に考えていた訳じゃないんだけど……」

漁夫の利を狙う第三国としてでも受け取ってもらえたら、などと考えていた。むしろ先方が勝手に深読みしたがゆえである。現金で大量に持ち込んだ大金貨の存在も、信憑性《しんぴょうせい》を与えるのに一役買ってくれたに違いあるまい。

『素直にヘルツ王国の名前を伝えていたら、こうまでも容易に話は運ばなかったことだろう。かの国の衰退はルンゲ共和国にあっても周知の事実。そのような国に投資をしたいと考える商人はおるまい』

「取り引きに利用したのが、ヘルツ王国の金貨だったから良かったのかな？」

『どうしてそう考えた？』

「ヘルツ王国に侵攻を決めたマーゲン帝国が、自国内に蓄えていた相手国の貨幣を開戦に先んじて処分しようとしていると考えたんじゃないかな。こっちの勝手な想像だけれど、そんな風にケプラー商会さんには映ったものだと」

　周辺各国の嫌われ者であるヘルツ王国の人間が、まさか自国の貨幣を片手に、第三国へ兵糧の買い付けに訪れるとは思うまい。物流に劣るこちらの世界の文化文明だからこそ、この手の扱いは顕著なものになると考えていた。

　そうした意図もあって、今回は両替もせずに臨んだ次第である。

　しかし、ピーちゃんからの返事は少し違っていた。

『危なかった。それは貴様の世界でいう銀行券や国債の価値観だ』

「え、それじゃあピーちゃん的にはどうなの？」

　ピーちゃんの口から銀行券や国債なる単語が漏れたことにドキッとする。

　インターネットを提供して数日、果たしてこちらの文鳥は、どれほどの知識を仕入れているのだろうか。背筋にゾクリと寒いものが走った。もしかして自分は、とんでもない相手に与《くみ》してしまったのではなかろうかと。

『ヘルツ王国の金貨は純度が高い。他国の金貨と比べて単純に価値がある』

「それはまた、衰退が噂されている国にあるまじき話だね」

『我がそのように命じて作らせてきた。まさか数年では変わるまい。銀貨や銅貨ならいざしらず、金貨や大金貨であれば溶かして再利用することが可能だ。だからこそヘルツ王国は、今でも他国との取引を対等に続けられている』

「……なるほど」

　げに恐ろしきはピーちゃんだ。

　こんなところでまで助けられるとは思わなかった。どうりで今回の取引について、ヘルツ金貨のまま資金を持ち込むことに警告を受けなかった訳である。すべては肩に止まったスーパー文鳥の管理監督下にあったのだ。

　ちょっと悔しい。次はもっと頑張ろう。

『あとは買い付けた商品を自前で持ち帰る算段の有無も大きい』

「それは担当の人も感心してたね」

『この世界の物流は貴様の世界のそれと比較して未熟だ。ルンゲ共和国とヘルツ王国、ないしはマーゲン帝国との間には結構な距離がある。これを事前に用意してきたということは、決して無視できない投資として扱われる』

「おかげで事情がバレたときが怖いんだけれど」

『嘘はついていない。別に問題はないだろう』

「そういうものなの？」

『気にしたところで仕方ない。騙《だま》される方が悪いのだ』

なんて肝が据わった文鳥だろう。

堂々とした語りっぷりは、小心者の自分からすると羨ましく映る。ただ、その結果として闇討ちされてしまったのだから、物事は少し控え気味くらいが良いのではなかろうか。度量に劣る自分は、今後とも謙虚に生きていこうと思う。

『もう少し猶予があれば、仕入先を分散させることもできたのだが』

「今回は期間的にカツカツだから仕方がないよ、ピーちゃん」

『うむ……』

「さて、それじゃあ子爵様のところに戻ろうか」

『そうだな。これで少しでも、あの者が楽をできればいいのだが』

長居してケプラー商会さんに事実が露呈したら大変だ。このままルンゲ共和国からは脱出させて頂こう。

＊

ピーちゃんの協力を得たことで、無事に食糧と資材の運び込みが完了した。

作業が全て終えられたことを確認して、我々はミュラー子爵に秘密の倉庫を開放。数日間にわたり締め切りであった出入り口が、その正面を守っていた騎士たちの手により開かれた。当然、これに臨むのは子爵様ご本人と、作業を行った我々である。

「まさか本当に、数日で倉庫を満たして見せるとは……」

「いかがでしょうか？」

子爵様は山と積まれた兵糧を目の当たりにして驚いていた。

当事者としては、なかなか良い気分である。

大半がピーちゃんの活躍なのだけれど。

「ササキ殿、このたびの働きに対しては、なんとお礼を言ったらいいのか分からない。これで我々は次へと機会を繋ぐことができる。この物資によって救われる命は、きっと数え切れないほど多くに及ぶことだろう」

「お役目を果たせたようで何よりです」

「本当に助かった。ありがとう、ササキ殿」

ミュラー子爵が頭を下げて応じてみせた。

その様子を目の当たりにして、居合わせた騎士の人たちが狼狽《うろた》え始める。頭をお上げ下さいだとか、平民に対してそのような行いはいけませんだとか、口々に子爵様に対してご意見を上げている。

ちなみにそうした彼らもまた、騎士爵という位の貴族なのだとか。

こういったやり取りにも、だいぶ慣れてきた感がある。

気になる収支については、圧倒的にプラスだ。黒字だ。大儲《おおもう》けだ。ミュラー子爵がこちらに気を遣って下さったおかげで、随分と色を付けた上で買い取ってもらえた。もちろん現地の高騰した価格と比較しては低いが、それでも十分な卸値である。

お財布には千枚近い大金貨が収まる運びとなった。

金貨に換算すると約十万枚。

仕入れに際して一度はゼロになったそれが、子爵様からの支払いで数倍に。

連日お世話になっているセレブお宿が、一泊二日で金貨一枚。以前も似たような計算をした覚えがあるけれど、仮に一年が三百六十五日だとすると、向こう二百年以上は食っちゃ寝生活を続けることができる。

つまり今後の人生で、金銭に困ることはなくなった。

少なくともこちらの世界で生活をしている限りは。

「早速だが、我々は現地に向かって出発しようと思う。ササキ殿のおかげで、期間的にも余裕を持って荷を運ぶことができそうだ。馬も潰さずに済むだろう」

「承知しました。ミュラー子爵のご無事を祈っております」

「うむ」

騎士さんたちを引き連れて、子爵様はどこともなく去っていく。

これを見送ったことで、我々のミッションはコンプリート。

当面は彼からの報告を待っての様子見ということになる。

ちなみに商品の代金については、ミュラー子爵から現金の一括支払いで頂戴した。我々が食糧や資材の仕入れに奮闘している間、お城の宝物庫に蓄えていた金品や比較的高価な家財を売り払って工面したのだという。

きっと最悪のケースを考えて行動して下さったのだろう。

腐敗も著しいと評判のヘルツ王国の貴族様としては、類いまれなる人格者ではなかろうか。あまりにもいい人過ぎて、逆に申し訳ない気がしないでもない。調度品を減らして寂しくなったお屋敷を眺めて、そんなふうに思った。

*

子爵様と別れた我々は、その足でフレンチさんの下に向かった。

美味《おい》しいご飯を食べる為だ。

午後の営業に向けて準備中の看板が下げられた同店、これに構わず店内に入って厨房《ちゅうぼう》に向かう。すると従業員の人たちが、見知らぬ誰かと言い合う様子が目に入った。その中には我々の目当てとする人物の姿も見受けられる。

「フレンチさん、これはどういった騒ぎですか？」

「あ、だ、旦那っ！」

彼はこちらに気付くと、大きく声を上げてみせた。

これに応じて居合わせた面々からも注目を受ける。

数名からなるエプロン姿の方々は、自身も何となく見覚えがある。フレンチさんが雇ったお店のスタッフで間違いない。前に訪れた際にも、厨房で忙《せわ》しなく動き回る姿を確認していたから。

一方で彼らと向き合うように佇《たたず》んでいるのは、町民然とした風貌の男性数名である。大半は覚えのない方だけれど、先頭に立ってフレンチさんに対している人物だけは、どこかで見たことがあるようなないような。

「こちらの方々は？」

「す、すみません！　自分の以前の勤め先の親方と料理人たちでしてっ……」

「あぁ、なるほど。あのお店の方々ですか」

思い出した、フレンチさんと店先で揉《も》めていた人だ。

そのような人物がこちらのお店に何の用事だろう。

「お、お貴族様がこのような場所に何の用ですかね？」

そうこうしていると、親方さんから声を掛けられた。

こちらのスーツ姿を勘違いしての確認だろう。以前もフレンチさんを筆頭として、ハーマン商会の方々など、随所で似たような問い掛けを受けた覚えがある。

「私はこの店の出資者です。うちの店長に何かご用ですか？　本日も午後の営業を楽しみにしているお客様が大勢いらっしゃいます。もしも用事があるのであれば、私の方でお受けさせて頂けたらと。それと私は貴族ではありません」

「なるほど、店のオーナーさんですかい」

相手が貴族ではないと分かると、親方の態度が幾分か悪化した。

同時にニヤリと口元に笑みが浮かぶ。

「我々はこの男について、どうしても話しておきたいことがあるんですよ。せっかくの機会ですから、オーナーさんにも是非聞いておいてもらいたいですな。そうした方が世の為にもなりましょう」

「……どういったお話ですか？」

「この男はうちの店で、売上金を盗んだ前科がありましてね」

「…………」

そういえば当時、フレンチさんとはそんな会話をした覚えがある。

だがしかし、本人は冤罪《えんざい》だと語っていた。

そして、ここ数ヶ月の働きっぷりを思えば、きっと冤罪は本当だと思う。お店の会計を預かっているのは、副店長さんが派遣して下さった商会の方々だ。もしも彼が悪いことをしていれば、一発で報告が上がるだろう。

昔はどうだったか知らないけれど、自分と出会ってからのフレンチさんは、非常に真面目な方である。ハーマン商会の副店長、マルクさんからの覚えもいい。だからこそ、彼が冤罪だと語ったのであれば、我々はこれを信じるばかりである。

「その話でしたら、本人から聞いていますよ」

「……え？」

素直に伝えると、親方さんはぎょっとした表情となり驚いた。

どうやらこちらが事情を知らずに彼と組んだと考えたのだろう。

居合わせたスタッフの間にも、これといって反応は見られない。恐らくフレンチさんの出自については、それとなく話が通っていると思われる。もしかしたら、こういった状況に備えて副店長さんが根回しをしておいてくれたのかも知れない。

「また、その件について彼は、冤罪を主張しております」

「いいや、そんなことはねぇんですよ。店の金はたしかに消えたんだ」

「それは貴方《あなた》のお店の問題であって、私のお店の問題ではありません。少なくともこのお店での彼の働きは素晴らしいものです。過去にどのような経緯があるのかは知りませんが、私にとっては大切な仲間です」

「だ、旦那ぁっ……」

素直に意見を述べると、フレンチさんから涙声が上がった。

なんとなく状況が掴めた気がする。

恐らくは過去に店から追い出した人間が、他所で成功している姿を眺めて、いちゃもんを付けに来たのだろう。親方の他に幾名か、後ろに仲間の姿が見られることからも、そうした背景が感じられる。

「この店は盗人《ぬすっと》を雇っているっていうんですか？」

「いいえ、そんなことはありませんよ」

「だったら、どうしてこの男が……」

「雇っている訳ではありません。彼と私の関係は対等です。彼は私から融資を受けて、こちらの店を経営しています。店における立場としては、貴方と同じ経営者となります。私は店の立ち上げに出資したに過ぎませんから」

「っ……」

数ヶ月前からは、お給料の支払いもセルフサービスでお願いしている。経営が傾かない程度であれば、ご自由にどうぞ、といった感じ。こちらとしてはピーちゃんが寛《くつろ》いで美味しいご飯を食べられる場所があれば、それだけで十分である。

後はフレンチさんと副店長さんの好きなようにしたらいい。我々は調理に必要な材料を、淡々と運び込ませて頂くばかりだ。

「他には何か？」

「いや、そ、そりゃいくら何でも……」

こちらの発言を受けて、親方は急にしどろもどろに言葉を濁し始めた。

本来であれば何かしら続く文句があったのだろう。

「彼に何か相談があって訪れたのですか？」

「…………」

「私でよければ話を聞かせてもらいますが」

「いや、そ、その……」

気になって尋ねてみるも、押し黙ってしまう。

こうなると当事者に確認する他にない。

「フレンチさん、すみませんが何かご存知ですか？」

「はい、それが実は……」

「お、おいっ！」

フレンチさんが口を開こうとした途端、親方が声を上げた。

これに構わず彼は言葉を続ける。

親方に対して毅然とした態度で語ってみせる。

「旦那はこう言って下さっているけど、他所の店に食材を流すなんて、そんなことできるわけがないですよ。親方に育ててもらった恩義は感じているけど、旦那に対しても拾ってもらった恩義を感じているんだ。不義理な真似《まね》はできねぇ」

「っ……」

それからしばらく、フレンチさんから詳しい話を聞いた。

すると見えてきたのは、隣国との戦争騒動に端を発する食料価格の高騰。これを受けて親方のお店では、連日にわたって赤字続きなのだとか。それなら仕入れ値を価格に反映すればいいじゃないと思ったのだけれど、それを行ったところ客足が遠退《とおの》いてしまったらしい。

どうやら味と価格の釣り合いが崩れてしまったようだ。

それじゃあ我々のお店はどうなのかと尋ねたところ、逆に大幅な黒字だという。なんでも副店長さんの提案から、より高価な食材、献立を扱うように、お店のメニューの大胆な変更を行ったのだという。

これに伴い客層も変化を見せて、今までは町の小金持ちが利用していたところ、よりアッパー層が通うようになったらしい。お金持ちが相手であれば、幅を持って価格を釣り上げることができる。食料価格の高騰にも耐えられたそうだ。

副店長さん、恐ろしい決断力である。

自分だったらきっと、そんなこと怖くてできない。

だからこそ平民ながら、現在のポジションに収まっているのだろう。

既に付いていたお客さんについても、比較的安価なメニューのテイクアウトなどを利用して、サービスを継続していたという。過去に通っていたお店が上流階級にも認められたということで、既存顧客の反応はそれほど悪くないという。

取り急ぎ店先にベンチを設けたところ、その席まで予約制になったとか何とか。

「なるほど、事情は承知しました」

つまりこうしてやって来た親方的には、オマエの過去の悪行を許してやるから、こっちにも食材を安価に都合してくれ、みたいなお話である。丁稚《でっち》と親方、二人の過去の関係を思えば、彼らが足を運んだ思いも分からないではない。

なにより相手は本当に、部下が店のお金を取ったと考えている。

もしも親方の言うことを聞くことで、フレンチさんの立場が少しでも向上するのであれば、こちらとしては手前で仕入れた食材を融通することも吝《やぶさ》かでない。店長が町の憲兵から追いかけ回されるような展開は絶対に避けたい。

「ですが、それは難しいと思いますよ」

「な、なんでだよっ!?」

「我々の店で扱っている食材は、どれも貴族や豪商の方々が口にするようなものです。高騰前の市場価格でお譲りしたとしても、かなりの額になってしまいます。大衆向けとなるそちらのお店で扱うことは、なかなか難しいのではないでしょうか?」

「なっ……」

そもそも客層が違うのだから、こればかりは仕方がない。

っていうか、それくらいは事前に調べて欲しかった。

「すみませんが、この辺りでお引き取り下さい」

「…………」

そこまでを説明すると、親方たちはすごすごと店内から去っていった。

なんだかちょっと、彼らが可哀《かわい》そうな気がしないでもない。

＊

親方たちを見送った我々は、それから数日を異世界で過ごした。

昼間は町の外に出てピーちゃんと一緒に魔法の練習。日が暮れたら町に戻り、フレンチさんのところで晩ご飯を頂く。そして、夜はセレブお宿でゆっくりとくつろぎ、広々としたお風呂に浸《つ》かり、ふかふかのベッドで就寝、といった塩梅《あんばい》だ。

贅沢《ぜいたく》な生活環境も手伝い、心身ともに体調は万全。

魔法の練習にも最高のコンディションで挑むことができた。

そうした経緯もあって、今回も新たに中級魔法を覚えた。

待望の障壁魔法である。それも中級。

ピーちゃん曰《いわ》く、これを覚えてようやく魔法使いとしては駆け出し、とのこと。一方で副店長さんからは、初級の回復魔法を覚えているだけでも、各所から引っ張りダコだと聞いていたので、人によって温度感が違うんだな、というのが素直な感想だ。

個人的にはピーちゃんの言葉をベースに精進していきたいと思う。

そして、魔法を覚えた翌日、我々は日本のアパートに戻ってきた。

ちなみに今回の取り引きで大量に転がり込んできた大金貨は、量が量なので現地の銀行に預けている。万が一にも課長の目に触れたら大変だ。ハーマン商会の副店長であるマルクさんご紹介とのことで、丁重に取り扱ってもらうことができた。

「それじゃあ、ちょっと出掛けてくるね」

『うむ、気をつけて行くといい』

「ありがとう、ピーちゃん」

日本に戻ってきた理由は、転職の手続きを行う為である。より具体的には、転職に際して必要な書類を以前の勤め先から発行してもらうべく、会社との話し合いに向かおう、といった流れだ。

退職の意向については局の方々から連絡がいっているらしい。なので手続きに当たって先方から睨《にら》まれるようなことはないはず、と研修の時点で話を受けていた。もしも問題が発生したら、自分で解決しようとせず、すぐに連絡を入れて欲しいとも。

移動はピーちゃんの魔法に頼ることなく、電車を乗り継いで向かうことにした。朝のラッシュから二時間ほど時間をズラしたので、混雑に巻き込まれることもなく、目的地まで到着することができた。

総務担当に顔を出して事情を説明すると、既に話は通っていたようで、あれやこれやと書類を書かされた。また、本日中に発行が難しい書類については、後日郵送するので確認してくれと言われた。

想像した以上にすんなりと処理が行われたのは、恐らくお国から何かしら圧力があった為だろう。本来であれば人事部長あたりから、嫌味《いやみ》の一つでも言われそうなものだけれど、部長はおろか課長さえ顔を見せなかった。

一連の処理は滞りなく行われた。

そうして最後に担当のフロア、自身のデスクに向かった。

出迎えてくれたのは隣の席の同僚だ。

「先輩、公務員になるってマジだったんですね」

「なんというか、いきなりのことで申し訳ない……」

つい数日前、独立のお誘いをくれた彼である。

あの時はまさか、こちらの同僚より先に離職することになるとは思わなかった。向こう二十年は同社で過ごすものだとばかり考えていた。

色々と感慨深いものがある。新卒で入ってから、なんだかんだで十数年勤めてきたのだ。

「ビックリしましたよ。っていうか、先輩くらいの年齢でも公務員ってなれるんですね？　あ、いや、決して嫌味とかそういうのじゃなくて、まさか先輩がそっち方面に行くとは思ってなかったんで、本当に驚いてて」

「なんでも社会人採用的な枠があるみたいでさ」

「そんな忙しいときに、あんなこと誘ってしまってすみませんでした」

「いやいや、あれはあれで嬉しかったから」

そういえば警察官の採用って、世間的には三十五歳くらいまでだった。あまりペラペラと喋《しゃべ》ると困ったことになりそうなので、この場はさっさと切り抜けたほうが良さそうだ。大丈夫だとは思うけれど、ドジを踏んで転職先に迷惑を掛けることは避けたい。

それでも上司には一言挨拶を、と思ったけれど本日は留守だった。

どうやら外回りのようで、そのまま直帰の予定なんだとか。

モツ鍋《なべ》を囲んでワンワン談義を交わしたことが、妙に懐かしく思える。

思い起こせば、その直後に星崎さんと出会ったのだ。

「身の回りが落ち着いたら教えて下さい。飲みに行きましょう」

「そうだね、その時は連絡させてもらうよ」

去り際、こんな風に声を掛けてもらえるとは思わず、心が温かくなった。

＊

以前の勤め先を発《た》った足で向かったのは、自宅近所の総合スーパー。

そこで本日分の仕入れを行った。

仕入れたのは主に香辛料と砂糖だ。これならそれなりの量を買い込んだとしても、転職後の暇になった時間を趣味のカレー作りやケーキ作りに向けることにした、みたいな言い訳でギリギリなんとかならない気がしないでもない。

いいや、やっぱり無理かも。

どうやろう。

わからない。

ただ、少なくともチョコを何十キロと買い入れるよりはマシだと考えた。

後はトランシーバーの戦時利用を考慮して、アルカリ乾電池を幾つか購入した。本当ならニッケル水素電池や太陽光発電用のパネルを用意したいところだけれど、自身の手から離れた場合を考えると、使い捨ての方が都合がよろしい。

大規模な仕入れについては、近い内に海外遠征を考えている。

そんなこんなでスーパーを後にして帰路を急ぐ。

しばらく歩むと、コンビニエンスストアが見えてくる。これに面した細い路地の一角で、ゴソゴソと動く人影があった。そこは以前、幼いホームレスと出会った場所だ。ピンク色のツインテールとフリフリの衣服が印象的であったことを覚えている。

「…………」

まさかとは思いつつも、自然と意識が向かう。

するとどうしたことか。

そこでは過去と同様に、コンビニエンスストアの廃棄物を漁《あさ》る少女の姿があった。何度確認しても小学生ほどの子供である。それがゴミの納められた店舗用のケージに頭を突っ込んで、ゴソゴソと残飯を漁っている。

アニメから飛び出して来たかのような衣装も変わりない。

ピンク色のツインテールも然《しか》り。

「…………」

フリフリのスカートに付いた茶色いシミが、数日前に出会った時と変わらず、そこに残っていた。前にも感じた年季の入りっぷりが、二度目の遭遇から確定である。彼女はプロのホームレスだ。

「……なに？」

思わず眺めていると、先方から反応があった。

どうやらこちらに気付いていたようだ。

距離にして数メートルほど。

「たしか、前にも会ったよね？」

「そうだね、お巡りさん」

「…………」

反応が妙に淡々としている。

このくらいの年頃の浮浪児だと、他者から声を掛けられたのなら、目を逸《そ》らしたり顔を俯《うつむ》かせたりするのが一般的な反応だと思う。だと言うのに、こちらの彼女の堂々とした振る舞いは何だろう。

あと、オジサンでなくお巡りさんって呼んでくれたの嬉しい。

「お父さんやお母さんは一緒じゃないのかな？」

路上に突っ立っているのも不自然だ。他に通行人の視線がないことを確認の上、ゆっくりと少女の下に歩み寄る。相手はこれといって身構えることもなく、廃棄用のケージに両手を突っ込んだまま、こちらを迎えてくれた。

「二人とも死んじゃった」

「…………」

聞いた自分も自分だけれど、いきなりヘビーな回答を頂戴してしまった。

当然だと言わんばかりの表情が胸に痛い。

垢《あか》にまみれた顔や土埃《つちぼこり》に汚れた髪の毛が、彼女の言葉に信憑性を与える。ジッとこちらを見つめるお顔は相変わらずの無表情。クリクリとした大きな瞳の愛らしい整った顔立ちも、長らく続いた放浪生活を受けてか、見るも無残な汚れっぷりだ。

綺麗《きれい》にすれば、かなり可愛らしくなると思う。

「もしもよければ、君みたいな子が集まって生活している施設を紹介したいんだけれど、お巡りさんに付いて来てもらえないかな？　そうすればご飯に困ることもなくなるし、友達を作ることもできるんだ」

以前、彼女は空に浮かんでいた。

恐らく野良の能力者なのだろう。課長に掛け合って局に入れることができれば、普通の孤児よりも、かなり融通の利いた生活を送れるだろう。能力者不足が叫ばれている昨今、悪い大人は目の前の娘さんを勧誘することに決めた。

というか、このままだと彼女の生命が危うい。

まさか現在の生活スタイルで、冬を越せるとは思えない。大人でも毎年何人かは死んでいるのだ。

「私に普通の生活は無理」

「どうして無理だと思うのかな？」

「だって私は、魔法少女だから」

これまた妙な返事が戻ってきた。

たしかに彼女が着用している衣服は魔法少女っぽい。フリルが沢山ついた可愛らしいドレス姿だ。髪の毛の色も日本人には有り得ないピンク色である。魔法少女だと言われれば、たしかにと頷いてしまう。

恐らく異能力に関する知識がないのだろう。

結果的に行き着いた先が、魔法少女なるキーワードと思われる。

「魔法少女だと、普通に生活できないの？」

「うん」

「それじゃあ魔法少女を辞めたらどうかな？」

「魔法少女は辞められない」

「どうして辞められないの？」

「そういう仕組みになっているから」

「誰がそういう仕組みを作ったのか、教えてもらってもいいかな？」

「……それはできない」

「君はその仕組みがどういったものか知っているの？」

「少しだけ」

「誰から教えてもらったのかな？」

「…………」

あれこれ問い掛けてみると、彼女は困った顔になった。

どうしよう。

見ていて不安な気持ちになる。

そこで、ふと思い出した。

「色々と一方的に聞いちゃってごめんね」

「ううん、別に」

手に下げたビニール袋、そこにはピーちゃんへのお土産に購入した品が収まっている。駅前のお店で売っていたケーキだ。あちらの世界にもケーキはあるけれど、バリエーションはこちらの世界の方が遥《はる》かに豊富である。

しかもこれはかなり人気店のものだ。

なんとかというウェブメディアで取り上げられて以来、いつもお客さんが列を為《な》している。それが今日は珍しくも人が並んでいなかったので、このチャンスを逃すまいと買い込んだ次第である。

これをビニール袋ごと、自称魔法少女のホームレスに差し出した。

「ケーキ、食べる？」

「……どうしてくれるの？」

「このケーキを食べたら、お巡りさんと一緒に交番へ行こう」

「公園のハトに餌をあげるような感じ？」

「…………」

なんて酷《ひど》い会話だろう。

ただ、彼女からの問い掛けは非常に鋭くて、きっと多分そんな感じである。いや、ハトよりはもう少し上等で、親密な関係の生き物に餌を上げる気分で接している。それはたとえばピーちゃんやお隣さんにご飯をあげるような感じ。

「からかってごめんね、お巡りさん」

「いや、それよりも君の身の上なんだけど……」

「ケーキは欲しいけど、交番には行けない」

「どうしてなのかな？」

「魔法少女に関わると、みんな不幸になる」

「……不幸？」

少女が廃棄用のケージから似非《えせ》お巡りさんに向き直った。

差し出された両手がビニール袋に入った紙箱を受け取る。

一連の身じろぎに応じて、ぷぅんと鼻先にとんでもない悪臭が漂った。

めっちゃ臭い。

これでもかと臭う。

正直、オエッとなる。

見た目は可愛らしくても、香りは歴戦のホームレスである。都内を歩いていると、たまにすれ違う人たち。夏場などは非常に強烈。それと同じ臭いが、鼻から喉に抜けていく感覚を受けて、咄嗟《とっさ》に吐きそうになる。

けれど、ここで顔を顰《しか》めては信頼関係もへったくれもない。

これに負けじと平然を装う。

そんな一生懸命なオジサンに、彼女はボソリと呟《つぶや》いた。

「ありがとう。ケーキ、好きなの」

「あ……」

間髪を容れずに、女の子の身体が空中に浮かび上がった。

以前にも見た光景だ。

ジジジという音を立てて、彼女の傍《かたわ》らで背後の風景が歪《ゆが》んだ。まるでブラックホールでも現れたかのように、真っ黒い空間が彼女のすぐ隣に生まれていた。世界が裂けてしまったかのようである。

これに少女は自らの身体を差し入れる。

するとと黒い空間に飲まれるようにして、肉体が消えていく。

相変わらず見ていて危機感を煽られる光景だ。

「じゃあね、お巡りさん」

そして、短い別れの言葉と共に、女の子の姿は見えなくなった。

真っ暗な空間に飲まれて、どこともなく消えてしまった。

「………………」

また逃げられてしまったぞ。

しかし、今のはどういった能力なのだろう。傍目《はため》には空を飛ぶ力と、ブラックホールのようなモノを呼び出す力、二つの力を同時に利用しているように見えた。ただ、それだと能力者の定義から外れてしまう。

能力者は単一の能力しか利用することができないそうである。

課長や星崎さんに確認したら、何か分かるだろうか。

次に局へ顔を出した機会にでも、それとなく確認してみよう。

＊

ホームレスの女の子と別れた後は、真《ま》っ直《す》ぐにアパートまで戻った。

彼女と出会ったコンビニエンスストアから自宅までは、徒歩で数分の距離だ。以前の勤め先を出てから、まだ空が明るいうちに歩む近所の風景に、何とも言えない新鮮味を覚えながらの帰宅である。

すると自宅のお隣の玄関先に、見知った顔を見つけた。

「こんにちは、おじさん」

「どうも、こんにちは」

セーラー服姿の彼女は普段と変わらず、玄関ドアの正面に体育座り。

首から上をこちらに向けて、淡々と挨拶をしてみせた。

どうやらママさんは帰宅していないようだ。

というより、本日はまだ日も暮れていない。彼女も学校から帰って間もないように思われる。既におぼろげとなった自身の学生生活を思い起こせば、この時間帯に帰宅しているということは、中学校では部活動に参加していないのだろう。

部費だ何だと入り用も多いし、仕方がないことなのかもだけれど。

「今日は早いですね」

「仕事が早く終わったからね」

「お仕事、お疲れさまです」

「あぁ、ありがとう」

もしも結婚して子供がいたら、こんな風に帰宅とともに耳にする挨拶が、自らの日常になっていたのかもしれない。ふとそんな下らないことを考えた。ただ、四十路《よそじ》も目前に迫った昨今、既にその気概も失われて久しい。

それに最近はピーちゃんがいるから、自宅で寂しさを覚えることもない。

「……あの」

「なに？」

玄関の鍵を鍵穴に差し込んだところで、改めて声が掛かった。

振り返ると傍らには、立ち上がった彼女の姿がある。

「もしよければ、肩揉みとかさせてもらえませんか？」

「肩揉み？」

「いつも色々と頂戴していますから、そのお礼をしたいんです」

似たような提案は、過去にも何度か受けた覚えがある。

外回りで足が疲れたよ、などと話題に上がった際には、足のマッサージをしましょうか、とのご提案を頂戴した。デスクワークが続いて腰を痛めた際には、家事の代行を申し出られたこともあった。

いずれにせよ、まさか頷く訳にはいかない。

ただ家が隣同士というだけで、未成年と身体を触れ合わせるような真似をすれば、こちらの社会生命はあっと言う間に失われてしまうことだろう。自宅に上げようものなら、監禁罪で逮捕も待ったなしである。

だからこの手の話題はお断り。

「ありがとう。気持ちだけもらっておくよ」

「駄目ですか？」

「っていうか、ここ最近は身体の調子がいいんだよね」

「……そうですか」

ピーちゃんから教えてもらった回復魔法、あれが影響しているのかもしれない。棚に足の指をぶつけたり、ふと疲れを感じた際などに、それとなく利用している。これがなかなか、筋肉痛にも効果があったりして、非常に便利な代物だ。

そうした日常的な行使が、同時に他の部分も癒やしているのだろう。

「あぁ、そうだ。もしよければこれ、受け取ってもらえないかな？」

代わりにこちらからは、仕入れと併せて購入した食品を差し出す。

惣菜《そうざい》パンや菓子パンが幾つか詰まったビニール袋だ。

「え、こんなに……」

「このメーカーのパンって今の時期、懸賞の応募シールが付いてるんだけど、これがどうしても欲しくて、勢いから沢山買い込んじゃったんだよね。差し支えなければ食べるのを手伝ってもらえると嬉しいんだけれど」

中学生といえば成長期も真《ま》っ只中《ただなか》。

今まで以上に高カロリーな食事が求められるのではなかろうか。思春期の女の子は他人の目を気にして、お腹《なか》が空いていても学校給食を残したりする子がいるという。お隣さんがどうだかは知らないが、備えておくことには意味があると思った。

「……ありがとうございます」

「それじゃあ、僕はこれで失礼するね」

まるで育成ゲームでもプレイしているような感覚に罪悪感を覚える。

世の親たちは一体どういった心持ちで子を育てているのだろうか。

まるで分からない。

その妙な感慨から逃げるように、独身男は自宅へ急いで入った。

〈異世界の戦場〉

魔法少女ホームレスやお隣さんとの交流はさておいて、自身の日常に戻ろう。

六畳一間の自宅スペースで、ピーちゃんと軽く打ち合わせを行う。本日も昨日と同様、異世界に行商へ向かう運びとなった。こちらの一日があちらの一ヶ月《かげつ》という時間差の都合上、毎日の訪問は欠かせない。

戦地へ赴いた子爵様は、二、三週間もあれば現地まで荷を届けることができると語っていた。つまり一ヶ月もあれば、早馬で現地から彼の到着を知らせる便りが、エイトリアムの町まで第一報として届いているかも知れない。

両手には近所の総合スーパーのビニール袋。

今回のステイで持ち込む商品が雑多に詰め込まれている。

『本日は荷が少ないのだな』

「あまり沢山買い込むと、課長にバレるからね」

『あの監視カメラとやらを仕掛けた男か？』

「実行犯とは別だけど、その指示をしていた人物かな」

最悪、課長一人ならチャームの魔法のお世話になっても悪くはない気がしている。同じ職場の人間でもあるから、月に一度くらいは顔を合わせる機会もあるだろう。その度にチャームを掛け直すことも可能だ。

ただし、相手の社会的な地位を考えると、一度でもチャームの魔法を掛けたのなら、今後は一生面倒を見続けなければならない。だからこそ、そう容易には手を出したくない。最後の手段と考えるべきだろう。

『面倒な相手なのか？』

「権力を持ってるのは間違いないよ」

一般企業で課長と言えば、平社員に毛が生えたようなものである。大企業であったとしても、それは大差ない。しかし、中央省庁で課長と言えば、官僚である。それもあの若さで昇進したとなると、将来は高級官僚も間違いない。

異能力の存在が些《いささ》か現実味を奪うけれど、もしも彼がキャリアとして正しい道を歩んでいるのであれば、そう遠くない未来の出来事だ。だからこそ、絶対に嫌われたくない相手である。靴を舐《な》めてでも味方ポジに収まっていたい。

彼は他人の社会生命を、自らの手を汚すことなく操れる人物なのだ。

「それじゃあ、お願いするよピーちゃん」

『うむ』

ピーちゃんが頷《うなず》くのに応じて、足元に魔法陣が浮かび上がる。

未《いま》だ慣れない浮遊感が全身を襲った。

*

世界を移った我々は、その足でハーマン商会に向かった。

店先にはいつもどおり、門番的なポジションにある店員さんが立っている。彼に副店長のマルクさんはと尋ねると、大慌てで応接室に招かれた。持ち込んだ商品の確認も儘《まま》ならぬまま、どうぞこちらへと案内された。

なにかあったのだろうか。

疑問に思いながら応接室まで足を運び、副店長さんと顔を合わせる。

こちらの世界では一ヶ月ぶり。

そこで目の当たりにした彼の表情は、まるでこの世の終わりだと言わんばかりのものであった。つい数年前のこと、三年ルールの適用直前、一方的に契約の破棄を宣告された派遣社員の山崎《やまざき》さんが、こんな感じの顔をしていた。あれは酷《ひど》かった。弊社的な意味で。

「マルクさん、なにやら体調が悪そうに見えますが」

「いいえ、体調はこれといって問題ありません」

「そうでしょうか？」

「ですがその、なんと申しますか……」

「ハーマン商会さんに何かあったのでしょうか？」

「いいえ、商会ではないのです」

「個人的な問題でしょうか？　それでしたら突っ込んだお話をすみません」

「…………」

繰り返し問い掛けるも、副店長さんは優れない顔をするばかり。

明確なお返事が戻らない。

普段の彼を知っているだけに、こうした振る舞いには疑問も一入《ひとしお》である。取り引きの場で晒《さら》すにしては、あまりにも不適当な態度だ。だからこそ、こちらも何が起こっているのか気になってしまう。

ただ、それも続けられた言葉を耳にしては納得だ。

「……ササキさん、ミュラー子爵が討ち死にされました」

「え……」

完全に想定外のご回答である。

すぐに返事が出てこなかった。

何かを喋《しゃべ》ろうとして、上手《うま》いこと喋れなくて、それでもどうにか相槌《あいづち》だけでも打とうとして、と繰り返すばかり。やがて、ようやく絞り出すようにして声になった言葉は、碌《ろく》に意味も伴わない呟《つぶや》きである。

「それはまた、なんと申しますか……」

後方から補給と築城の手伝いを行うだけではなかったのだろうか。兵も碌に連れて行かなかったと記憶している。それがどうして討ち死にするような状況にまで至ってしまったのだろう。後方部隊が被害を受けるほど、この国は劣勢なのだろうか。

肩の上では小さくピクリと、ピーちゃんの震える気配が感じられた。

＊

副店長のマルクさんから、ミュラー子爵について詳しい話を伺った。

どうやら自分の考えたとおり、戦況は常に隣国、マーゲン帝国の優勢で進み、一方的であったのだとか。これにより後方で支援にあたっていた子爵様の下まで、敵兵の進攻を許してしまったのだという。

この様子では我々が用意した兵糧も、隣国に奪われてしまったことだろう。

副店長さんが知らせを受けたのは、つい数日前らしい。遺体こそ見つかっていないが、生存は絶望的だという。ちなみにこれら一連の情報を伝えたのは、ミュラー子爵と同じ後方部隊に忍ばせていた、ハーマン商会の使いの方とのこと。命辛々早馬で戻ってきたのだそうな。

「これはとんでもないことになりそうですね……」

「ササキさんの仰《おつしや》るとおり、町は大混乱となるでしょう」

今はまだ町の皆々には、子爵様の死は伏せられているそうだ。情報を伝えたのはミュラー子爵家のみとのこと。けれど、前線のみならず後方部隊まで瓦解したとあれば、情報が漏れるのは時間の問題である。

恐らく他の組織も、副店長さんと似たようなことをしているだろうし。

「お城の様子はどうなのでしょうか？」

「それが城では、この期に及んでお家の跡目争いが始まりまして」

「この状況でですか？」

「ええまあ、ヘルツ王国らしいと言いますか……」

「…………」

これには副店長さんも申し訳なさそうなお顔である。

ミュラー子爵ご本人こそ人格者であったと思うけれど、身内に関してはそうでもなかったようだ。もしくはそうせざるを得ない状況が発生しているのか。いずれにせよ、彼のご実家は一枚岩ではないようである。

かくして町のお先は真っ暗だ。

ピーちゃんの反応も気になるので、この場は時間をもらって、二人で作戦会議を行うべきだろう。自分はそれほど親しい間柄でもないから、あまりショックは大きくない。しかし、彼はどうだか分からない。

子爵様とは少なからず交誼《こうぎ》があるような語り口であった。

「すみませんが、少しお時間を頂いてもよろしいでしょうか？」

「それなのですが、実はお城から呼び出されておりまして……」

「え、まさか私もですか？」

「ミュラー子爵の執事殿からの呼び出しでして、どうかご足労願えたらと」

「……承知しました」

これまで良くして下さった副店長さんに迷惑を掛ける訳にはいかない。

致し方なし、彼と共にお城まで向かう運びとなった。

＊

馬車に揺られることしばらく、我々は子爵様のお城に到着した。

通された先は、以前にも訪れた覚えのある応接室だ。

対面のソファーには十三、四歳ほどと思《おぼ》しき少女が腰を落ち着けている。艶やかな白い肌と青い瞳の、とても可愛《かわい》らしい顔立ちの女の子である。ただ、そうした顔立ちにも増して印象的なのが、ミュラー子爵と同じブロンドの髪を盛りに盛った頭部の飾りっぷり。

現代日本でも、若い女性の間でキャバ嬢カルチャーが一般に流行《はや》った時期がある。そのときに流行した盛り髪に勝るとも劣らない盛りっぷりである。頭髪に悩む中年男性としては、羨ましいにも程がある光景ではなかろうか。

端的に称して、コギャル感が半端ない。

また、ソファーに座った盛り姫様の背後には、六十代ほどと思しき老齢の男性が、直立不動で控えていらっしゃる。副店長さんに連絡を入れたミュラー子爵の執事殿だそうな。年の割に背筋が良く伸びており、筋肉質な身体《からだ》付きをしている。

「……我々に庇護《ひご》を求められるのですか？」

「このようなことを家の外の方にお願いするのは恐縮ですが、どうか我々の願いをお聞き願えませんでしょうか？　昨今、こちらの屋敷ではお館様の跡目を巡り争いが起こっております。その影響は跡目に関係のない、こちらのお嬢様にまで及ぶほどでして」

「私はお初にお目にかかると思うのですが、そちらのお嬢様は……」

主に応対しているのは、副店長のマルクさんである。自分とピーちゃんは彼の隣に腰掛けて、何を語るでもなく話の成り行きを見守っている。かなり込み入った話題のようであるから、こちらの世界の文化風習に疎い門外漢が口を出すには難度が高い。

「お嬢様、ハーマン商会様にご挨拶を」

「……ふん」

執事の彼に促されて、盛り姫はつまらなそうに鼻を鳴らした。

これまた不機嫌そうである。

その首が動くのに応じて、頭髪に盛られた飾りがゆらゆらと揺れる。額より上に縦長な盛りっぷりは、僅かな首の動作にも先端を大きく揺らせた。見ている我々としては、飾りが落ちるのではないかと気が気でない。

「どうして私が平民に名を名乗らなければならないの？」

「このままではお嬢様の身の安全にも関わります。向こうしばらくはハーマン商会様の下で、お屋敷が落ち着くまで過ごされるべきでしょう。つい先日にも、食事に毒を盛られたことをお忘れですか？」

「っ……」

どうやら割と退《の》っ引《ぴ》きならない状況に晒されているようだ。

食事に毒なんて、自分だったら絶対にトラウマになる。

刺し身にアニサキスが入り込んでいただけでも、数ヶ月ほど生魚が食べられなくなった覚えあるもの。以降もイカ刺しを食べるときは、必ず冷凍物を指定。新鮮なネタほどアニーちゃんとの遭遇確率は高いと学んだ。

「……私はエルザ・ミュラーよ」

「はじめてお目に掛かります、エルザお嬢様。私はハーマン商会で副店長をしております、マルクと申します。そして、私の隣におりますのは我々商会と同様、こちらのお屋敷に出入りをさせて頂いております、商人のササキと申します」

「はじめまして、ササキと申します」

「…………」

盛り姫様は我々の顔をつまらなそうに眺めている。

これと言って興味はなさそうだ。

貴族と平民、身分的な問題も多分に影響してのことだろう。


「エルザお嬢様は長男であるマクシミリアン様と仲がよろしい為《ため》、マクシミリアン様と家督を争っている次兄のカイ様に目を付けられております。おふた方の後ろにはそれぞれを支持する貴族の方々の存在がありまして、我々も対応に困窮している状況です」

なにやら新しい人名が沢山出てきたぞ。

この場にいない兄弟の名前など、すぐに忘れてしまいそうだ。漢字ならまだ文字の雰囲気で意識することができるけれど、横文字だとそれも難しい。取り急ぎ長いほうが長男、短いほうが次男と覚えておくことにしよう。

「お嬢様の存在が家督争いに影響するのですか？」

「カイ様とは幼少より仲がよろしくなかったことが関係しているものかと。屋敷の人間にはお嬢様を贔屓《ひいき》にする者も多いですから、そうした背景も手伝っているのでしょう。また、跡目争いで精神が過敏になっているということも考えられます」

「カイは馬鹿なの。あれが跡目を継いだら家は終わりだわ」

「お嬢様、お客様の前でそのような物言いは……」

「だって本当のことじゃないの」

「他の家の方々にご助力を願われないのですか？　たしかに我々の商会はそれなりの規模があります。ですが、それでもやはり平民に過ぎません。貴族の方々にお声を掛けられた方が、確実ではないかと存じます」

「これでなかなか複雑なものでして、ミュラー家に関係する方々は、どこまで信じられるか分からないのです。長年勤めている私であっても、今回の跡目争いについては、判断がつかない部分が多くございます」

「なるほど」

彼女が跡目争いに直接絡んでいるのでなければ、これを助けることはそこまで大変な仕事ではないだろう。ハーマン商会さんなら、セキュリティの利いた施設を確保することも可能と思われる。たとえ平民であっても、蓄えた銭の力は並の貴族を寄せ付けない。

一方で無事に仕事を終えた時、ミュラー家に売れる恩は大きい。

副店長さんもそのように考えたようで、続く言葉は穏やかなものだった。

「承知しました。ミュラー子爵にはいつもご贔屓にして頂いております。ご家族の危地とあらば、我々も微力ながらお力添えしたく存じます。ご不便をおかけするかも知れませんが、それでもよろしければ、どうぞ我々の下にいらして下さい」

「ありがとうございます。お嬢様、お嬢様からもご挨拶を」

「……世話になるわね」

ぶっきらぼうに語ってみせる盛り姫様は、中学生ほどと思しき年頃も手伝い、思春期も真っ只中《まただなか》の娘さん、といった雰囲気を感じる。私の服をパパのパンツと一緒に洗わないでよね、みたいな台詞《せりふ》が似合いそうだ。

「それでは早速ですが、店の者に滞在先を確保させるとしましょう」

副店長さんは笑みを崩すことなく、淡々と話を続ける。お貴族様とのやり取りにも慣れているのだろう。こうしてお偉いさんのお子さんを相手にするのも、初めてではないものと思われる。身分の上ではどうだか知らないが、経済力を含めた力関係では、意外とイーブンなのかも知れない。

「すみませんが、それともう一つお願いがございます」

「なんでしょうか？」

「そちらのササキ様は、なんでも大変珍しい商品を扱っていらっしゃるのだとか。以前、旦那様から伺ったお話によりますと、遠く離れた場所でお互いに会話をするような道具や、遥《はる》か遠方を見渡す道具をお持ちだと耳にしました」

ここへ来て急に執事の人から話を振られた。

副店長さんが自分を連れてきた理由はこれだろう。

彼に代わって、ここからは受け答えをさせて頂く。

「たしかにそのような商品もございます」

「それらを一式ずつお譲り頂きたく思います」

素直に答えて応じると、執事さんから即座に発注が掛かった。

何に利用するつもりだろうか。

「一方はかなり制限のある商品となりますが……」

「それは存じております。なんでも遠く離れた場所と話をする道具には、距離に制限があるそうですね。しかも利用する為には、特別な金属が燃料として必要になり、これが非常に高価だとも伺っております」

「ええ、そうです」

「そちらですが、どうか売っては頂けませんか？」

「……そうですね」

ミュラー子爵の執事さんが相手なら、構わないのではなかろうか。

発注を受けた数も一つだけだし。

「承知しました。近い内に仕入れて参ります」

「ありがとうございます。とても嬉《うれ》しく存じます」

そうして子爵様のお城でのやり取りは過ぎていった。

＊

ミュラー子爵宅で話を終えた副店長さんは、すぐにどこともなく去っていった。

なんでも盛り姫様の住まいを用意しに向かうのだとか。執事の人からも、なるべく早めにお願いします、との注文を受けていた。当然ながら我々と駄弁《だべ》っているような暇はない。今晩あたりは徹夜かも。

そこでこちらは例によって魔法の練習にやってきた。継続して中級魔法の新規習得に励んでいる。

守りについては、回復魔法と障壁魔法を中級グレードで覚えたので、次は攻め手のバリエーションを増やそうと考えた。唯一使える攻撃性の中級魔法は、雷撃を放つ魔法である。これが非常に指向性の強い魔法であるから、次は広域を補える魔法を練習中だ。

幾つか呪文を教えてもらったので、それらを順次繰り返している。

『……まさか、あの者が討たれるとはな』

しばらく練習をしていると、傍《かたわ》らでピーちゃんがボソリと呟いた。

ちなみに同所での彼のポジションは、こちらの肩を離れて、地面の上に置かれたリュックサックの上である。そこにちょこんと止まって、魔法の練習に励む中年野郎を見守って下さっている。可愛らしくも頼もしい文鳥だ。

「ミュラー子爵とは仲良しだったのかい？」

『仲良しというほどではないが、何度か酒を酌み交わした覚えがある』

「……そっか」

副店長さんから訃報を聞いて以来、どことなく湿った雰囲気を感じる。

恐らく同じ会社に勤める同僚のような関係にあったのだろう。

『もう少しばかり、長生きすると思っていたのだがな』

「…………」

出会って間もない自分には、彼に掛ける上手い言葉が浮かばない。

魔法の練習の手を止めて、その様子を窺《うかが》うばかり。

ただ、ずっと黙っているのも気まずいので、異世界一年生という立場を利用して、適当なところで合いの手を入れさせて頂こう。

「こっちの世界には、人を生き返らせる魔法とか、あったりするのかな？」

『厳密には存在しない。ただ、似たようなことを行う方法はある』

「え？　本当に？」

『しかしながら、そのためにはいくつかの条件が存在している。それに全てが全て元通りという訳でもない。最低でもこれまでの生活を、人としての営みを放棄する必要がある。同時に世間からは、外法として忌み嫌われている』

「……なるほど」

『そちらの世界には存在するのか？』

「申し訳ないけれど、力になれるような技術はないかな……」

『いいや、貴様が謝る必要はない。生きているということは、いつか死ぬということだ。今回の一件ではあの者に限らず、多くの者たちが亡くなったことだろう。いちいち気にしていては身が持たん』

ミュラー子爵の言葉を信じるのであれば、こちらの文鳥は腐敗も甚だしい貴族社会の中にあって、それでもお国の為に立ち回っていた豪傑である。そんな人物の諦めにも似た物言いは、出会った当初の告白と相まり、なんとも重々しいものとして響いた。

「もしも自分に何か手伝えるようなら、気軽に声を掛けてよ」

愛しいペットの為なら、多少のリスクは取る覚悟がある。

これまでの好意に報いたいとも感じている。

「これでもペット思いの飼い主だからさ」

『ふふん、稼ぎが悪い割には口達者ではないか』

「そっちも頑張るってば」

『……ああ、期待していいよう』

すぐにどうこうと考えない時点で、ピーちゃんは既に、この世の中から一歩身を引いてしまっているのだろう。だからこそ、そんな彼に先んじて自分が動くのも違う気がして、意識は再び魔法の練習に向かった。

しかし、それから数日ほど頑張ったけれど、新しい魔法は覚えられなかった。

色々と気になることが多くて、雑念が入ってしまった為ではなかろうか。

魔法の行使に大切なのはイメージ、とのことである。

＊

魔法の練習が上手く進まないことを受けて、気分転換することにした。

向かった先はハーマン商会さんのお店である。

ミュラー子爵の娘さんの近況を確認しに訪れた体で、軽く雑談でもしようと考えた次第だ。当面の彼女の所在については、我々も確認をしておいた方がいいだろう。執事の人と顔を合わせている都合上、何かあったときに知りませんでした、というのは避けたい。

もしも彼女と顔を合わせることができたのなら、趣味や食べ物の好みなど、尋ねてみてもいいかも知れない。盛り姫様のご機嫌伺いにチャレンジである。中学生くらいの女の子だし、有名店のケーキなど買っていったら、喜んでくれるのではなかろうか。

というのも、自分が彼女とお話をすることで、肩の上のピーちゃんも、少しは気が晴れるのではないか、とか考えていた。本人はあまり多くを語ろうとしないが、子爵様とはそれなりに交友があったように思われる。

そうした理由から、我々は副店長さんを訪ねた。

すると彼はいつものニコニコ笑顔を浮かべて、盛り姫様の下まで案内をしてくれた。場所はハーマン商会の本社が収まる建物の上階フロアだ。色々と検討した結果、同所こそが安全且つ快適であると判断したのだそうである。

感覚的にはタワマンの最上階、みたいな感じだろうか。

ハーマン商会の本拠地ということもあって、深夜でも常に見張りが立っているそうだ。そうして聞くとたしかに、これ以上ない隠れ家だと思う。更に今後は盛り姫様の為に警備を増員、武装した護衛もマシマシだという。

居室はかなり豪華なものだった。

三十平米ほどの広々とした一室に、天蓋付きのベッドや豪奢《ごうしゃ》なソファーセットが窺える。調度品は店のものだろうか、それとも屋敷から持ってきたものだろうか。いずれも非常にお金が掛かっているように見える。

「お久しぶりです」

「……なに？」

軽快にご挨拶をしたつもりだけれど、お返事は厳しいものだ。

ベッドに座り込み、こちらを睨《にら》みつけていらっしゃる。

副店長さんが一緒だったら、もう少し穏やかに対応してもらえたのかも知れない。しかし、彼は本日も忙しいとのことで、同所には自分とピーちゃんの二人で向かう運びとなった。きっと子爵様の敗退における処理とか、色々とあるのだろう。

「ご挨拶をと思いまして、伺わせて頂きました」

「言っておくけど、私には利用価値なんてないわよ？あの家のことはお兄様たちが握っているから、この身体をどうにかしたところで、何の利益も得られないのだから。私にできることは精々、晩御飯の献立に追加で一品お願いするくらいかしら」

「なるほど、エルザ様は美食に覚えがお有りですか？」

「……私のこと、馬鹿にしているの？」

「滅相もありません。私の知り合いがこちらの町で、上流階級向けの飲食店を経営しています。もしよろしければ、気晴らしにと考えておりました。やはり外を出て回るのは億劫《おっくう》でしょうか？　それでしたら料理を取り寄せることもできますが」

ピーちゃんが一緒なら、少しくらいは外出しても問題ないだろう。

ミュラー子爵の言葉を信じるのであれば、星の賢者様は最強の魔法使いである。彼女一人なら十分に守ることができると思われる。それでも気になるようであれば、副店長さんに言って護衛を付けてもらえばいい。

屋内に引きこもりっぱなしというのは、精神衛生上よろしくないと思う。自身も過去に一ヶ月くらい、部屋に引きこもって生活した経験がある。あっという間に自律神経が乱れて、動悸《どうき》が止まらなくなり、疲れていても眠れなくなった。

小さなことが気になり、得体の知れない不安に苛《さいな》まれるのだ。

日が出ている内に起床して、寝起きに熱いシャワーを浴びた上、十分な陽光を視界に取り入れる。これを繰り返したところ、数日ほどで体調は復帰した。人の身体は薄暗い部屋に引きこもるようにはできていないと、身をもって理解した。

「いかがでしょうか？」

「……何という店なの？」

「それは……」

しまった、フレンチさんがやっている店の名前、知らない。

どうしよう。

それもこれも彼に仕事を丸投げした自分が悪い。

「お店の名前はあまり出回っておりません。繁華街の一等地で、店頭のベンチにまでお客様の予約が入っているお店、と言えば興味を持って頂けますでしょうか？」

「それはもしかして、フレンチの店のこと？」

それっぽく語ってみせると、相手に反応があった。

聞こえてきたのは店長の名前である。

「あ、はい、多分それです」

「貴方《あなた》、あの店の店長と知り合いなの？」

「店長の名前はフレンチで間違いありませんか？」

「ええ、そうよ。甘いお菓子と奇抜な料理で有名なお店」

「それなら間違いありません」

「あのお店、名前がないのよね……」

「そうなのですか？」

よかった、どうやら無事に切り抜けたようである。

っていうか、名前もないのによく営業しているものだ。現代日本ほど厳密な規則はないのだろうけれど、それでも感心してしまう。足を運んでいるお客さんも、どうやって店のことを扱っているのか。

「何度聞いても、まだ決まっておりませんのでって言われるの。だからあの店に通っている者たちは、店長の名前からフレンチの店って言っているのよね。まあ、今となってはそれがもう店の名前みたいなものなのだけれど」

「なるほど」

そんなことになっているとは知らなかった。

ただ、おかげでこちらは助かった。

フレンチさん、本当にありがとうございます。

「いかがでしょうか？　予約だ何だと面倒な手間は省いて、本日中にでも食事を摂《と》ることができると思います。興味はありませんか？　もしよろしければ、お好みの料理をご用意させて頂きたいと考えているのですが」

「私の機嫌を取ってどうするつもり？　パパはもういないのよ？」

「他意はありません。ちょっとした気晴らしになればと」

「……………」

「それとも他のお店がよろしいでしょうか？」

ピーちゃんが少しでも大切だと思う人の娘さんだ。なるべく良くしてあげたい。

ペットの悲しみは飼い主の悲しみである。

「あそこは貴族が相手だろうと、一律で予約の横槍《よこやり》を断っているお店よ。それが原因で何度か問題になったこともあったようだけれど、後ろにハーマン商会が付いているから、あまり強く言える人もいないらしいわ」

「大丈夫でございます。お約束します」

フレンチさんのお店、そんなに凄《すご》いのかい。

これでも毎日のように通っている。しかし、自分やピーちゃんはお店の勝手口から入って、奥の個室で食事をするばかり。そうした経緯もあって、他所様《よそさま》からの評判を気にしたことはなかった。

「……そこまで言うなら、付き合って上げてもいいわ」

「ありがとうございます」

普段から別室で食事を頂いている我々だ。一人くらい人数が増えても、たぶん問題はないだろう。

*

盛り姫様の承諾を得た我々は、その足でフレンチさんのお店に向かった。

移動の足はハーマン商会の副店長、マルクさんが用意してくれた馬車だ。ついては護衛として、お店の用心棒だという人たちが数名、周りを取り囲んでいる。相乗りした我々としては、些か肩身の狭い状況である。

そうして馬車に揺られることしばらく、目的地に到着した。

いつもどおり勝手口から中に入ると、お店の主人が出迎えてくれる。

「旦那っ！　今日はいつもより早いですね！」

「いきなりで申し訳ありません。本日はいつもより一人多いんですが……」

「お客様ですか？　承知しました！　どうぞこちらへ」

「ありがとうございます」

「いやいや、それはこっちの台詞ですよ！　ゆっくりしていって下さい」

恭しくも頭を下げて、フレンチさんは我々を奥の個室に案内してくれた。いつもピーちゃんとの食事で利用しているお部屋だ。他のお客さんがやってくることはない。ちょっとした隔離スペースである。

一連のやり取りを眺めては、盛り姫様が驚いた表情でこちらを見つめていた。

卑しい話だけれど、なんだかちょっと気分がいい。

そして、以降は個室で盛り姫様と共に、食事をしながらのお話と相成った。

店の料理が気に入ったのか、彼女の機嫌は出会った当初より改善している。

「このカレーという料理は絶品ね。幾らでも食べられそう」

「それはよかったです」

スープカレーを口にしながら、しきりに語ってみせる。

同店の人気メニューなのだそうな。

この様子であれば、フレンチさんにカレーライスのレシピを渡す日も近いかも知れない。個人的にはスープカレーよりも、ドロドロのルーをライスに掛けて頂くスタイルのほうが好物だ。揚げ物が乗っていると尚良《なお》し。

肩から降りたピーちゃんも、テーブルの上で料理を楽しんでいる。彼のために用意された平皿の上で、小さく刻まれたお肉を啄《ついば》む姿が非常にラブリーだ。高解像度で動画撮影したい欲求に駆られる。

そうしたこちらの視線を確認してだろうか、盛り姫様から声が掛かった。

「ところで貴方、その使い魔はとても可愛らしいわね？」

「ええ、とても大切な使い魔でございます」

「私に撫《な》でさせなさい」

「…………」

これまたいきなりなご相談である。

そういうのってピーちゃん的に大丈夫なのだろうか。思えば自分も、碌にナデナデした覚えがない。気になって本人に視線を向けると、彼からは元気よく返事があった。今までお肉を啄んでいた嘴《くちばし》が皿の上を離れて、娘さんに向かい開かれる。

『ピー！　ピー！』

中身を知っているからこそ、申し訳ない気分だよ。

いやしかし、可愛らしい女の子に身体を撫でてもらえるなら、それはそれで男としては本望か。学生の頃、野球部の男子がクラスメイトの女子から、丸刈りの頭を撫でられているの、とても羨ましかったことを覚えている。

テーブルの上をぴょんぴょんと跳ねて、ピーちゃんが触り心地がどうのこうの。

移動する。

彼が手元まで移ると、盛り姫様の腕が伸びた。手の平で掬《すく》い上げるようにして、軽く身体を持ち上げると共に、もう一方の手で小さな文鳥の頭を撫でる。優しくナデナデと触れる。

「ふふふ、可愛いわね」

『ピー！　ピー！　ピー！』

「ふわふわしていて、とても撫で心地がいいわ」

『ピィー』

どことなく鳴き声が気持ちよさそうに聞こえる。

もしかして、日常的に撫でてあげた方が良かったりするのだろうか。そういえばペットショップの山田《やまだ》さんも、信頼関係を築く為には触れ合いが大切だと言っていた。

いやしかし、いくら可愛いとは言っても中身は賢者様だからな。

素性を理解する飼い主としては、距離感に悩んでしまう。

「とても人に慣れているのね。使い魔だからかしら？」

『ピー！　ピー！』

「私もいつか、こういう人懐っこい鳥を飼ってみたいわ」

『ピー！　ピー！　…痛っ……』

「っ⁉」

「…………」

ピーちゃん、今のちょっとアウトっぽい。

彼の頭部を撫でる盛り姫様の爪先が、そのつぶらなお目々に当たったようである。めっちゃ痛そうだった。声を上げてしまうのも仕方がない。どれだけ身体を鍛えても、粘膜部位だけはどうにもならないのが、生き物の仕組みである。

おかげで悲鳴が完全にヒューマンしていたよ。

「な、なに、今の……」

『…………』

「……喋ったような気がするわ」

『ピー！　ピー！　ピー！』

必死に文鳥を装ってみせるピーちゃん。

そういう健気《けなげ》な姿も嫌いじゃないよ。

しかし、盛り姫様を騙《だま》すことは難しそうだ。彼を撫でていた手は完全に止まっている。驚きから見開かれた目が、ジッと手の内の文鳥を見つめているぞ。これって本当に鳥なの？　と訴えんばかりの眼差《まなざ》しだ。

「今、絶対に喋ったわよね？」

『ピッ……ピーッ！　ピーッ！　ピーッ！』

こちらの世界であっても、小鳥が人語を解するのは例外的な出来事のようだ。ピーちゃん、めっちゃ頑張って鳴いている。そこはかとなく漂う自棄糞《やけくそ》感が愛らしい。星の賢者だ何だと持《も》て囃《はや》されつつも、意外と人間臭いところが親近感を誘う。

頑張り過ぎて喉を傷めないように注意されたし。

「ちょっと貴方、い、今の聞いたわよね？」

「なんのことですか？」

「私の指先が目元に当たってしまって、それで悲鳴を

「……」

手の内に収まったピーちゃんを見つめて、訝《いぶか》しげな表情となる盛り姫様。おもむろにその指先が、再び彼の目元に向かい伸びてゆく。まさか改めて触れて確かめようというのか。いくら何でもそれは可哀《かわい》そうな気がするんですけれど。

『っ⁉』

危機を察したピーちゃんは、翼を羽ばたかせてひらりと宙を舞った。

そのままパタパタと羽ばたいて、こちらの肩に戻ってくる。

「あっ……」

「あまり苛《いじ》めないで上げて下さい」

「……べつに苛めてなんていないわよ」

可愛らしい文鳥との触れ合いで、父親との別れを少しでも癒《いや》すことができたのなら、などとも考えたけれど、逆にピーちゃんの方がダメージを受けてしまったぞ。どこかで回復魔法を使うタイミングを設けないと。

そうして食事の席を共にすることしばらく。

不意に部屋のドアが開かれた。

ノックもなしに何事かと意識を向けると、そこには何故《なぜ》かハーマン商会の副店長さんの姿があった。彼はハァハァと息も荒く部屋の様子を窺う。そして、テーブルセットに盛り姫様の姿を見つけるや否や、声も大きく訴えてみせた。

「エルザ様、大変です！　兄君様と弟君様がお亡くなりになりましたっ！」

「えっ……」

「申し訳ありませんが、急いでご実家にお戻り下さいっ！」

まさかの訃報ラッシュ。

なんだそれはと思わず声を上げそうになった。

どうやら家督を争っていた彼女の兄弟が、共倒れしてしまったようである。

＊

こちらの世界において、貴族の位とは基本的に男が継ぐものらしい。

長男と次男の間で家督を争うことは決して珍しくない

一方、これに長女以下、女の子として生まれた子が混ざることは稀有《けう》な出来事だそうな。しかし、それでも女性が家督を継ぐケースが、場合によってはあるらしい。

それがたとえば今回、盛り姫様に訪れたような状況である。

「わ、私が家を継ぐなんて、そんなの無理よっ……」

「ですが他にお家を継ぐのにふさわしい方はおりませんので」

「…………」

ミュラー子爵宅の応接室には、盛り姫様の他に、執事の人と副店長さん、それに自分とピーちゃんの姿がある。フレンチさんのお店から、子爵様のお城まで馬車を飛ばしてやって来たところ、こちらにご案内を受けたのだ。

今は皆でソファーに腰を落ち着けて相談の最中となる。

「お嬢様、どうかお願い致します」

「でも……」

盛り姫様と主に会話をしているのは執事の人。

彼だけソファーセットの脇に立っている。

これを自分や副店長さんが対面から眺めている、といった状況だ。我々のような部外者が、こんな込み入った話し合いに居合わせてしまっていいのかと、疑問に思わないでもない。ただ、勝手に出ていくことも憚《はばか》られて、黙って様子を眺めている。

副店長さん的には、またとない商機だろう。

行きがけに彼から聞いた話だと、女性が家を継ぐのは一時的なものらしく、将来的には結婚した相手に家督を譲るのが一般的だという。しかし、臨時とはいえ子爵家のトップに立つのは間違いない。結婚相手を見繕う期間も、それなりに掛かることだろう。

その相手の庇護者というポジションは、きっと美味《おい》しい筈《はず》だ。

「誰かが継がねば、お家は取り潰しとなってしまうのです」

「…………」

ちなみに亡くなってしまったご兄弟についてだが、お互いに毒を送り合って、そのまま帰らぬ人になってしまったとのことであった。これは同所を訪れた直後、執事の人から聞かされた話である。

犯人は兄弟を担いでいた他の貴族だというから、不幸な話だ。兄弟仲はそれほど悪くなかったそうで、恐らくは欲を出した親族同士の争いに巻き込まれたのだろうと説明を受けた。そう考えると一番の被害者は、亡くなってしまった彼らである。

「お嬢様が継がねば、多くの者が路頭に迷うことになります」

「そうだとしても、私にそんな才能はないわ！」

「お館様としての仕事は我々がサポート致しますので、どうか名目だけでも、家を継いでは頂けませんでしょうか？　決して悪いようには致しません。実務は全て私どもが当たらせて頂きます」

「…………」

「どうかお願い致します。このセバスチャン、必ずやお支えしてみせます」

深く頭を下げてお辞儀をしてみせる執事の人。

その姿を眺めて、彼女は渋々といった態度で頷いた。

「……分かったわよ」

「ありがとうございます」

どうやら本日から、こちらのお城は盛り姫様の物になるようだ。

必然的に自身の商売相手も彼女ということになる。もちろん執事の人の言葉通り、本人が矢面に立つことはないだろう。それはそれで構わない。ただ、引き継いだ各部署の担当者の手綱をちゃんと握ることができるか否か、その点は怪しそうだ。

当然、ミュラー子爵とのやり取りも白紙に戻ることだろう。これまでと同様に清く正しいお取り引きができるかどうかは、蓋を開けてみないとなんとも言えない。場合によっては人の話を聞かないタイプのお貴族様が出てくる可能性もある。

なんだか段々と不安になってきた。

＊

娘さんの承諾を得たことで、執事の人は足早に応接室を去っていった。

色々と手続きや根回しがあるのだろう。

部屋に残ったのは自分とピーちゃんの他に、盛り姫様と副店長さんの合わせて三名と一羽。ソファーに腰を落ち着けたまま、さて、どうしたものかと顔を突き合わせている。息が詰まりそうな雰囲気だ。

「……なんでこんなことになってしまったのかしら」

誰に言うでもなく娘さんが呟いた。

今にも挫《くじ》けてしまいそうな弱々しい響きだった。

これを受けて副店長さんが問い掛ける。

「お家を継がれるのは負担ですか？」

「そんなの当然じゃないの」

「ですが、この家はミュラー子爵が愛されたお家です」

「大切な家だからこそ、私の手で段々と堕《お》ちていく様子を目の当たりにするのは、とても辛《つら》いことだわ！　お父様でさえ苦労されていたのよ？　それがどうして、私のような者が上に立って、上手く回る筈がないじゃないの！」

「いえ、そうと決まった訳では……」

「決まっているわよ！　カイ兄さんに継がせた方がマシだわ！」

遂《つい》に我慢の限界を迎えたようで、可愛らしいお口から言葉が漏れる。

彼女は次兄と不仲であったと過去に聞いた。

そんな相手を引き合いに出すほどだから、こちらのお嬢様はどれほど自分を信じていないのか。コンプレックスの見え隠れする主張である。

「私はお兄様たちのように頭が良かったり、武道や魔法の才能があったりはしないの！　どれも普通、嫌になるくらい普通なの！　どれだけ頑張っても、才能のある人たちには届かない、そんな凡才が私という人間なのよっ！」

「…………」

これには副店長さんも困った表情だ。

盛りに盛った髪型とは正反対で、自己評価は慎《つつ》ましやかである。身内に優秀な人ばかりいた弊害なのだろう。

父親であるミュラー子爵など、お国の立役者である星の賢者様からも覚えがあるほどの人物だ。

満足のいく成功体験を積めていないのだろうな、なんて思う。

「周りの人たちが褒めてくれるのは、お父様とお母様から受け継いだ容姿だけ。だからこの身は、いつかお父様の役に立てるように、どこか格上の家に嫁ぐものだとばかり考えていたのよ。それがどうして家を継ぐだなんて……」

自尊心の高そうな彼女が、平民である我々を相手にこうまでも熱く語ってみせるのだ。才能がないというのは事実なのだろう。

ただ、個人的には見当違いな悩みだと思う。

外見が優れているとか、それすなわち最強である。頭の良さだとか、武道や魔法の才能だとか、そんなのはオマケでしょう。見た目さえ優れていれば大体どうにかなるのが、世の中というものである。彼女ほどの若さなら尚のこと。

だから気づけば自然と口が動いていた。

「そういうことであれば、お嬢様は既に武器を持っておりますね」

「……どういうこと？」

「外見的に優れていることほど、人の上に立つ上で大切なことはありません。頭の良さであったり、武道や魔法の才能であったりは、領主として町をまとめ上げる上で、そう大して必要ではありません」

「貴方、お父様やお兄様たちを侮辱しているの？」

「滅相もない。私は事実を述べただけです」

「それが侮辱しているというのよっ！」

「こちらの町に吟遊詩人はおりますか？」

「はぁ？　そんなの幾らでもいるに決まっているでしょう!?」

「人気のある吟遊詩人には、美形が多いのではありませんか？」

「……それが何だというの？」

「民衆というのは、そう賢い生き物ではありません。日々を生きるのに精一杯ですから、教養と忍耐を得る暇がないのです。だからこそ、そういった者たちから支持を得る為には、ただひたすらに分かりやすい指標が必要なのです」

「サ、ササキ殿っ……」

副店長さんが隣で困惑している。

一方でピーちゃんは沈黙。

多分大丈夫だろうと信じて、お節介な客人は説得を続けさせて頂く。彼女には前向きに家督を継いでもらわないと、この家の人たちのみならず、町の皆が困ってしまう。知り合いに毒を盛るような貴族様が出張ってきては、目も当てられない。

「お嬢様のような見目麗しい方が、必死になって市政に取り組む姿は、民衆の支持を得る上で、これ以上ない力となるでしょう。実務を誰が行っていようと関係ありません。人々はお嬢様の姿に魅了されて、これを応援するのです」

「……何を馬鹿なことを」

「私の祖国では吟遊詩人が度々、市政のトップを担う立場に付いております。それも過去に経済や法律、教育を学んできた者たちを負かして、市民からの選挙という形で、民衆からの支持を受けて選出されております」

「吟遊詩人に町を任せるですって!?　どうしてそうなるのよっ！」

盛り姫様の突っ込みは尤《もっと》もである。

でも事実なのだから仕方がない。

「お嬢様もご存知《ぞんじ》とは思いますが、民衆の支持を得ることは、市政において他の何よりも大切なことです。これを民衆に覚えのいい吟遊詩人が務めることは、非常に効率がいいとは思いませんか？　実務は他の優秀な者に任せればいいのです」

「……代表が代表ではないのですか？」

私を吟遊詩人などと同列に扱うつもりですか、とか突っ込みを受けるかと思ったけれど、こちらが想像したよりもお嬢様は理知的であらせられた。そのため非常にやり易《やす》い。申し訳ないけれど、ここは一つイキらせて頂こう。

何故ならば相手は、ピーちゃんの知り合いの娘さんなのだ。

その進退は自分にとっても無関係ではない。

「より良い治世を求めるのであれば、代表が代表として働ける状況は稀有です。その数少ない例が、貴方のお父様であるミュラー子爵であったのだと思います。しかし、子爵のような方は滅多《めった》に世に現れません。そこで仕事を分担するべきだと具申します」

「でも……」

「それができずに上の人間が無理をすると、悪政に繋《つな》がるのではないでしょうか？　お嬢様は自らができることとできないこと、この二つをしっかりと把握していらっしゃいます。それはとても素晴らしいことだと私は思います」

「…………」

ツンケンとしているけれど、性根は真《ま》っ直《す》ぐな娘さんだと思われる。だからこそ、ご実家と関わり合いのある貴族様一同から拐《かどわ》かされる前に、我々もアプローチしておくべきだろう。今後何かあったとしても、進言を聞いてもらえるくらいには。

そうでないと、今後こちらの立場が危うくなりそうだもの。

「ですからお嬢様は、既に家を継ぐ上で十分なものをお持ちなのです。決してご自身を下に見ることはありません。あとは胸の内で、お父様のことを大切に思っていれば、他人に対して真摯であれば、きっと周りの方々は付いて来てくれる筈です」

副店長さんが青い顔をしている以外は、きっと大丈夫。

そう信じて続く彼女の言葉を待つ。

するとしばらくして盛り姫様からお返事があった。

「……分かりました」

「本当でしょうか？」

「一連の講釈に免じて、貴方の無礼を許します」

「ありがとうございます」

「しかし、今後はこういった無礼は許しません。平民が貴族に上から語って聞かせるなど、本来であれば打首です。いいえ、公衆の面前で火刑に処されるほどの行い。私の寛大な心遣いに感謝しなさい」

「承知しました」

今更ながら彼女の頭髪が盛りに盛られている理由を理解した。

外見の他に、自らを誇るものが何一つ無かったからだろう。

＊

ここ数日でミュラー子爵のお家は大騒ぎである。

子爵様の討ち死にと代替わりの知らせは、しばらくして領地内外にも公表された。これを受けて町の人たちも、大浮足立っているように思われる。気の早い者などは、大八車を押して町を後にする姿も、ちらほらと見受けられた。

それでも待ってくれないのが隣国との戦争である。前線の瓦解を受けて、ヘルツ王国はかなりの危地に立たされているのだという。その影響が遂に我々が居を構えた町、エイトリアムにも押し寄せてきた。

「なんと、ハーマン商会の馬車が隣国の兵に……ですか」

盛り姫様の家督相続から数日、我々はハーマン商会の応接室で、副店長さんと顔を合わせている。魔法の練習に向かおうかと宿屋で支度をしていたところ、商会の使いの方から連絡を受けての参上だ。

「ええ、既にこの界隈《かいわい》でも活動を始めているようでして」

「なるほど」

どうやら隣国はこちらの町を次なるターゲットとして考えたようだ。町が直接敵兵によって襲われた訳ではない。そこまでの戦力を敵国に侵攻させる余裕はないのだろう。近隣の街道に尖兵《せんぺい》を仕込み、物資の流通にダメージを与えているらしい。

正規兵により構成された盗賊みたいなものか。これにより町を疲弊させた上で、後続の本隊によって確実に制圧するつもりでしょう、とは副店長さんの言である。こうなってくると我々も、身の振り方を考える必要がでてきた。

「ササキさんはどうされますか?」

「そうですね……」

「私は来週にでも首都に向けて発《た》とうと考えております」

「ミュラー子爵の娘さんはどうされるのでしょうか?」

「お嬢様にもご一緒して頂く予定です」

ジッとこちらを見つめて、彼は真剣な面持ちで語る。この町はもう助からないと考えているのだろう。

「もしよろしければ、ササキさんも一緒にいかがですか? 腕利きの護衛も既に確保しております。仮に相手が敵国の正規兵であっても、十や二十からの襲撃であれば、十分に凌《しの》ぐことができると考えております」

ただ、自身は既にそのあたりの相談をピーちゃんと終えている。

これに乗っかることはできない。

「せっかくお誘い下さったところ申し訳ないのですが、私はもう少しだけ、この町でやることがあります。危惧されていることは重々承知しておりますが、しばらく滞在しようと考えています」

「……そうですか」

「すみません」

「いえいえ、滅相もない。ですがもし気が変わりましたら、こちらの店にいらして下さい。時間が許す限り、この町の在庫を継続して隣町へ送り出すように手配をしております。それに便乗してもらえれば、多少は安全に行き来できるかと思います」

「お気遣いありがとうございます」

副店長さんとも、これでしばらくお別れである。

*

マルクさんと別れた我々は、その足で拠点となるお宿に戻った。

一泊二日で金貨一枚のセレブな宿泊施設だ。

場所はソファーセットの設けられたリビングを思わせるスペース。ソファーに腰を落ち着けた自身に対して、ローテーブルに立ったピーちゃんという位置関係だ。お互いに真剣な面持ちで向かい合っている。

『悪いが協力してもらえるか？』

「可愛いペットの頼みとあらばいくらでも」

『……すまないな』

「こっちこそ出会ってから助けられてばかりだよ」

『そうは言っても、我と出会わねば貴様が苦労することはなかった』

「苦労以上の見返りを感じているから大丈夫」

『…………』

ピーちゃんから求められたのは、ミュラー子爵が治めていた町の存続と、忘れ形見となる盛り姫様の生存である。やはり二人の間には、決して浅からぬ交友があったようだ。一度は世を捨てようと決意した彼が、それでもと考えるくらいには。

だからこそ、飼い主としてはその想《おも》いに協力したいと強く思う。

「出発はいつ頃になるかな？」

『今晩にでも出ようと考えている』

「移動は徒歩？　それともいつもの魔法とか？」

『今回は空を飛んでいこうと思う。隣国の軍勢がどこまで迫ってきているのか定かでない現状、移動した先に敵兵の目があっては面倒だからな。なるべくこちらの存在を気取られないまま終えたい』

「でもピーちゃん、僕は君みたいに羽が生えていないよ」

そう言えば、文鳥ってどれくらい飛べるんだろう。ピーちゃんも室内では華麗に飛び回っているけれど、屋外で長く飛ぶような機会はなかった。ハトなどは割とパワフルで、数十キロくらい軽く飛んでみせると聞く。

『いいや、違うぞ。魔法で空を飛ぶのだ』

「え、なにそれ凄い」

そういう魔法もあるのではないかと、淡い期待を抱いていた。実際にあると伝えられると、テンションが上がるのを感じる。小さい頃からの憧れだ。空を飛ぶ夢など何度見たか分からない。目覚めが近づくと共に、段々と飛べなくなっていくんだよ。

『そういえば教えていなかったな』

「ぜひ教えてもらえないかい、ピーちゃん」

『イメージ次第ではかなりの勢いで飛び回ることが可能だ。そこで最低限、中級の回復魔法を覚えるまでは控えていたのだ。不慣れな術者は、割と頻繁に落下したり樹木にぶつかったりする。そうした場合に自身で怪我《けが》を癒やせないと死んでしまう』

「……なるほど」

『また、ある程度速度を出す場合は、障壁魔法の併用も必要だ。虫や鳥との衝突であっても、かなりのダメージを受けることになる。地上を走り回るような感覚で利用していい魔法ではない。事前の練習が重要だ』

たしかにピーちゃんの仰る通りである。要は鳥人間コンテスト。打ちどころによっては回復魔法を使う前に絶命する可能性もありえる。魔法に不慣れな人間が初っ端《しょぱな》から覚えると、彼の言葉通り大変なことになりそうだ。

『なので今回は我が行使する。教えるのはまた今度だ』

「楽しみだねぇ」

そういうことであれば、師匠の言葉を素直に聞いておこう。

なんたって星の賢者様のお言葉だもの。

＊

同日の晩、我々は隣国との国境付近までやってきた。移動はピーちゃんの提案どおり、魔法で空を飛んでのこと。夜の暗がりの下、小一時間ほどの空の旅であった。その勢いは大したもので、遠く眼下を凄まじい勢いで流れていく地上の風景から、新幹線よりも速かったのではないかと考えている。

ピーちゃんってば可愛い顔してスピード狂。ただし、障壁魔法を利用しているとのことで、空気抵抗はほとんど感じなかった。息苦しさや寒さを覚えることもなかった。移動中は非常に快適だった。

だからこそ、もしも障壁なしで何かにぶつかったらと考えると、とても恐ろしく感じた。感覚的には二輪に半ヘルで、高速道路やバイパスなどの路線を走っているような感じ。前の車が弾《はじ》いた小石一つで絶命必至である。

『見えてきたな』

「あ、本当だ……」

遠く地平の彼方《かなた》まで続く草原地帯。

名前はレクタン平原とのこと。

その只中にキャンプ場よろしく、人の密集する様子が確認できた。数キロを隔てて、人を人と判断することも難しいほど遠方、それでも兵の集まりだと判断がつく。

移動用と思しき仮設の建築物を中心として、これを囲うように兵たちが蠢《うごめ》いていた。

自分とピーちゃんはかなり高々度を飛んでいる。夜の暗がりも手伝い、先方から気付かれることはないだろう。一方でこちらからは、野営地点に点在する明かりが明瞭に確認できる。万を超える兵の集まりは、なかなか迫力のあるものだ。

「どうするの？」

『一息に吹き飛ばしてしまおう』

「…………」

ピーちゃんってたまにさらっと怖いことを言う。

でも、それが無難だとは自身も思う。

『この規模で兵を失えば、当面は大人しくなるだろう。改めて攻め入るにしても、同様の報復を恐れて慎重になるはずだ。その間に本国は国力を立て直すことができる。まあ、後者についての確証は持てないが』

「前から聞いていた上級魔法ってやつかい？」

『区分的にはそれ以上になる。上級の魔法で対応することも可能だが、あの規模を相手にするとなると、撃ち漏らしが発生する可能性がある。ならば威力のある魔法を用いて一撃で対処したい。その方があの者たちも苦しまずに済む』

「なるほど」

『よく見ておくといい。いつか学ぶ日が訪れるやもしれん』

呟くと同時にピーちゃんの正面に魔法陣が浮かび上がった。

これまでになく複雑な模様をしている。

サイズも大きくて直径三メートルくらいありそう。

そして、彼がこちらの肩に止まっている都合上、自身もこれを真っ向から眺める形となる。耳に届くのは呪文と思しき単語の連なり。当初は聞き耳を立てていたものの、想像した以上に長いものだから、途中で記憶することを諦めた。

そうして待つことちょいとばかり。

ピーちゃんが呟いた。

『いくぞ』

クワッと開かれた可愛らしいくちばし。

その声に合わせて、魔法陣が一際激しく輝いた。

直後に中央から力強い光が発せられる。

それは空に浮かんだ我々から遠く離れて、地上に窺える敵国、マーゲン帝国の軍勢に向かい伸びていった。それも距離を進むごとに左右へ扇状に展開して、裾野を広がらせていく。やがて地上に到達する頃には、界隈を丸っと飲み込む程に大きくなっていた。

草原の一角、数キロ四方を輝きが貫いた。

まるで昼間のように一帯が明るくなる。

ブォンブォンと低い音を立てて大気を震わせる様子に尻込みしてしまいそう。仔細《しさい》はまるで知れないけれど、とても大変な現象なのだろうとは、なんとなく察することができた。個人による行いというよりは、台風のような自然現象を思い起こさせる。

「ピーちゃん、正直なにが起こっているのか分からない」

『まあ、そうだろうな』

「これってあれかな、ビーム砲みたいな……」

『似たようなものだと考えておけばいい』

ビーム砲という単語をさらっと理解しているピーちゃん。それもこれもインターネットを利用したお勉強の成果だろう。つい数日前、パソコンのブラウザの履歴を確認したところ、凄まじい勢いでネット辞書を漁《あさ》っていることを知った。

なんて勤勉な文鳥だろうか。

ただ、残念ながらアダルトサイトは閲覧していなかった。

文鳥になって性欲が無くなってしまったのだろうか。

それから二、三十秒ほど待つと、輝きは収まった。

目を細めるほどに明るかった一帯が、元の暗がりに戻る。その直後、光の残滓《ざんし》に照らされて眺めた草原の一角は、まるで巨大なショベルカーによって抉《えぐ》られたかのように、深く地面に溝を作っていた。

底が見えないほどである。

「……ピーちゃん、この魔法はおっかないね」

『影響範囲を集約することも可能だ。意外と使い勝手は悪くない』

「…………」

もしも都内で撃ち放ったのなら、千代田区や中央区、港区といった比較的小さな区であれば、地下に敷かれたメトロの路線ごと、一撃で消し飛ばすことができそうである。それこそ広島や長崎に落ちた核爆弾を超える威力だ。

『身を護《まも》る為の選択肢として、覚えておくといい』

「……そうだね」

万を超える人が今の一撃で亡くなったと思うと、寂寥感を覚える。ただ、これといって罪悪感はない。主犯はピーちゃん、自分は隣で見ていただけ、という経緯もあるけれど、それ以上に現実感の無さが影響している。

まるで映画でも見ているような感覚だった。

『それでは帰るとす……』

直後、地上に空いた大穴の一角で、キラリと光が煌《きら》めいた。

間髪を容《い》れず、我々の正面に魔法陣が浮かび上がる。

『っ……』

これと時を同じくして、輝きの見えた地点から、今度は地上から空に向かい、ビーム砲を思わせる輝きが迫ってきた。それは正面に浮かんだ魔法陣を直撃すると共に、衝撃から我々の身体を大きく後方に飛ばせた。

「ちょっ……」

『ぐぬぅっ……』

スーツのジャケット越し、今まで肩に感じていたピーちゃんの爪の感触が消える。咄嗟《とっさ》にその姿を探すと、彼はこちらから離れて数メートル先にいた。慌てた様子で羽ばたく姿が星の賢者様らしからず、とても印象的に映った。

そんな彼の下に向かい、地上から何者かが迫る。

「今の魔法、身に覚えがあるぞぉ？」

『ぬ、貴様はっ……』

耳に届いたのは聞き覚えのない声。

ピーちゃんと同様、飛行魔法によって身体を飛ばした誰かである。シルエットから人か人に類する生き物であることが窺えた。衣服のはためく様子も確認できた。どういう訳か肌が紫色。しかし、夜の暗がりも手伝って、性別や年令を特定するまでには至らない。

というか、それだけの余裕がない。

何故ならば肉体が地上に向かい堕ちていく。

気づけばあっという間に、数十メートルを下っている。

どうやら今の衝撃で、ピーちゃんの飛行魔法が解けてしまったようだ。頭上のスーパー文鳥に祈るような眼差しを向ける。けれど、そこでは突如として現れた何者かに、現在進行形で襲われている彼の姿が。

こちらを助けている余裕はなさそうだ。

「マジかっ……」

空を飛ぶ魔法はまだ教わっていない。

このままでは数分と経《た》たぬ間に、地上へ激突である。

敵兵が駐屯していた草原地帯とは異なり、地上には木々の茂りが窺える。草原に隣接した森林地帯だ。上手く木の枝をクッションにできれば、などと考えたけれど、まるで生きながらえる未来が見えてこない。

もっと他に能動的なアクションが必要だ。


「……あぁ、そうだ」

たしか手から水を出す魔法があった。

あれを全力でダバーっとやれば、どうだろう。というか、この期に及んでは迷っている暇もない。即座に魔法を行使である。本来であれば飲み水を出すような魔法だけれど、これを放水車さながらのイメージで撃ち放つ。もれなく無詠唱。

すると地上を数十メートル先に控えて、大量の水が吹き出した。

その先端が地面に達すると同時に、落下の速度が著しく低減する。

内臓が下から上に持っていかれる感覚。

まるでジェットコースターにでも乗り込んだかのような圧が全身に掛かる。一瞬、意識が飛びそうになった。これを堪えつつ、継続して地上に向かい水を吐き出し続ける。傍から眺めたら、ロケットの発射風景の逆再生さながらだろう。

数瞬の後、全身が水に包まれた。

空から地上に向けて放った流水に、自身の身体が追いついたようである。ざぶんと身体が水に浸《つ》かる。その直後に両足が地面を捉えた。どうやら木々は流水に押されて倒れてしまったようで、葉や枝に身体を引《ひ》っ掻《か》かれることはなかった。

ややあって、水が引いていく。

自重が両足に掛かる感覚と共に、視界がひらけた。

「死ぬかと思った……」

どうやら無事に着地できたようである。

全身びしょ濡《ぬ》れだけれど、まあ、これればかりは仕方がない。命があっただけ良しとしよう。それなりに高いところを飛んでいたことが幸《さいわ》いした。そうでなければ、魔法を使う間もなく激突していたことだろう。

そうこうしていると、頭上から炸裂《さくれつ》音が聞こえてきた。

ズドンと腹に響くような音だ。

「…………」

空を見上げると、そこでは炎がぶわっと広がっていた。まるで雲のように、赤い色の炎が空に広がる光景は圧倒的だった。というか、そのまま熱いものが落ちてきて、自分は死ぬのではないかと危惧するほど。ただ、幸い炎は散り散りとなり消えて、地上を焼くまでには至らない。

我々を狙い撃った人物とピーちゃんの間で、突発的に争いが発生したのではなかろうか。しかも彼ほどの人物が、こちらに気を遣う余裕さえなかった点から、かなり厄介な相手であると想像される。

どうしよう。

ピーちゃんを助けたいという想いは強いが、空に上がる手立てがない。

しかも下手に近づいたら、むしろ足を引っ張りかねない状況である。

そうして悩んでいると、不意に名前を呼ばれた。

「そこに見えるのは、まさかササキ殿か？」

「え……」

予期せぬ出来事を受けて、肩がビクリと震えた。熱いものにでも触れたように、咄嗟に声の聞こえてきた方向に注目する。するとそこには木々の合間から、こちらを見つめるミュラー子爵の姿があった。

一帯は自分が撃ち放った水を出す魔法の影響で、木々が倒れ流されてしまっている。周囲数メートルほどは見通しもいい。そのため薄暗い夜であっても、こちらを捕捉することは容易だっただろう。

「ミュラー子爵。このような場所でお会いするとは奇遇ですね」

「どうして貴殿がここに……」

「少しばかり面倒なことに巻き込まれてしまいまして」

まさか素直に説明する訳にはいかない。

これまた大変なことになった。

そもそもミュラー子爵は亡くなったのではなかったのか。副店長さんがそのように言っていた。けれどこうして眺める彼は、そこかしこに血液が付着しており、満身《まんしん》創痍《そうい》を絵に描いたような出《い》で立《た》ちではあるが、ちゃんと自らの足で立っていらっしゃる。

また彼の傍らには、十代も中頃から後半と思しき青年の姿が。

「ミュラー子爵、そちらのお方は……」

身に付けている甲冑が、子爵様よりもお高そうである。そして、こちらも彼に負けず劣らずボロボロで血塗《ちまみ》れだ。装備もそこかしこが汚れていたり、破損していたりする。取り分け酷いのが腹部で、脇腹の辺りが血液によってどす黒く染まっていた。

一人で歩くことも辛いのか、ミュラー子爵に肩を貸してもらい、辛うじて立っている。表情も苦しそうなものだ。眉間にはシワが寄っており、顔色もかなり悪い。深刻な怪我を負っているのは間違いなさそうだ。

「ヘルツ王国の第二王子、アドニス様だ」

「なんと……」

まさか王族の方とは思わなかった。

どうりで子爵様が必死になって支えている訳である。

「ミュラー子爵、この者は？」

「私の領地で商売をしている異国の商人でございます」

「商人がどうしてこのような場所にいる？　しかもこの有様はなんだ」

水浸しとなった一帯を眺めて、王子様が言う。

当然の反応だと思う。

「……すみませんが殿下、それは私にも判《わか》りかねます」

「…………」

自分のことながら、怪しいにも程がある登場だ。森を抜けた先には、敵国の兵が大挙しているのだから、間諜《かんちよう》と疑われても仕方がない状況。こうして自分の下を訪れるだけであっても、彼らにしてみれば命がけと思われる。

ただ、そんな怪しい中年野郎に対して、ミュラー子爵は言葉を続けた。

「ですが、決して敵ではありません」

「……本当か？」

「はい」

淀《よど》みのない態度で語ってみせる。

土壇場でここまで信用してもらえるとは思わなかった。とても嬉しい気分である。そう多く言葉を交わした覚えはないのだけれど、彼のこちらを見つめる眼差しは、普段と何ら変わらないものであった。

だからだろうか、気づけば自然と会話を続けていた。

「ミュラー子爵、もしよろしければ、殿下の具合を診させて頂いてもよろしいでしょうか？　これでも多少は魔法に覚えがございまして、場合によってはお力になれるやもしれません。いかがでしょうか？」

「まさか、ササキ殿は回復魔法を使えるのか？」

「そう大したものではありませんが」

「そういうことであれば、是非とも頼みたい！」

ミュラー子爵の承諾を受けて、中級の回復魔法を試みる。

初級であればつい先日、無詠唱で行使できるようになった。しかし、中級については詠唱を必要とする。両腕を王子様に向けて突き出しつつ、それなりに長い呪文をブツブツと唱える。

対象の足元に魔法陣が浮かび上がった。

そこから光が立ち上ると同時に、王子様の表情が一変する。

「っ……い、痛みが消えていく……」

魔法陣が浮かんでいたのは数十秒ほどである。

過去、野ネズミなどを相手に練習した経験から、これくらいで大丈夫だろうと、適当なタイミングで掲げた腕を下ろす。これを受けて地面に浮かんだ魔法陣は消えてなくなり、輝きも失われた。

「いかがでしょうか？」

「……素晴らしい腕前だ。あれほどの怪我があっという間ではないか」

「どこか痛む箇所はありますか？」

「いや、完治したようだ。この調子であれば、まだまだ歩けそうだ」

身体の具合を確認しつつ、王子様は元気に返事をしてみせた。

ペラっと捲《めく》られたシャツの下からは、細マッチョな腹筋が見えている。顔立ちに優れている上に、肉体美にも恵まれていらっしゃるとは羨ましい。日常的に鍛えているだろうことが容易に窺える身体付きだった。

「しかしまさか、これほどの回復魔法を行使してみせるとは……」

「お褒め頂き恐縮でございます」

「ミュラー子爵も癒やしてやってはくれないか？　怪我をしているのだ」

「承知しました」

王子様の言葉に従い、今度は子爵様をターゲットにして回復魔法を放つ。顔や指先など、目に見えている部分はすぐに癒えた。ただ、肉の下で骨など折れていては大変なので、今し方と同様に数十秒ほど、十分な時間を掛けて治療に当たる。

しばらくすると、ミュラー子爵から声が掛かった。

「その程度で大丈夫だ」

「そうですか？　では」

自己申告に従い、回復魔法の行使を終える。

そうした一連のやり取りも手伝ってだろう。出会って当初の顰《しか》めっ面はどこへやら、王子様のこちらを見つめる表情は、幾分か穏やかなものに変わっていた。これなら落ち着いて会話ができそうである。

「ササキと言ったか？　この度は助かった。礼を言う」

「いえいえ、滅相もありません」

「戦場からほど近い森で我々と出会ったことも、追及は控えておこうと思う。その方にはその方の仕事があったのだろう。ただ、その代わりと言ってはなんだが、共にこの場を脱する為、我々に協力してはもらえないだろうか？」

ピーちゃんと別れたことで、自身も渦中の身の上となる。彼との合流が困難となった現状、王子様やミュラー子爵と協力して危地を脱するというのは、非常に魅力的な選択肢だ。大半が失われた敵国の兵も、どこかに残党が潜んでいるかも知れない。

「承知しました。是非お供させて下さい」

そんなこんなでイケメン二人とパーティーを組む運びとなった。

＊

ミュラー子爵とアドニス王子、二人と共に夜の森を本国に向かい歩く。

なんでも戦場で敵兵に狙われた王子様を庇《かば》ったことで、子爵様は本隊からはぐれてしまったそうだ。それもかなり絶望的な状況であったらしい。これを受けてハーマン商会のメッセンジャーは、彼を死亡したものと考えたと思われる。

対して奇跡的に生き延びた二人は、町に戻る為に行動を共にしているのだとか。

戦死を聞かされていた自分としては、とても嬉しい再会であった。

ちなみに同所はシーカム森林地帯という名前らしい。隣国の軍隊が駐屯していたレクタン平原とは隣り合っており、これを平原とは逆方向に抜けると、ミュラー子爵が治めるエイトリアムの町に通じるのだという。

「ところでササキよ、上で何やら魔法使いが争っているようだが……」

アドニス王子も空の様子が気になるらしい。しきりに頭上を見上げていらっしゃる。

そこでは相変わらず、ピーちゃんが誰とも知れない魔法使いとドンパチやっている。断続的に響く炸裂音が、否応《いやおう》なく地上を進む我々の危機感を煽《あお》ってくれる。流れ弾が飛んできやしないかと、非常に心配だ。

「どうやらそのようでございますね」

「貴殿は何か知らないか？」

「申し訳ありませんが、こればかりは私にも判断がつきません」

「……そうか」

まさか素直にお伝えする訳にはいかなくて、すっとぼける羽目になる。

数え切れないほどのマーゲン帝国の兵を一瞬にして焼き払ってみせたピーちゃん。そんな彼が時間を掛けて対応するような相手なのだから、我々が遭遇したのなら、数秒と経たぬ間に殺されてしまうことだろう。

もどかしく思うのは、彼との物理的な距離だ。

自分という協力者と離れ離れになったことで、ピーちゃんは世界を移る魔法を筆頭とした、一定以上の魔法が使えない。しかし、だからと言って争う彼らに近付こうものなら、逆に足手まといになりかねない。

不意打ちから初手を奪われた現状が、かなり大きく響いていた。

「あれほど大規模な魔法を連発するような相手です。万が一にも遭遇したのなら、我々では太刀打ちすることなど不可能でしょう。気になるのは当然かと思いますが、この場は森を脱して本国に戻ることを優先して頂けたらと」

「ああ、それは承知している」

「ありがとうございます」

ところで、こちらの王子様ってば肩書の割に物分かりがいい。どこの馬の骨とも知れない自分とも、対等に話をして下さっている。パーティー内における意思の疎通は、これ以上ないほどに順調だ。ありがたい限りである。

「殿下、ササキ殿、止まって下さい」

「……敵か?」

「そのようです」

そうこうしていると、ミュラー子爵からエンカウントのお知らせ。

木々の合間を見つめて、その表情が厳しいものに変わった。

腰から剣を抜いて臨戦態勢となる。


相手の武装は定かでないけれど、正規の兵であれば、弓矢くらい持っているのではなかろうか。そのように考えて中級の障壁魔法を行使する。自分の他、子爵様や殿下を含めて、その周りを囲うように障壁を展開した。

その直後、脇から一斉に矢が飛んできた。

数本が障壁に当たって、ぽとりと地面に落ちる。

「ササキは回復魔法のみならず、障壁魔法まで使えるのか」

「師に恵まれまして」

「なるほど、そなたの師は余程優秀な人物なのだろう」

矢の到来に目を見開いて驚いていたのも束の間《つかのま》、アドニス王子は感心した面持ちで、こちらを見つめてみせた。回復魔法と障壁魔法、これら二つの中級魔法を扱えることは、それなりに価値があることのようだ。ピーちゃん様々である。

そうこうしていると、今度はミュラー子爵が声を掛けてきた。

「ササキ殿、この魔法はどれほど持つだろう?」

「それなりに持つとは思いますが、何か策がございますか?」

「このままではジリ貧だ。先手を打って切り込もうと考えている」

「それはあまりにも危険ではありませんか？」

「他になにか手立てがあるか？」

「こちらから魔法を放ってみましょう」

「ササキ殿は攻撃魔法までをも扱えるのか？」

「そこまで選択肢は多くありませんが」

「そういうことであれば、是非とも頼みたい」

いつぞやボウリング場で、姿を消していた能力者の人を狙ったときと同様、矢の飛んできた方向に向かい雷撃の魔法を撃ち放つ。火事にならないか若干心配ではあるけれど、今は贅沢《ぜいたく》を言っている場合でもない。

呪文を省略して、無詠唱でパリパリっと。

すると木々の向こう側から、敵兵と思しき者たちの悲鳴が聞こえてきた。

どうやら直撃したようだ。

時を同じくして、先方に変化があった。

樹木の間から剣を構えた男たちが、我先にと飛び出してきたのである。相手が魔法使いだと理解して、距離を詰めに来たのだろう。こうなると取っ組み合いの喧嘩《けんか》に滅法弱い自分には分が悪い。

「任せてくれ！」

こちらの躊躇《ちゅうちょ》を理解したのか、ミュラー子爵が飛び出していった。

障壁を越えて敵兵の下に駆けていく。

そして、手にした剣で数名からなる一団と、真正面から切り合いを始めた。どうやら子爵様は剣が得意のようだ。人数に勝る相手にも何ら怯《ひる》んだ様子がない。開始早々に一人目を切り裂いてみせた。

ミュラー子爵ってば、とてもお強い。

こちらも傍観してはいられないぞ。

繰り返し雷撃の魔法を放って、子爵様とは距離のある兵を倒していく。取り分け弓や杖を構えた兵を優先して狙う。また、木々の合間に伏兵が潜んでいる可能性もあるので、兵たちの飛び出してきた方角に向かい、繰り返し魔法をバラ撒いた。

争っていたのは時間にして数分ほど。

ミュラー子爵の活躍に自身の魔法も手伝い、無事に敵を倒すことができた。

「ササキ殿、まさか中級の魔法を無詠唱とは恐れ入った」

血塗れの子爵様が、笑顔で我々の下に戻ってくる。

ちょっと怖い。

「いえ、ミュラー子爵こそ凄まじい剣の腕前ではありませんか」

「私より優れた剣士など、他に幾らでもいるさ」

「二人とも素晴らしい働きであった。私は自らの無力が情けない」

アドニス王子が少し凹《へこ》んでいる。

これと言って活躍の場もなく、騒動が過ぎてしまったからだろう。しゅんと気落ちした面持ちで足元を見つめる姿は、そのイケメンと相まって非常に絵になる光景だ。

自分も彼のような美形に生まれたかった。

「殿下にはこうした荒事より、もっと大切な仕事があるではないですか」

「だがしかし、上に立つ人間が強いに越したことはない」

「でしたらこれからでも、ゆっくりと学んでいって下さい。殿下はまだまだお若いのですから、いくらでも挽回《ばんかい》することが可能です。剣の道は身体が出来上がる二十歳を越えてからが本番です。決して悩むことはありません」

「本当か？」

「私も殿下ほどの年頃には、伸び悩んでおりましたので」

「……そうか」

そんな殿下に、同じくイケメンのミュラー子爵が絡む様子は、まるで映画のワンシーンのようである。そうした風景に自分が映り込むことは、とんでもない罪のような気がして、自然と躊躇してしまう。

「ササキ殿、貴殿の魔法には助けられた」

「お役に立てたのであれば何よりです」

「伏兵に気付いた点は流石《さすが》だ。おかげでこちらも自由に動き回ることができた。混戦で恐ろしいのは、やはり弓兵や魔法使いの存在だ。これが存在しているのといないのでは、雲泥の差がある」

「なるほど、そうなのですね」

ミュラー子爵の語り口から、当面の危機は去ったと考えていいだろう。

自身もまた人心地ついた。

「殿下、血の匂いに釣られて、獣や魔物が集まってくる前に場所を移す必要があります。お疲れのところ申し訳ありませんが、すぐにでも移動を始めましょう。我々もかなり血を被《かぶ》っておりますので、なるべく早く動きたく思います」

「ミュラー子爵の言葉に従う。すまないが先導して欲しい」

「ありがとうございます」

空からピーちゃんの頑張る気配を感じつつ、我らは進行を再開した。

＊

どれほど歩いただろうか、段々と空が白み始めてきた。

夜明けが近いようだ。

これといって計測した訳ではないけれど、体感で三、四時間ほどは、森の中を歩いたのではないかと思われる。

そのため自分は当然のこと、現地住民であるミュラー子爵やアドニス王子も、段々と口数が減ってきた。

ただ、依然としてシーカム森林地帯を抜ける気配は見られない。

子爵様の言葉に従えば、もう少しで最寄りの村に到着するとの話である。今はその言葉を信じて黙々と足を動かしている。幸いであったのは、飲料水の心配をしなくてよい点だ。魔法で幾らでも用意することができる。

一方で空の様子はどうかというと、未だ賑《にぎ》やかにズドンズドンと音が聞こえてくる。ピーちゃんも頑張っているようだ。いくら自身と離れているとは言え、彼がそこまで時間を掛けなければならない相手というのが、まるで想像できない。

ちなみに森を進む我々の隊列は、先頭を子爵様、殿《しんがり》を自分、これに前後を挟まれる形でアドニス王子といった塩梅《あんばい》だ。ミュラー子爵の言葉に従えば、殿下は私の命に替えてもお守り致します、とのことである。

「殿下、足は大丈夫ですか？」

「これでも体力はある方だと自負している」

ミュラー子爵からアドニス王子に気遣いの声が届けられる。

かれこれ何度目になるだろうか。

「それはなによりでございます」

「それよりもササキは大丈夫か？　魔法使いには厳しかろう」

おっと、殿下からお気遣いの言葉を頂戴してしまった。

偉い人から気配りを受けると、普段の三割増しで嬉しい気分。

「疲労は回復魔法で和らぎますので、まだ大丈夫です」

「なるほど、そうであったか」

「疲労まで癒やすとは、ササキ殿の回復魔法はかなりのものだな」

二人が健脚なので、ちょこちょこ行使して足腰を癒やしながら、どうにかこうにか付いて行っている。電車や自動車に慣れた現代人には、山歩きはとんでもない重労働である。回復魔法がなければ、今頃は挫けていただろう。

そのせいか少しだけ呪文を端折《はしょ》っても使えるようになった。

「あと少し歩けば集落に着きます。この辺りは過去にオークの討伐で訪れた覚えがあるので、なんとなくですが土地勘があるのです。殿下、ササキ殿、最後のひと踏ん張りです。気を抜かずに頑張りま……」

先頭をゆくミュラー子爵から、励ましの言葉が与えられる。

これと時を同じくしての出来事だ。

我々の向かう先から、グォオオオオという咆哮《ほうこう》が聞こえてきた。

およそ人が発したとは思えない声だった。

いいや、声と称していいのかどうか、悩みたくなるサウンドだ。

「ミュラー子爵、なにやら危うい響きが聞こえてきたが」

「……今のはオークの声ですね」

「オークか……」

「隣国の進軍を受けて、刺激された個体が出てきたのやもしれません」

「そうなるとこの辺りにあるという村も、危ういのではないか？」

「おっしゃる通りです」

殿下とミュラー子爵の間で、何やら不穏な会話が交わされ始める。

こちらの世界に魔物と呼ばれる生き物が存在していることは、ピーちゃんから何度か聞いている。程度もピンきりであって、彼と大差ないサイズの弱々しいものから、大型のクジラを超えるビッグサイズまで、実に様々とのこと。

「ミュラー子爵、ササキ、このような状況で申し訳ないとは思うのだが、村の様子を確認することはできないだろうか？　もしも被害が出ているようであれば、情報を持ち帰って騎士団を派遣したい」

「承知しました」

殿下からの問い掛けに子爵様は二つ返事で頷いた。

こうなると自分も断る訳にはいかない。

個人的には迂回《うかい》するべきだと強く進言したい。空では依然としてピーちゃんもバトっているし、なるべく早く森を離れるべきだと思う。しかし、ブレイブハートを滾《たぎ》らせる二人を前に、ノーと言う胆力が自分にはなかった。

それにこちらが断ったら、彼らは二人で行ってしまうことだろう。

その無事を願うのであれば、回復魔法や障壁魔法は必須である。

当面は謎の魔法使いポジで頑張るとしよう。

「是非お付き合いさせて頂きます」

「すまないな、ササキよ。この礼は必ずする」

「いえいえ、滅相もありません」

一路、我々は咆哮の下まで、急ぎ足で向かう運びとなった。

＊

結論から言うと、森に魔物はいた。それも結構な数が確認された。

更にミュラー子爵が目指していた村を絶賛アタック中。

魔物は事前に説明を受けたとおり、オークなる生き物。身の丈二メートルから三メートルほどの、筋骨たくましい姿をしている。それなりに知性があるらしく、手には武器を握っており、これを振り回して暴れている。

見た目はネットでオークと画像検索したら出てくる感じ。

異世界一年生の自分は圧倒されている。

「これはまた随分と恐ろしい生き物ですね」

「ササキ殿はオークを見るのは初めてか？」

「はい、初めてとなります」

「ならば気をつけるといい。世の中の騎士や冒険者たちは、これを比較的軽く扱うきらいがあるが、数が集まると中々厄介な魔物だ。今回のように徒党を組んでいる場合、十分に注意しなければならない」

「なるほど」

現在の我々は村の外れから、木々の茂み越しに隠れて様子を窺っている。ちょっとした柵のようなものを越えて、その先では村人たちの逃げ惑う姿が確認できた。殺されていたり、犯されていたり、それはもう大変な騒ぎである。

ところで、犯されている人の大半は女性だが、男性の姿もチラホラと。

「ミュラー子爵、想像していたよりオークの数が多い。このままでは騎士団を派遣する前に、村は壊滅してしまうだろう。この期に及んで悪いとは思うが、どうにかして、この村を救うことはできないだろうか？」

「……そうですね」

なんということだ、この状況で村のことを考えているぞ殿下。

しかも、ミュラー子爵も前向きに検討しているっぽい。

なんて正義感に溢《あふ》れた男たちだ。

「ササキ殿の援護を得られれば、あるいはなんとか」

「本当か!?」

そうかと思えば、ジッとこちらに視線が向けられる。

ミュラー子爵のみならず、殿下からも熱い眼差しがひしひしと。

「ササキよ、我々に協力してはもらえないだろうか。無事に城まで戻ったのなら、十分な礼を約束する。私はこの村を見捨てたくないのだ。このとおりだ、どうか我々に手を貸してやって欲しい」

「…………」

「私は戦場でマーゲン帝国の軍勢を見た。この国はいずれ攻め滅ぼされるだろう。私も近い将来、断頭台に消える運命だ。だからこそ、せめて今この手に届く民だけでも、助けてから死にたいと強く思う」

腐敗も著しいと評判のヘルツ王国ではあるが、第二王子に限っては例外のようである。真剣な眼差しでこちらを見つめる姿には、本心から村の人たちを心配する心情が見て取れた。もちろん自らの死期が迫っている影響も大きいのだろうけれど。

こうなるとミュラー子爵の注目も手伝い、なかなか断り難《にく》い。

もしかしたら彼もまた、殿下と似たような感慨を胸に抱いているのかも知れない。人間、自身の終わりを意識すると、生まれてきた理由だとか、生きてきた足跡だとか、そういったものを残したがる。

「そうですね……」

そして、よくよく考えてみると、二人からの提案は決して悪いことばかりではない。

延々と歩き通しであった我々だから、一時の寝床を確保するという意味では、この村の存在は非常に大きい。また食糧の問題もある。飲み水こそ魔法で解決できても、食べ物に関しては別途手に入れる必要があった。

この村を救うことで得られるメリットは大きい。

「承知しました。ご協力させて下さい」

「ありがとう、ササキよ。とても頼もしく思う」

「お二人の心意気に触れて、私も活力が湧いて参りました」

どうせやるなら、存分に恩を売っていこう。

気持ち良く頷いてみせたところで、オーク討伐が始まった。

＊

対オークの作戦については、昨晩マーゲン帝国の兵を退けた時と同様だ。

前衛にミュラー子爵、後衛を自分。

ただし、今回はこれにアドニス王子も混ざるとのこと。ポジション的には前衛。

回復や防御を担当する自身は気が気でない。万が一にも怪我をさせてしまった日には、後でお偉いさん方から何を言われるか。回復魔法で治癒できるとはいえ、肝が冷える思いである。死んでしまったりしたら目も当てられない。

そこで十分に魔力を注《つ》ぎ込んだ障壁魔法により、守りを固めつつの進攻と相成った。二人は魔力切れなる現象を心配していたが、大丈夫だと伝えておいた。これればかりは遠慮していられない。

そして、我々が村に一歩を踏み込むと、オークはすぐに襲いかかってきた。

屋内にも少なくない数が隠れていたようで、パッと見た限りであっても、二十匹近いオークが群れていた。それがこちらの雷撃魔法を受けて、一様に反応を見せた。次から次へと村の入口に立った我々に迫ってくる。

しばらくは自身の見せ場だ。

距離がある内に雷撃魔法を連発して、その数を減らしていく。

ピーちゃんは中級魔法としては下の方だと語っていたけれど、これがなかなか威力を発揮した。頭部や胸部に一撃を当てると、ほとんどは絶命した。狙いが外れてしまった個体も、大半は地面に蹲《うずくま》って呻《うめ》き始める。開始早々、十数匹ほどを倒すことに成功した。

それでも少数、接近を許した個体に対して、ミュラー子爵と殿下が向かう。

二人は剣を手に協力してオークを屠《ほふ》っていく。子爵様は相変わらずお強い。人間の相手をしていた時と変わらず、落ち着いて的確に急所を突いていた。オークが振り回す斧《おの》を危なげなく避《よ》ける姿はとても格好良く映る。

これに追従する形で、殿下も奮闘していらっしゃる。ただし、腕前的には努力賞。ヒヤッとするシーンも時々見受けられて、これを子爵様の剣によるサポートや、こちらから障壁魔法を飛ばすことで、どうにか凌いでいく。

「ササキ殿、そちらに弓を構えた個体が！」

「承知しました」

ミュラー子爵の指示に従い、家屋の陰に向かい雷撃魔法を撃ち放つ。

民家に隠れて我々を狙っていたようだ。

事前に彼から受けた忠告通り、群れで出会うと大変やっかいな魔物である。手にしていた弓や矢も、人間が運用するものと比べて、かなり大型のものだ。まともに受けては身体に大穴が空いてしまいそうなほど。

ピーちゃん印の魔法がなかったら、まさか挑もうとは思えない。

また、攻撃の手と併せて目に見える範囲で、倒れた村の人々に回復魔法を掛けていく。無事にオークを倒せたとしても、村人が全滅とか悲しすぎる。できる限りのことはしておくべきだろう。

「……殿下、このオークたちは妙です」

「どうしたというのだ？」

「オークの群れにしては、数があまりにも多いのです」

アドニス王子に対して、ミュラー子爵から相談の声が上がった。

何やら異変に気づいたみたいだ。

「通常であればオークは、一匹のボスオークに率いられる形で、十数匹ほどの群れを作り生活をします。それがこの村のオークたちは二十四以上、いいえ、こうして見えているだけでも、三十を超えています」

「そうなのか？」

「場合によっては、上位個体により率いられている可能性が……」

オークたちを眺めて、子爵様が話を続けようとした矢先のこと。

グォオオオオオオという咆哮がどこからか聞こえてきた。

これまでも引っ切り無しに上がっていたオークの叫び声である。ただし、そこかしこから聞こえてくる音と比較しては、段違いにパワフルなものだ。お腹《なか》の内側がビリビリと痺《しび》れるような感覚を受ける。

「これは不味《まず》いっ」

ミュラー子爵の表情が一変を見せた。

その顔から余裕が消える。

「ミュラー子爵、今の咆哮はオークのものか!?」

「オークには違いありませんが、十中八九、上位の個体と思われます。どの程度の力を備えているのかは分かりませんが、この群れの規模からして、相応の力を蓄えているのではないかと存じます」

「私も話には聞いたことがある。生まれながら魔力に恵まれるか、偶発的に魔力を手に入れるかして、通常の個体より歳《とし》を重ねた存在を上位と呼ぶのだったな。以前、星の賢者殿から講釈を受けた覚えがある」

「そのとおりです。恐れ入りますが殿下は、ササキ殿のもとまでお下がりください。もしも相手が上位個体となると、オークであっても強敵です。場合によっては、我々だけでは討伐が不可能かも知れません」

「以前から気になっていたのだが、それはハイオークとは違うのか？」

「あれもオークではありますが、この場で活動している通常のオークとは別の種となります。同時にハイオークにもまた、オークと同じように上位の個体が存在します。ハイオークの上位個体ともなると、我々人間では軍兵を率いねば太刀打ちできません」

「なるほど、流石はミュラー子爵だ。勉強になる」

「いえ、私も星の賢者様から講釈を受けた身の上に過ぎません」

子爵様の言葉に従い、殿下がこちらの隣まで下がってきた。

所々に小さな怪我をしていたので、回復魔法で癒やして差し上げる。身体や服にこびりついた血液こそ拭えないが、その下に窺えた怪我は、パッと見たところ行使から数秒ほどで全てが癒えた。

「すまない、ササキよ。貴殿のおかげで助かった」

「いいえ、恐れ多くございます」

「このまま何事もなく倒すことができればいいのだが……」

アドニス王子の容態を確認して、再び意識を村の中ほどに向ける。

目に見える範囲については、片っ端から雷撃の魔法を放ったことで、だいぶ落ち着いてきている。奥から次々と姿を現してきたオークだが、いよいよ底が見えてきたのではなかろうか。

村人の亡骸《なきがら》に混じって、随所にオークの遺体が散らばっている。

そこに動いている個体は見受けられない。

こうなるとやはり問題は、ミュラー子爵が口にした上位の個体とやらだろうか。その仰々しい語りっぷりに相応《ふさわ》しく、彼はオークの咆哮が聞こえてきた方角に向かい、緊張した面持ちで身構えている。

手持ち無沙汰となった自身は後方から、引き続き村人たちに回復魔法を放つ。既に事切れてしまった人はどうにもならない。けれど、生きてさえいれば意外となんとかなるのが、中級の回復魔法の凄いところだ。

「ミュラー子爵、ササキ、あそこだっ！」

そうこうしていると、殿下が声も大きく叫んだ。彼の視線が指し示す先には、村の通りをこちらに向かい、ドスンドスンと駆けてくるオークの姿が。どうやら集落を越えた先にある森に姿を隠していたようである。

しかもこれがまた、やたらと大きいからどうしたものか。普通のオークの倍近いサイズ感である。周囲に立ち並んだ家々などより遥かに大きい。一体どこに潜んでいたのかと疑問に思うほどである。

その姿を目の当たりにしては、ミュラー子爵も呆然《ぼうぜん》だ。

「なっ、あ、あれ程のサイズとは……」

「ミュラー子爵、先制して魔法を放ちます！」

「ああ、頼んだササキ殿っ」

接近を受ける側としては、身の震える思いだ。

まさか近づかれては堪《たま》らない。

ありったけの魔力を込めて雷撃の魔法を撃ち放つ。

目にも留まらぬ速さで走った光の煌めき。その一端が駆けるオークの腹部を捉えた。バシンという大きな音を立てて、我々の見つめる先で雷撃が弾ける。直後にオークは転倒して、頭から地面に転がった。

これが手前十数メートルの地点。

倒れたオークを祈るような眼差しで見つめる。

どうか起き上がらないで欲しいと。

しかし、残念ながら祈りは通じなかった。

「グォオオオオオオオ！」

耳が痛くなるほどの咆哮とともに、オークが身体を起こした。

腹部には雷撃を受けて焼け焦げた跡が見て取れる。だが、致命傷とまでは至っていない。自らの足で立ち上がるとともに、未だ戦意を失った気配もなく、ぎょろりとこちらを睨みつけてくれる。

怒り心頭のご様子。

「…………」

希望の光であるピーちゃんは、依然として空の上に掛かり切り。

これはいよいよ、死んだかも知れない。

さて、どうしたものか。

魔法担当は続く一手に頭を悩ませる。

その間にオークに向けて、ミュラー子爵が駆け出した。

力強く剣を振り上げて、果敢にも挑んでいく。

あまりにもおっかない光景だ。それこそ積み荷満載で暴走する十トントラックに対して、軽自動車で幅寄せを行うようなものである。背丈が高ければ肉付きも優れている。相手は指一本が人間の手足と大差ない太さの化け物だ。

「っ……」

オークが拳を振り下ろす。

これを危ういながらも避けて、代わりに剣で切りつける。手首の血管を狙っての一撃であった。しかし、踏み込みが浅かったのか、それとも振り下ろす勢いが足りていないのか、浅く表皮を切り裂いただけで終わった。

直後に相手の足が動いた。

爪先で蹴り上げるようにして、ミュラー子爵を狙う。

これが思ったよりも俊敏だ。

「がっ……」

子爵様は後方に身を飛ばして回避を試みる。しかし、相手の圧倒的なリーチから逃れることができず、蹴り飛ばされてしまった。勢い付いた肉体は、そのまま空中で弧を描いて、我々のもとまで飛んできた。

「っ……」

背中から地面に落ちて、口から血液を吹き出す。どうやら内臓をやられてしまったようだ。

これはいけない。

「ミュラー子爵、すぐに回復をしますので！」

大急ぎで回復魔法の呪文を唱え始める。しかし、それを許してくれる相手ではなかった。ドスンドスンと大きな足音を立ててこちらに迫ってくる。十数メートルの距離など、相手の巨漢からすれば、ほんの数秒でゼロだった。足が長いって素敵だよな。

「殿下、子爵をお願いしますっ！」

「任せてくれ！」

殿下にお願いしてミュラー子爵を障壁魔法の内側に入れてもらう。

急がなければならない。

このままでは三人まとめてぺちゃんこだ。

回復魔法はキャンセル。

代わりに我々の周りを囲うように展開した障壁魔法に魔力を込める。どれほどの効果があるかは知らないが、やらないよりはマシだろう。絶えず構えていてよかった。呪文を詠唱している暇など皆無である。

「グォオオオオオオ！」

直後、オークの拳が障壁魔法を叩《たた》いた。

ガツンと景気の良い音が近隣一帯に響く。

そのままパリンと逝ってしまうかとも考えたのだけれど、障壁魔法は無事にオークの一撃に耐えてみせた。庇護の下にある我々も無事だ。ただし、メンタル的には無事とはいい難い。ちょっと漏らしてしまった。

だってすぐ先に、オークの巨大な拳骨《げんこつ》が控えているのだもの。

「ササキ！」

「落ち着いて下さい、殿下。まずはミュラー子爵を治療します」

見れば殿下もズボンを濡らしていらっしゃる。

しかも自分とは違って、かなり豪快に湿っている。

大洪水だ。

よかった、お漏らし仲間がいて。

妙な仲間意識を覚えつつ、ミュラー子爵に回復魔法を行使する。

その間も障壁魔法の外では、オークが派手に暴れまわっている。半透明の壁を外側からガツンガツンと殴ったり蹴ったり、それはもうやりたい放題だ。あまりにもおっかなくて、呪文を間違えそうになった。めっちゃ焦る。

ピーちゃんならそれもこれも、全て無詠唱だったことだろう。

「ぐっ……た、助かった。すまない、ササキ殿」

「いえいえ、お気になさらずに」

回復魔法を受けて、子爵様が息を吹き返した。

それとなくズボンに目を向けると、彼も漏れなく漏れている。どこぞの軍が公開した情報では、激戦を経験した兵の約半分が漏らしていたという。むしろ大きい方の匂いが漂ってこないことを、我々は誇りに思うとしよう。

しかし、これから先どうしたものか。

「このオークが相手では、我々だけでは厳しいな……」

「おっしゃる通り、攻め手に欠けますね」

障壁の内側、お漏らし三人衆で作戦会議。

現状、雷撃の魔法は我々にとって最大の攻撃だ。これに真正面から耐えた上に、ミュラー子爵の剣も浅く皮を裂いたばかり。こうなると、目の前のオークを打倒する手立ては限られてくる。

「すまない、ササキよ。私が妙なことを考えたばかりに」

「まだ負けた訳ではありませんよ、殿下」

「だが……」

オークの上位個体に対して、中級の障壁魔法が有効であることは分かった。

少なくとも守りについては十分なものだ。

それなら最悪、幾十回、幾百回と雷撃魔法を浴びせることも可能である。幸い魔力なるエナジーについては余裕がある。ピーちゃんが景気よく沢山恵んで下さったからだろう。なんでも魔力が枯渇し始めると、段々と身体が怠《だる》くなっていくのだとか。

過去に練習の過程では、短時間に何十回と魔法を撃ってきたが、そうした経験は一度もない。オークにはオークの強みがある一方、我々も部分的には優位に立てている点があると考えて差し支えないだろう。

ただし、先方の障壁を殴り続ける姿は、眺めていて心臓によろしくない。次の瞬間にでもこちらの魔法が破られて、ショベルカーのスコップほどもある拳骨に殴られるのではないかと危惧してしまう。

念のためにもう一枚、内側に障壁を張っておくことにしよう。

殿下とミュラー子爵に断りを入れて、障壁魔法を二枚重ねで展開する。

耐久力に不安がある現場では、当面は二重構えで運用しようと思う。

「ササキ殿はかなり強固な障壁魔法を使うのだな」

「そうは言っても、耐久力には未だ不安が残ります」

「上位個体を相手に、ここまで防ぐのは大したものだと思う。それも他の魔法使いと協力するのではなく、一人で行使してみせたのだ。その肩書が宮廷魔法使いだったと言われても、なんら不思議ではない」

「複数人で行使することもあるのですか？」

ミュラー子爵の言葉に情報を見つけた。

ピーちゃんからも伝えられていなかったものだ。

「中級以上の魔法は複数人で行使することも多いと聞く。上級以上ともなれば、単独で行使可能な魔法使いは限られてくる。だからこそ私は空の上で続けられている争いが、今も気になって仕方がないのだ」

「なるほど、そうだったのですか」

「あれはどう見ても上位の中級魔法、いや、上級魔法の応酬だろう」

「………………」

ピーちゃんに教えてもらった魔法のイロハと、ミュラー子爵の語ってみせる世の中の魔法使い感とでは、かなりスケールが違っているような気がする。前者の言葉に従ったのなら、中級の障壁魔法を覚えて一人前、みたいな雰囲気であった。

「雷撃の魔法で相手の体力を削ってみようと思うのですが、構いませんか？」

「ぜひ頼む。情けない話で申し訳ないが、私の剣でこのオークを倒すことは不可能だ」

「承知しました」

「ただ、ササキ殿も十分に気をつけて欲しい。一口にオークとは言っても、これほど巨大な個体ともなれば、ハイオークに勝るとも劣らないと思われる。十分に歳を重ねた上位個体は、同族の上位種を超えることもあると聞く」

「なるほど」

最初に撃ち放った一発も、決してダメージがゼロという訳ではない。表皮には焼け焦げた跡が見受けられる。数を重ねればそれなりに弱らせることができるだろう。そうなればミュラー子爵と協力して、打倒することも不可能ではないと思う。

「それでは……」

眼球や足の関節、股間、皮膚の薄そうな部位を対象に魔法を照準する。

そして、いざ魔法を発射せんと意識を尖《とが》らせた間際の出来事である。

急に空から人の形をした何かが降ってきて、オークを直撃した。

ズドンと大きな音と共に、巨漢が仰向《あおむ》けに倒れる。

かなりの勢いを伴い衝突したようで、横転したオークの肉体は石畳を砕いて、地面にめり込んでしまっていた。まるで隕石《いんせき》の衝突でも受けたかのようである。ほんの僅かな一瞬の出来事であった。

これを正面から目撃した我々は驚きだ。

また漏らすかと思った。

殿下はもれなく漏らしている。染み、拡大。

「こ、今度はなんだっ!?」

焦りに焦ったアドニス王子の声が、近隣一帯に大きく響き渡った。

＊

空からの飛来物を受けて、大型のオークは一撃でノックダウン。

自《おの》ずと意識は頭上に向かう。これまでの経緯を思えば当然の反応だ。つい今し方まで、花火でも打ち上げているが如《ごと》く賑わっていた空である。ミュラー子爵やアドニス王子も同様に、大きく空を仰いでいらっしゃる。

すると目に入ったのは、天空から舞い降りた一羽の可愛らしい文鳥だ。

『すまない、助けに入るのが遅れた』

ピーちゃんである。

彼はヒラリと空を舞って、こちらの肩に止まった。

いつもの位置に、いつもの姿。

ラブリーな眼差しが堪らない。

なんだかとても落ち着く。

出会ってから僅か数十日の付き合いなのに。

「ピーちゃん、なんか空から落ちてきたんだけど……」

『うむ、思ったよりも時間が掛かってしまった。それと貴様を空に放り出してしまったこと、大変申し訳なく思う。下手をすれば死んでいた。それもこれも私の失態だ、本当にすまなかった』

わざわざ頭を下げてまで語ってみせるピーちゃん。

文鳥がお辞儀する仕草、めっちゃ可愛い。

子爵様や殿下の前で喋ってしまって大丈夫なのかと、一連の振る舞いが気にならないでもない。ただ、今はそれ以上に気を揉《も》む事柄があった。それは彼の身体に付着した血液と思しき赤い液体。

「もしかして、怪我とかしてる？　大丈夫？」

飼い主としては見ていて気が気でない姿だ。

外見が小柄な文鳥だから、小さな擦り傷一つでも不安を覚える。鳥類の翼はとても繊細で、僅かな怪我でも空を飛べなくなるとか、ペットショップの山田さんから聞いた。回復魔法を使える彼だから、大丈夫だとは思うけれど、それでもやっぱり心配だ。

『大したことはない。大半は返り血だ』

「ならいいんだけど……」

『服を汚してしまったらすまない』

「いやいや、そんなのどうでもいいよ。ペットの体調の方が心配だから」

『私は貴様の身体が心配だ。落下の影響は大丈夫か？』

「ピーちゃんに教えてもらった魔法のおかげで助かったよ」

『そうか、それなら良かった……』

ホッとした様子で呟く姿も愛らしい。

こうして話ができるのが嬉しくて、思わず会話が弾む。

ピーちゃん、マジ癒やし系。

そうこうしていると、倒れたオークに反応があった。

どうやら意識が戻ったようで、地面に手をついてゆっくりと立ち上がる。上に乗っかっていた空からの落下物は、先方の手によってゴミでも投げるように、脇へと放られた。

垣間《かいま》見《み》えた肌の色は、空で確認したとおり紫色である。

やはり、ピーちゃんを襲った人物は、普通の人間ではないみたいだ。

『オークの上位個体か』

起き上がった巨体を眺めて、ピーちゃんが呟いた。

もしや彼でも苦戦する相手だったりするのだろうか。

などと考えたのも束の間、ラブリー文鳥の翼が動いた。

右から左へヒュッと一閃《いっせん》。

するとオークの首がスパッと切断されて、バシャバシャと大量の血液が切断面から吹き出し始めた。その身体が直立していたのは、ほんの数秒の出来事である。立ち上がったばかりの肉体は、再び地面に倒れ伏した。

今度はうつ伏せだ。

そして、以降はピクリとも動かなくなった。

ピーちゃん、めっちゃ強い。

我々の奮闘が霞《かす》んで見える。

『この世界の生き物は様々な要因から魔力を手に入れて、より長い寿命を得ると共に、種を同じくする他の個体とは一線を画した優れた存在に育つことがある。これをその種における上位の個体という』

「なるほど」

ミュラー子爵からも同じことを教わった。

この場は素直に頷いておこう。

実体験後に即座、こうして講釈が始まるのがピーちゃんっぽくて好きだ。

『こうした個体の在り方はピンきりだ。たとえば通常のオークであっても、魔力を手にして長い時間を生きれば、より強力な上位種であるハイオークを超えることもある。そこに転がっている個体も、恐らく並のハイオークより強力な個体だろう』

子爵様も似たようなことを言っていた。本人は星の賢者様から聞いたと言っていたので、恐らくこうして聞かされている話が元祖だと思われる。本家本元とあって、その説明はより詳細なものだ。

『そして、これは人間であっても起こり得る現象だ』

「え、そうなの？」

それは初耳だ。

どうやら魔物に限った話ではないようである。

『そういった意味では、私や貴様は人間の上位個体だ』

「……なるほど」

いつの間にか人類枠から一歩はみ出ていたようだ。

次の健康診断が怖くなってきた。

身の丈が急に伸びたりしたらどうしよう。局で受けた健康診断では、これといって指摘も挙がらなかったけれど、今後はどうだか分からない。髪の毛がフサフサになる分には大歓迎なのだけれど。っていうか、むしろフサって欲しい。

『ただし、一口に上位とは言っても、その振れ幅はピンきりだ。もしも今後、同様に上位個体と争うことがあったら、その点に注意するべきだろう。同じオークの上位であっても、ドラゴンに勝るような個体さえ存在する』

「前にも聞いたけど、ドラゴンって結構普通にいる感じ?」

『うむ、いるぞ。場所によっては割と沢山いる』

「人間にも起こるってことは、家畜や害獣なんかでも起こるのかな?」

『ああ、そういうことだ。生き物のみならず植物にも発現する』

こちらの世界にゴキブリやゲジゲジ、カマドウマといった昆虫が存在しているかどうかは知らない。ただ、状況如何《いかん》によっては、そうした生き物が急に巨大化して、人類に牙を剥く可能性もあるということだ。

なんて恐ろしいのだろう、上位個体。

「勉強になるよ、ピーちゃん」

『しかしなんだ、貴様のこれまでの努力を無駄にしてしまったな……』

ピーちゃんの視線がチラリと、子爵様や殿下に向かった。

我々の会話は当然、二人の耳にも入っていることだろう。人語を解する小鳥が歪《いびつ》な存在であることは、ミュラー子爵の娘さんの反応からも理解している。更にオークの首を一撃で刈り取って見せたとあっては、疑問を抱かない訳がない。

ただ、そうは言ってもピーちゃんに助けてもらわねば、我々には荷の重い相手であったのも事実だ。これに異論を唱えることはできない。彼もそれを理解しているからこそ、こうして人前でお喋りをしてまで、助けに来てくれたのだろう。

ピーちゃんと現地で合流できた点はとても喜ばしい。

今し方の上位個体に関する説明っぷりから察するに、

急な登場も我々の身を案じての対応だろう。身バレして一番困るのはピーちゃん本人だ。そうでなければ他の誰よりも彼自身が、その存在を隠しておきたかったに違いない。

「ササキ殿、その小鳥はいったい……」

ミュラー子爵からお声が上がった。

隣ではアドニス王子も物言いたげな表情である。

「こちらは私の魔法の師匠となります」

「なんと、ササキ殿の師匠殿かっ！」

既に色々と魔法を見せつけてしまっている手前、最低限のご説明はさせて頂くことにした。子爵様に限っては、性格も誠実で口の堅そうな方だし、秘密を共有する相手としては、立場的にも申し分ない。そう前向きに考えることにした。

殿下については些か不安が残るが、まあ、これはばかりは仕方がない。

『いきなりやって来て、挨拶もなしにすまなかったな』

「いえ、そ、それは構わないのですが……」

文鳥から語り掛けられたことを受けて、狼狽《うろた》えるミュラー子爵。アドニス王子と併せて、二人の視線はピーちゃんとオーク、そして、オークにぶつかった何者かとの間で行ったり来たりしている。

取り分け最後の手合いについては、自身も非常に気になる。

たぶん、今までピーちゃんと戦っていた相手なのだろう。

見たところ人間ではなさそうだ。胴体に手足や首が生えている点は人と変わらない。顔立ちも我々とほとんど同じだ。値の張りそうな衣服をまとっており、文化レベルも人と大差ないのではなかろうか。

ただし、肌の色が紫である。また、頭には羊っぽい角が生えている。

『見ての通り、隣国には魔族が入り込んでいたようだ』

「な、なんとっ……」

何気ないピーちゃんの呟きを受けて、ミュラー子爵が声を上げた。

キーワードは魔族。

魔物とはまた違った響きを感じる。

「ピーちゃん、魔族っていうのはどういう……」

『魔族というのは、そこに倒れているような外見をした種族だ。我々が人間、人族として扱われているように、この者たちは魔族という呼称で扱われる。人よりも優れた魔力や身体能力、そして長い寿命を持つ種族だ』

「なるほど」

そういう生き物がいる、とでも覚えておけば大丈夫だろう。

あれこれと尋ねて、会話の流れを妨げるのはよろしくない。異世界一年生である自分の理解を待っていては差し支えが出る。この場には自身の他にも、ミュラー子爵やアドニス王子がいらっしゃるし。

『本来であれば北の大陸に国を構えて住まっているのだが、こうして他所へとちょっかいを出しに来る者もいる。その中でもこの個体は、たびたび人の世に絡んで騒動を起こしている。我とも面識があった』

オークの傍らに倒れた紫色の人を眺めてピーちゃんは語る。

ピクリピクリと手足が震えているので、死んではいないようだ。

「え、知り合いだったの？」

『巷《ちまた》では血の魔女などと呼ばれているらしいが……』

「血の魔女!?　七人いる大戦犯の一人ではありませんかっ！」

ミュラー子爵、驚いてばかりである。

隣ではアドニス王子も、驚愕《きょうがく》から目を見開いていらっしゃる。

どうやら結構な有名人のようだ。

『人の世に紛れて遊ぶのが癖になってしまったのだろう。本来であれば魔族とは、もう少しストイックな生き物なのだが、甘い汁を吸ってしまったが故の怠惰であろうな。今回の騒動に対しても、多少なりとも関係しているのではなかろうか』

「なんと、そのようなことが……」

現代の価値観で置き換えて考えると、サッカー選手だとか芸能人だとか、そういったポジションにある人物と思われる。同じく有名人枠に立っているだろうピーちゃんが苦労していたのも納得だ。

『ちなみにこの者も、魔族の上位個体となる』

「なんというか、上位個体っていうのは割とそこかしこにいるんだね」

『優秀な個体だからこそ、人目に留まる機会が多いのだ。

種全体からすれば、そう数が存在している訳ではない。

そして、だからこそ予期せず出会ったときの対処に困る。

そこのオークにしても驚いたことだろう？』

「ピーちゃんの言う通り、それはもう驚いたよ」

『人の世の中には、こうした上位個体に名前やランク付けを行い、生態調査を行わんとする動きもある。とりわけ凶暴な個体については、その遭遇が自然災害に匹敵するような場合も少なくない。興味があるならば調べてみるのもいいだろう』

剣と魔法のファンタジーだからと少し侮っていた。こちらの世界でも、そうした文化的な仕組み作りは各所で行われているようだ。もしかしたらピーちゃんもカテゴライズされていたりするのかも知れない。

星の賢者、ランクA、みたいな。

「ササキ殿、我々からも少しいいだろうか？」

そうこうしているとミュラー子爵から声が上がった。

自分がピーちゃんを独占してしまったからだろう。

「あ、はい。いきなり話し込んでしまって申し訳ないです」

「いいや、それは構わないのだが……」

どこか言いにくそうに子爵様は言葉を続けた。

それは自身が彼に対して、意図して黙っていた事柄となる。

「つい先月、物資の調達に際して貴殿には、色々と苦労を掛けたと思う。その時に躊躇していたのは、もしやそちらのお師匠殿の手助けが影響してのことだろうか？」

これまたお返事に悩む問い掛けだ。

恐らくミュラー子爵は、こちらの肩に止まった愛らしい文鳥の存在が、体育館ほどもある大きな倉庫を僅か数日で食糧で満たしてみせた現象、瞬間移動の魔法に関連していると考えたのだろう。大正解である。

そもそも自分が瞬間移動の魔法を行使できたのなら、わざわざ森の中を苦労して歩きまわる必要はなかった。ミュラー子爵とアドニス殿下を連れて、すぐにでも町に帰還することができた筈である。

これをしなかった、という時点で、彼の推測は確信にも近いことだろう。

もしも自身が同じ立場にあったら、森で出会って早々、いの一番に確認しているのではなかろうか。それを今まで黙っていた上に、質問をするにしても色々とぼかしを入れて、約束をちゃんと守ってくれている。

　今更ながら、彼の人格は本物だと思った。

「ええ、そのとおりです。黙っていてすみませんでした」

「いや、こちらこそ突っ込んだ確認を申し訳ない」

「できれば師匠の存在と併せて、秘密にして頂けると嬉しいのですが」

「それはもちろんだ。殿下もどうか、お願いできませんか？」

「ああ、貴殿らは私の命の恩人だ。その存在は誰にも語るまい」

「ありがとうございます」

　ミュラー子爵を通じてアドニス王子の口止めも完了である。

　後者についてはどこまで信用できるか定かでない。ただ、これまで行動を共にしてみた感じ、割と真摯な人物と思われる。オークに襲われている村を確認して、我先にとブレイブしてみせた姿は記憶に新しい。

　しかもヘルツ王国においては、かなり偉い人のようである。なんたって王子様。貴族より上に在ると思しき王族。この場であれこれと気にし過ぎて、彼の心証を悪くすることは避けたい。お願いはこれくらいにしておこうか。

「ただ、どうしても確認させて頂きたいことがあります」

　ミュラー子爵が続けざまに声を上げた。

　その視線は肩の上のラブリー文鳥に向けられている。

『なんだ？』

「貴方様は、もしや星の賢者様ではありませんか？」

『…………』

　おっと、油断をしていたら直球をもらってしまったぞ。

＊

　人が鳥に変化した、なんて話は現代人であれば到底考えられない。

　だがしかし、魔法なる現象が存在しているこちらの世界においては、ふと脳裏に湧いて浮かぶ想像であったりするのかも知れない。ミュラー子爵は至って真面目な表情で、弟子の肩に止まった文鳥を見つめている。

　冗談を言ってやり過ごせるような状況ではなさそうだ。

　彼の娘さんに偶然からツッコミを受けた時とは状況が

異なる。今回ばかりはピーちゃんも、ピーピーして誤魔《ごま》化《か》すことは難しそうだ。個人的な意見としては、是非とも見てみたい光景なのだけれど。

そうした雰囲気を察してか、文鳥殿は厳かにも頷いて見せた。

『何故そのように考えた？』

「その語り口、私は覚えがございます」

めっちゃダンディーな語り口である。

直前にピッ……、と僅かばかり、彼の声が聞こえたのは気のせいだ。

星の賢者様の尊厳の為にも、聞かなかったことにしておこう。

『……………』

「私が他の誰よりも尊敬するお方の口調にそっくりなのです」

すがるような眼差しを向けるミュラー子爵。

彼と出会ってからこの方、初めて目撃する表情だった。

「いかがでしょうか？」

登場からしばらく、あれこれと語っていたピーちゃんに、ミュラー子爵は星の賢者様の姿を重ねたようだ。そう考えるとやはり、二人の間には相応の交流があったのではなかろうか、なんて考えてしまう。

そして、彼からの懇願にも似た物言いを受けて、ピーちゃんは応じた。

『久しいな、ユリウスよ』

「っ……」

途端に子爵様のお顔がクシャッとなった。

今にも泣き出してしまいそうなお顔だ。端整な顔立ちの彼が行うと、まるで映画のワンシーンのようである。中分けで整えられたブロンドの長髪、その僅かに揺れる動きまでつぶさに映える。

ちなみにユリウスというのは、ミュラー子爵のお名前である。

どうやら自分が想像していた以上に、子爵様は星の賢者様との間に好《よし》みを感じていたようである。その感極まった面持ちを眺めていると、これまで使い魔だ何だと嘘《うそ》をついていたことに対して、罪悪感のようなものを感じてしまうよ。

『連絡が遅くなったことは申し訳なく思う』

「いえ、星の賢者様がそのように思われる必要はございいません。全ては我々ヘルツ王国の貴族が悪いのです。ただ見ていることしかできなかった私も同罪です。お優しい言葉を掛けて頂く資格はございません」

『そう畏《かしこ》まることはない。こうして無事だったのだからな』

「……ありがたきお言葉にございます」

眦《まなじり》に涙を浮かべながら、地面に膝をついて頭《こうべ》を垂れてみせる。

ミュラー子爵の星の賢者様に対する態度は、アドニス王子に対するそれと比べても、殊更に畏まっているように思われた。放っておいたら一晩でも二晩でも、お辞儀をしていそうな気迫を感じるぞ。

中小企業に勤める冴《さ》えないアラフォーのリーマンに、異世界での活動の第一歩として、ミュラー子爵が治める町を勧めたのも、決して伊達《だて》や酔狂ではないのだろう。そこには確たる思いがあったのだと理解した。

『それに今の私は、この者のペットに過ぎないのでな』

「……ペット、ですか？」

『星の賢者は死んだのだ。当面はゆっくり生きていこうと思う』

「…………」

『畏まることなどない。立つといい、ユリウスよ』

ピーちゃんの言いたいことを理解したのだろう。彼を見上げる子爵様の顔が、どことなく寂しそうなものになった。きっと自分が考えている以上に、現役の頃は凄かったのだろうな、なんて思わせられた。

「ですが星の賢者殿、どうしてそのようなお身体に……」

そうこうしていると、アドニス王子からも質問が。

疑問はご尤もである。

『細かな説明は省くが、色々とあって異なる世界に渡る運びとなった。そのときの依代《よりしろ》として、この肉体を選ばざるを得なかったのだ。幸い現地では志を同じくする協力者との出会いにも恵まれて、今では生活に苦労することもない』

「それはそちらのお弟子さんのことでしょうか？」

『まあ、そんなところだ』

殿下であっても、ピーちゃん相手には敬語である。

星の賢者様の影響力、凄い。

彼のことを殺そうとした貴族の思いも分からないでもない。味方であればこれほど心強い相手はいないと思え

る反面、利害が反している立場にあれば、身近に存在しているというだけで不安になる。

自分も敬語を使ったほうがいいだろうか。

出会いが出会いだったので、なし崩し的にタメ口を利いてしまっている。

「星の賢者様、我々の国には戻って頂けないのでしょうか？」

『しばらくゆっくり過ごそうかと思う。新たに世界を行き来する力を手に入れたのだ。当面はこれを用いて、他の世界について学んでみたいと考えている。世の中は我々が考えているより、遥かに広いものだぞ、アドニスよ』

「そうですか……」

純粋にピーちゃんとの再会を喜んでいるミュラー子爵とは異なり、殿下は些か残念そうである。思い起こせば敵国の兵が消滅した件について、彼らには説明をしていなかった。祖国の行く先を憂える王族としては、星の賢者様の助力が欲しいのだろう。

アドニス王子の発言を耳にしたことで、早々に子爵様から突っ込みが入った。

「殿下、恐れながら私どもが星の賢者様を頼るのは違うかと存じます」

「それは私も承知している。ただ、やはり民のことを思うとな……」

「その件については国に戻り次第、改めてご相談の場を頂けませんでしょうか？　私とて民を見捨てるつもりは毛頭ありません。殿下のご助力を賜ることができましたら、より多くの民を助けることができると思います」

「本当か？　ミュラー子爵よ」

「はい、お約束致します」

「それは心強い。是非とも私の下を訪れて欲しい」

「ありがとうございます」

恐らく隣国への鞍替《くらが》え云々《うんぬん》、過去に副店長さんと共に耳に挟んだ件だろう。

第二王子である殿下を味方に付けることができたのなら、取れる選択の幅も広がる。最悪、マーゲン帝国の援助を受けて、クーデターからの傀儡《かいらい》政権という形に持っていくことも可能だ。一方的に制圧されて国土を奪われるよりは、まだ未来のある話である。

しかしながら、そうした行いは当面必要ない。

「ミュラー子爵、そちらの件ですが、少しお待ち下さい」

「それは何故だ？　ササキ殿」

せっかくピーちゃんが頑張ってくれたのだから、早まられては困る。

この場で最低限の情報はお伝えしておこう。

「ヘルツ王国とマーゲン帝国の関係ですが、しばらくしたら改善が見られることでしょう。詳しくは前線に出ている兵から連絡があると思われますので、それまではどうか、動きを控えて頂けるようお願い申し上げます」

「改善……？」

「はい、改善です」

「まさか、そ、それは星の賢者様が……」

ハッと何かに気付いた様子で、子爵様がピーちゃんを見つめる。

これに彼は何を答えることもない。

弟子の肩に止まったまま、静かに空を見上げている。

なんかちょっと格好《かっこ》いい感じの文鳥している。

ただ、この顔は今晩の夕飯、何をおねだりしようか考えている顔だ。

最近になって段々と、彼の表情が読めるようになってきたから分かる。

「ミュラー子爵、アドニス王子、このようなことをお願いするのは申し訳ないのですが、星の賢者様の存命についてはどうか、口外しないで頂けませんか？　本人もそれを強く望んでおります」

「ああ、承知した。絶対に口外しないと誓う」

「賢者殿の受けた仕打ちを思えば、それも仕方がないことだろう……」

ミュラー子爵は快諾。

殿下も素直に頷いて下さった。

これで当面の平穏は守られたのではなかろうか。あとはこの二人を無事に町まで連れて戻れば、今回の戦争騒動は一段落である。政治屋である王侯貴族的には、これからが本番かも知れないが、それは自分やピーちゃんには関係のないことである。

『さて、それでは町に戻るとするか』

少し疲れた様子でピーちゃんが言った。

今晩はフレンチさんに頼んで、豪華なご飯を用意してもらおうと思う。

〈伯爵と騎士〉

ミュラー子爵の治める町、エイトリアムまでの移動は、ピーちゃんの瞬間移動の魔法で一発だった。移った先は子爵様のお城の中庭だ。これまで森の中を延々と歩き回っていた苦労は何だったのかと、頭では理解していたものの、思わず目眩《めまい》を覚えた。

いつか絶対にゲットしてやると、改めて決意した。

ちなみに血の魔女なる紫肌の彼女の処遇については、十分に言い聞かせたので大丈夫だろう、とのピーちゃんの言葉に従うことにした。

二人の間にどういった交流があったのかは知らないが、こちらの世界の常識に疎い弟子は、師匠の意向に素直に応じるばかり。面識があると言っていたし、お互いに知らない仲でもないとなると、他所《よそ》から口を挟むことは憚《はばか》られた。

これはミュラー子爵とアドニス王子も同じである。

腐れ縁だとか、元カノだとか、義理の妹だとか、脳裏には色々と想像が浮かんだ。魔女呼ばわりの上、髪も長かったので、彼ではなく彼女だと思われる紫の人。ピーちゃんとの関係が気にならないと言えば嘘《うそ》になる。

ただ、我々が話をしている間に相手が逃げ出して、なにをどうすることもできない。

そういった経緯も手伝い、現場では取り立てて揉《も》めることもなかった。

ところで、場所を移した直後にふと思い出した。

この度の帰還は決して良い知らせばかりではない。ミュラー子爵が家を留守にしている間に、こちらのお城では色々と大変なことが重なっていた。跡目争いが勃発の上、長男と次男が死亡、腹を括《くく》った長女が臨時で家督を継いでいる。

帰宅した子爵様が受けるショックを思うと足が動かない。

見ず知らずのマーゲン帝国の兵に対しては、その全滅を受けてもこれといって心が動くことはなかった。面識がない上に、敵対国の兵という位置づけも手伝ってだろう。自身が直接手を下した訳ではないことも影響している。

一方で知人のお子さんとなると、どうしても気になってしまうのが人情というもの。自分に対して良くしてくれた人の息子さんともなれば尚更に。直接の関係はなくとも、何かできることがあったのではないか、とか考え始めてしまう。

「どうした？　ササキ殿」

「いえ、それがミュラー子爵が留守の間に、ご自宅では色々とありまして」

「それはもしや、愚息たちについてだろうか？」

「……ご存知《ぞんじ》だったのですか？」

いやまさか、そんなはずがない。

跡目争いが始まったのは、ミュラー子爵の死亡が伝えられてからだ。実際にはこうして存命であったけれど、時系列的に成り立たない。息子さんたちが争い始めた頃には、既に彼は森の中を彷徨《さまよ》っていたのだ。

そうなると、以前から兆候はあった、ということか。

「その件であれば、気遣いは不要だ」

「しかし……」

「詳しいことは後ほど話す。どうか今は気にしないでいて欲しい」

「……承知しました」

子爵様もご家庭では色々と抱えているのかも知れない。

これ以上は我々から言葉を掛けることも憚られた。

＊

予期せず姿を現したミュラー子爵を迎えて、お城は大騒ぎになった。

今までは死んだものとして扱われていたのだから、当然と言えば当然だろう。まるで墓場にお化けでも見つけたかのように、誰もが声を上げて慌てる様子は、不謹慎かも知れないが、ちょっと可笑《おか》しかった。

そして、これにアドニス王子もご一緒とあらば、てんやわんやの大騒動である。

どうやら殿下もまた、今回の戦では討ち死にが報告されていたらしい。これをミュラー子爵が身を挺《てい》してお救いしたとあらば、それはもう大変な名誉であるのだとか何だとか、お城の人たちは口々に語っていた。

これによりお通夜さながらであった雰囲気は、一変してお祭り騒ぎである。

取り急ぎ我々は客間に通されて、どうぞごゆっくりお休み下さい、とのこと。ミュラー子爵とアドニス王子は他に色々とやることがあるからと、二人でどこともなく出掛けていった。また夜にでも、とは別れ際に子爵様から伝えられた言葉である。

そこで自分とピーちゃんはハーマン商会に向かった。

副店長さんを訪ねると、応接室に通された。

そこで彼にミュラー子爵が無事であること。また、子爵様がアドニス王子を戦場から助け出したこと。更にはマーゲン帝国の軍勢が一夜にして消失したこと。ピーちゃんや星の賢者様の存在を除いて、自身が知る全ての情報をお伝えした。

商人であれば、多少なりとも嬉《うれ》しい情報だと考えた次第だ。

するとと彼は両手を震わせながら、感謝の言葉を口にした。

「ササキさん、ありがとうございますっ！」

「いえいえ、自分も偶然から居合わせただけでして」

「この商機は大きいですよ！　絶対にモノにしてみせますっ！」

「それはなによりです」

来週には首都に向けて発《た》つと語っていた彼だから、こうして捕まえることができて良かった。もしも出発してしまっていたら、話をすることも難しかっただろう。こちらの世界を訪れて間もない身の上、町の外は完全にアウェイである。

「早速ですが、首都に向けて早馬を走らせようと思います」

「では、私は失礼しますね」

「お待ち下さい、情報の対価をお渡ししなければ」

「それは結構ですよ。近いうちにミュラー子爵から公表される筈《はず》です。そうなれば誰もが知ることになるでしょう」

「その僅かな差が大変重要なのですよ」

「なるほど」

「それではこうしましょう。私はこの機会に大きく儲けてみせます。その儲けに見合った額をササキさんにお支払いします。我々の国の仕組みに不慣れなササキさんに、今の時点で情報のお値段をお聞きするのは、フェアではありませんからね」

「お気遣いありがとうございます」

「それでは早速ですが、私は急ぎますので……」

「ああ、そういうことでしたら、明日またよろしいでしょうか？」

「それは構いませんが、何か急ぎのご用でしょうか？」

「明日、アドニス王子とミュラー子爵を首都までお送りする予定になっています。詳しくはご説明できませんが、手紙を届ける程度であれば、私がお持ちしましょう。その方が馬を走らせるよりも、いくらか早く届くかと思います」

「それでしたら、私どもの早馬と大差ないのでは？」

「いえ、明日中には首都まで到着する予定ですので」

「……明日中、ですか？」

「ええ、明日中です」

「いやしかし、それは……」

「そうでないと情報の鮮度が落ちてしまいますから」

「……なるほど」

　どうやらこちらの意図を察してくれたようだ。

　早馬より早い移動方法だと、知性に劣る小型のドラゴン亜種を家畜化して、馬の代わりに利用しようという試みが行われていると、前にピーちゃんが言っていた。魔法を使えない者でも、これに乗れば空を比較的速く移動できるそうな。

　それでも一両日中に到着するというのは、なかなか大変な行いであるように思われる。ただ、そうした何かしらの手立てについて、こちらの副店長さんはお口にチャックをして下さる人物だ。それがハーマン商会の利益に関わってくるともなれば尚《なお》のこと。

　そして、彼が利益を得ることは、自分やピーちゃんにとっても益のある話だ。しかも今回はミュラー子爵の他に王族であるアドニス王子が一緒なので、彼の存在をだしにして、第三者からの協力を匂わせることができる。非常に都合がいい。

　手紙は明日中に首都まで届く。

　その事実だけが、ハーマン商会さんにとっては大切だ。

「いかがでしょうか？」

「そういうことであれば、是非お願い致します」

　副店長さんは笑顔で頷《うなず》いてみせた。

　満面の笑みである。

「承知しました」

「すぐに用意しますので、少々お待ち下さい」

　そう言い残して、マルクさんは駆け足で応接室を出て行った。

＊

副店長さんと別れて応接室を出た直後、盛り姫様に呼び出された。

部屋の正面、廊下で待ち構えていた彼女に捕まった形である。思い起こせば盛り姫様は実家から隔離されており、こちらの商会の高層階でお世話になっていた。しかしそれも、ミュラー子爵の無事が確認された今となっては、既に意味のない話だろう。

「ちょ、ちょっと貴方《あなた》っ！」

「これはこれはエルザ様、私に何かご用でしょうか？」

「屋敷に行くわよっ！」

「はい？」

投げ掛けられた言葉はあまりにも唐突なものだった。

どうして我々が付き合わねばならないのか。

「だから、屋敷に行くわよっ！　お父様がご無事だったのだから！」

「ミュラー子爵の無事は事実ですが、どうして私がご一緒するのですか？」

「戦場で途方に暮れていたパパを貴方が助けたのだと聞いたわ！　それなのにどうして貴方は、私たちの屋敷ではなくて、こんなところで油を売っているのよっ！　ちゃんと屋敷で饗《きよう》させなさい！」

どうやらハーマン商会の副店長さんをすっ飛ばして、お嬢様の下には情報が届いていたようである。実家から彼女の下まで伝令が走ったのだろう。お屋敷で働いている人たちから愛されているのだろうな、なんて思った。

「いえ、ですが……」

「いいから来なさいっ！」

しかも、相変わらず元気一杯である。

頭髪も盛り盛りだ。

背伸びをしたコギャルっぽい感じが可愛《かわい》らしい。

「それではありがたくご同行させて頂きます」

「下に馬車を用意したわ！　早く行くわよっ！」

「承知しました」

きっとパパに会いたくて仕方がないのだろう。

＊

馬車に揺られることしばらく、再びミュラー子爵のお城に戻ってきた。

盛り姫様は屋敷と呼ぶが、見た目は完全にお城である。

「お父様っ！」

父親の姿を確認するや否や、彼女は駆け足でその下に向かい、正面から力一杯に抱きついた。イケメンのパパが、可愛らしい娘さんを抱きしめる。なんて絵になる光景だろうか。写真に撮ってSNSに上げたら、沢山イイネしてもらえそう。

場所は同邸宅の応接室を思わせる一室だ。

彼女の付き添いで、自身もミュラー子爵にお目通りする運びとなった。

過去にも何度か子爵様や盛り姫様と話をした場所である。兵糧の調達のために、家具や調度品が減ってしまった室内の様子は、当初の豪奢《ごうしゃ》な光景を知る者として、少し物悲しく映る。ただ、本日に限ってはそれも気にならない。

何故《なぜ》ならば、そこにミュラー子爵と娘さんが共に並んでいるから。

「エルザ、お前にも迷惑を掛けたな」

「迷惑だなんて、そんなことないわ！」

盛り姫様は涙を浮かべながら、満面の笑みでパパに訴える。

めっちゃ嬉しそうだ。

「それよりも、お父様が無事でよかった。本当によかったわ」

「そこにいるササキ殿のおかげで、命辛々《からがら》戻ってくることができた。アドニス殿下をお救いすることができたのも、彼のおかげだ。もしも私一人であったのなら、殿下をお救いすることはできなかったことだろう。共に絶命していたに違いない」

「家の者からもそう聞いたわ」

「ああ、命の恩人と称しても過言ではない」

「だけど、私は不思議だわ。その男は商人だとセバスチャンが……」

「商人であり、優秀な魔法使いでもある」

「…………」

このタイミングでミュラー子爵からヨイショされるとは思わなかった。

他者の目も手伝って小恥ずかしい。

それもこれもピーちゃんが与えてくれた魔法の賜物《たまもの》だ。自然と肩の上に止まった相棒に意識が向かう。今晩は奮発して、普段食べているものよりグレードの高いお肉を用意しなければ、みたいな気分にさせられる。

「私もまだまだだな。今後は今まで以上に学ばねばならん」

「お父様でも、学ばなければならないことがあるの？」

「人生など死ぬまで学びの連続だ。そこに終わりはない」

「……そうなんだ」

「エルザも学び続けることを忘れないことだ」

「わ、分かったわ！」

星の賢者様を信仰するミュラー子爵としても、これほどやり難《にく》い席はないだろう。ほんの一瞬ではあるが、チラリとこちらの肩の辺りの様子を窺《うかが》っては、どこか申し訳なさそうな表情を浮かべていた。

ピーちゃんのおかげで皆が恥ずかしい。

そうこうしていると、部屋のドアが力強くノックされた。

「旦那様！　旦那様！　ご無事でしたかっ！」

廊下から姿を現したのは執事の人である。

たしか名前をセバスチャンといったか。

「うむ、どうにか無事に帰ることができた」

「それは何よりでございます！　このセバスチャン、とても喜ばしく感じております！　家の者から聞いた話によりますれば、なんでも戦場ではアドニス殿下をお救いしたとのこと。これはもう家をあげて宴の支度をせねばなりませんな！」

「そうだな、是非とも頼みたい」

「承知しました！　盛大な宴を支度させて頂きます！」

「しかしながら、セバスよ。その前に少し話がある」

「なんでございましょうか？」

娘さんとの抱擁を終えたミュラー子爵が執事の人に向き直った。

我々の注目も二人に移る。

盛り姫様も、なんだろう？　といった表情で彼らを見つめている。

「これは屋敷に戻ってきてから家の者に聞いたのだが、エルザの婿としてディートリッヒ伯爵家の次男を紹介しようと考えていたそうだな？　そうだ、丁度いい。エルザよ、セバスチャンからそういった話があったというのは本当か？」

「ディートリッヒ伯爵家の次男、ですか？」

「ああ、そうだ」

「一時的に私が家督を継いで、お家の取り潰しを防ぎ、そこへ婿を入れてお家を立て直すのだとは、セバスチャンから聞いておりました。それがお父様の為《ため》になることなのだと。ですけれど、入婿がディートリッヒ伯爵家の次男というのは初耳です」

「………………」

ミュラー子爵の発言を耳にして、セバスチャンの表情が強張《こわば》った。

なにやら部屋の雰囲気が一変したように思われる。

「セバスチャンよ、なにか私に申すべきことはあるか？」

「………………」

キーワードはディートリッヒ伯爵家である。

ヘルツ王国の貴族模様に知見のない門外漢には何が何やら。唯一判断できることがあるとすれば、伯爵なる肩書は子爵よりも上、ということくらいだろうか。それとなくピーちゃんの様子を窺ってみるも、彼は普段と変わらず文鳥している。

「お前たち、入ってくるといい」

そうこうしていると、ミュラー子爵が手を叩いてみせた。

これに応じて、廊下に通じるものとは別に設けられていたドアが開かれた。位置的には隣の部屋に通じていると思《おぼ》しき一枚である。ガチャリと音を立てて開かれたドアの先、姿を現したのは十代の少年が二人。

共に立派な貴族然とした恰好《かっこう》をしている。

「なっ……マクシミリアン様、カイ様、どうして……」

たしかミュラー子爵のお子さんの名前だった筈だ。

名前の長いほうが長男で、短いほうが次男。

「以前からお前や一部の貴族たちの動きには疑問を持っていたのだ。そこで今回の出兵を機会に、策を打たせてもらった。婿がディートリッヒ伯爵家の次男ということは、実際に手を動かしていたのはドール子爵あたりだろうか？」

「っ……」

ミュラー子爵が語るのに応じて、執事の人に動きがあった。勢いよく身を翻すとともに、駆け足で部屋を逃れようとする。これまでの落ち着き払った雰囲気から一変して、とてもアグレッシブな反応だった。

どこへ逃げようというのか。

間髪を容《い》れず、部屋の出入り口に騎士の人たちが現れた。

手には抜き身の剣を構えている。

それが二名、三名と室内になだれ込んできて、執事の人を取り囲んだ。外には更に人の気配が窺える。どうやら事前に配置が為《な》されていたようだ。こうなると彼は、応接室から出ることも儘《まま》ならない。

「くっ……」

「セバスチャンよ、話は後ほどゆっくりと聞く」

そうして執事の人は、騎士の人たちに縄を掛けられて、どこかへ連れ去られていった。牢屋《ろうや》的なスペースにお持ち帰りされるのだろうな、とは一連の流れから自分にも容易に想像がつく。

しかしなんだ。

ミュラー子爵の息子さんたちは無事だったのか。

今はその事実がとても喜ばしく感じられる。

他人の生をこれほど嬉しく感じたのは初めてかも知れない。

*

場所は変わらず応接室、そこでミュラー子爵から説明を受けた。

なんでも彼の息子さんたちには、事前に話が通じていたのだそうな。曰《いわ》く、もしも戦場からミュラー子爵の訃報が届けられたのなら、その時にはしばらく、お互いに家人の目の届かない場所に隠れて欲しいと。

これを忠実に実行した息子さんたちは、自身も副店長さんから伝えられて知るように、跡目争いから亡くなったという体裁で動いたらしい。お子さんたちの言葉に従えば、お父様が死んだとは決して思わなかった、とのこと。

これまた父親に似て賢い少年たちである。

一方で息子さんたちの動きを素直に信じた執事の人は、ディートリッヒ伯爵なる人物の指示の下、唯一生き残った盛り姫様を担ぎ上げて、ミュラー子爵家をどうにかする為に、あれこれと動き出したのだという。

こうして考えると、ディートリッヒ伯爵家というのは、ミュラー子爵家にとってライバル的な家柄と思われる。

隣国との戦時下にありながら、同時に国内でも家族を巻き込んで、家同士の抗争を考えなければならないとは、ヘルツ王国の貴族社会は大変なものである。ピーちゃんほど優秀な人物が、もう戻りたくないと語ってみせたのも納得だ。

ちなみに盛り姫様の毒殺騒動については、ミュラー子爵と懇意にしている貴族から彼女を遠ざける為に行われた、セバスチャンによる自作自演であったそうな。まんまと利用されてしまったハーマン商会である。

「なるほど、そのようなことになっていたのですね」

「ササキ殿には迷惑を掛けた。我々の問題に巻き込んでしまったことをすまなく思う」

こちらに向き直り、ミュラー子爵は頭を下げた。

例によって居合わせたお子さんたちから、ぎょっとした目で見つめられる。やはり貴族が平民に頭を下げるというのは、滅多《めった》にない出来事なのだろう。気性の荒い盛り姫様などは、即座にお口が動いた。

「お、お父様っ!?」

「エルザ、お前には特に苦労を掛けたな。すまなかった」

「っ……」

続く彼女の言葉を遮るように、ミュラー子爵は語った。

パパはその手で盛りに盛った娘の頭を撫《な》でる。ボリュームが半端ないし、フワフワしているし、しかも随所にリボンや飾りが付いているしで、めっちゃ撫で難《にく》そうだ。

それでも懸命に腕を動かしている。

「……お父様、どうして私には伝えてくれませんでしたの？」

「エルザはとても素直な子だ。隠し事は苦手だろう？」

「で、でもっ、心配しましたっ！」

「そうしたエルザの振る舞いが、セバスチャンを動かすのに一役買ったのだ。おかげで私はとても助けられた。そういった意味では、君の行いもまた、私にとっては大きな力だったのだよ。ありがとう、エルザ。私の可愛い娘」

「っ……」

これまた絵になる光景である。

パパから優しく微笑《ほほえ》み掛けられたことで、盛り姫様のお顔は真っ赤だ。

もしも同じことを自分がやったら通報必至の名シーンである。

それからしばらく、娘さんが落ち着くのを待ってから、ミュラー子爵は改めてこちらに向き直った。たくさんナデナデしてもらったことで、盛り姫様も機嫌を直している。穏やかな面持ちで我々を見つめていた。

「しかし、本当に死にかけるとは思わなかった。当初は訃報を出してすぐに戻る予定だったのだが、自ら知らせを出すまでもなく戦死が伝わる羽目になるとは、私もまだまだ精進が足りていない」

「私が手を貸さずとも、ミュラー子爵はお一人で殿下を助けたと思います」

「そんなことはない。あの時はもう駄目だと考えていた。殿下は歩くことも儘ならない重体であり、私も精根尽き果てていた。貴殿の魔法により天から大量の水が降り注いだ時、我々は喉の渇きから目を輝かせたものだ」

あの時はこっちもこっちで必死だったけれどな。

本気で死んだと思った。

墜落的な意味で。

「そういえばアドニス殿下のことで、少しお話をしたいことが」

「私でよければいくらでも言って欲しい」

「ありがとうございます。それでは後ほどお時間を頂戴できたらと」

「うむ、承知した。ササキ殿」

一時は危ぶまれた子爵家の騒動も、これにて一件落着である。

*

同日はミュラー子爵のお城でご厄介になる運びとなった。

是非とも泊まっていって欲しいとのこと。

我々の他にアドニス殿下もお泊まりするそうで、その日のお城は大騒ぎだ。殿下の来訪については、ハーマン商会さん以外には口外しないで欲しいと、事前に子爵様から言われていたけれど、この様子ではいつまで秘匿できるか怪しいものである。

そして、晩には豪勢な宴が開かれた。

こちらに戻ってきたのが朝も早い時間だったので、その支度をしている間に、ミュラー子爵とアドニス王子は休息を取ることができたようだ。会場で見掛けた二人は共に顔色を戻して、割と元気そうにしていた。

ちなみに自分とピーちゃんも、この催しにお呼ばれした。

主役であるミュラー子爵とアドニス殿下の周りには、常にお貴族様たちの姿がある。平民である自分たちは、会話をすることはおろか、近づくことも難しい。なので既に十分お話をした後ということも手伝い、我々は当初から食事に意識を定めた。

立食のビュッフェ形式で食べ放題。

ここぞとばかりにがっつかせて頂こうという算段だ。

『この肉、なかなか美味《うま》いぞ。タレがいい感じだ』

「本当？　それなら僕も試してみようかな」

会場の隅の方のテーブルで、ピーちゃんと言葉を交わしながら手を動かす。

皆々の注目はミュラー子爵やアドニス殿下に向かっている。ボソボソと小声で控えめに話をする程度であれば、まずバレることはあるまい。会場には自身の他にも、平民と思しき人たちの姿が窺えた。そのため悪目立ちすることもなく食事ができる。

「このデザート、フレンチさんが作ったのと似てない？」

『似てるというか、そのものではないか？』

ピーちゃんとあれこれ言い合いながら食べる食事は楽しい。普段とは違った場所で、という状況も影響してのことだろう。並べられた料理は非常に多彩なもので、一晩で全てを味わうことは不可能なのではないかと思わせるほど。

そうしてディナーを楽しむことしばらく。

「ちょ、ちょっと、そこの貴方っ！」

空になった取り皿を片手に、次なる料理を求めて、足を動かそうとした時分のことだった。ふと覚えのある響きを耳にして、意識がズラリと並んだビュッフェボードから、声の聞こえてきた方向に向かう。

目についたのはミュラー子爵の娘さん。盛り姫様だ。

どうやら我々に用があるらしく、こちらをジッと見つめている。

これを受けて、盛り姫様の存在に気付いた周囲の参加者たちが、何がどうしたとばかり、我々に注目し始めた。どこからどう見てもコギャルな彼女だけれど、これで子爵様の愛娘《まなむすめ》だから、同所での発言権は結構なものなのだろう。

彼女に声を掛けられたことで、我々まで注目されてしまっている。

「これはこれはエルザ様、何かご用でしょうか？」

「……パパから色々と話を聞いたわ」

「話、ですか？」

一体何を聞かされたというのだろう。あまりにも唐突な会話の運びだったもので、どういった話題が飛び出してくるのか不安で仕方がない。肩に乗ったピーちゃんもお口を噤《つぐ》んで、彼女の言動に注目している。

それとなく目玉を動かして、会場からパパさんの姿を探す。

すると彼は彼で他に大勢、貴族様に囲まれて忙しそうにしていた。

ヘルプを求めるには些《いささ》か距離がある。

「マーゲン帝国の兵から助けられたって言っていたわ」

なるほど、戦地での一件を聞いたようである。

きっと娘から請われて、断りきれずにあれこれと喋《しゃべ》ってしまったのだろう。どこまで喋ったのかは知らないが、こちらとしてはあまり公にしたい内容ではない。取り分けピーちゃんの存在については、絶対に秘匿としなければ。

「いえいえ、そこまで大したことはしておりません。現地で偶然からお会いしましたところ、後ろからサポートさせて頂いたに過ぎません。前に立って戦われていたのはミュラー子爵とアドニス殿下のお二人でございます。その勇ましいお姿は今も私の脳裏に刻まれて……」

「そういうのは結構よっ！」

「…………」

適当にヨイショして躱《かわ》そうかと思ったら、ピシャリと言われてしまった。

彼女は数歩ばかりこちらに歩み寄る。

そして、どこか申し訳なさそうな表情となり言葉を続けた。

「パ、パパを助けてくれて、ありがとう」

「……エルザ様？」

これまでのどことなく怒っているかのような言動とは一変して、しおらしい立ち振る舞いである。どうやら当時の状況を追及しに訪れたのではなく、ただ単純にお礼を言う為に足を運んだようだ。

「それと以前は辛《つら》く当たってしまって、悪かったわね」

ミュラー子爵からどのような話を受けたのだろう。

気の強い彼女にここまで言わせるとは。

「滅相もありません。繰り返しとなりますが、私はほんの少しだけお手伝いをさせて頂いた限りでございます。むしろ救われたのは私自身です。ただ、それが皆様のお役に立ったのであれば、その事実をとても嬉しく思います」

「以前、偉そうに語ってみせた時とは態度が違うわよ？」

くそう、どうやら過去の説教を根に持っているようだ。

他の参加者から注目を受けているこの状況で、そういうことを言われると非常に心苦しい。結果的にミュラー子爵もご存命であるから、輪をかけて恥ずかしい。まさかこの歳《とし》になって黒歴史を作る羽目になるとは思わなかった。

「大変申し訳ありません。私もあれからこの国の制度について学ぶ場を得まして、貴族と平民の関係がどのようなものか、理解を深めるに至りました。つきましては平民として、貴族であらせられるエルザ様のお言葉を改めて実感した次第にございます」

「そうなの？」

「はい、そうなのです」

「……なら、また改めることになりそうね」

「どういうことでしょうか？」

「言いたかったのはそれだけよ。それじゃあ失礼するわね」

「お声掛け下さりありがとうございました」

一方的にあれこれ語ると、盛り姫様は我々の下から去っていった。

大股でズンズンと歩む姿が非常に彼女らしい。

これに応じて他の参加者たちも、我々から視線を外していった。そう多く言葉を交わした訳でもない。挨拶に忙しいミュラー子爵に代わり、その娘である彼女が下々の下へ社交辞令に訪れた、とでも取られたのだろう。

「………………」

お礼と言えば、星崎《ほしざき》さんとのランチが思い起こされた。

今回はかなり長いこと、こちらの世界で過ごしている。近い内に一度、元の世界に戻って状況を確認するとしよう。放置してしまっている仕事用の端末の着歴も気になる。もしかしたら上司から連絡が入っているかも。

＊

宴会の席から一晩が経《た》って翌日、我々はお城の応接室に集まっていた。

メンバーは自分とピーちゃんの他に、ミュラー子爵とアドニス王子の四名だ。部屋には他に人の姿は見られない。窓には分厚い遮光カーテンが掛けられており、室内は昼でありながら薄暗い。

その只中で我々はソファーから立ち、ローテーブルを囲んで立っている。

「星の賢者殿、すまないが頼む」

『うむ』

アドニス王子の言葉に応じて、ピーちゃんが魔法を行使する。

足元に魔法陣が浮かび上がり、暗がりの室内を照らし上げた。そうかと思えば目の前の風景が暗転する。一瞬、足元に浮遊感。過去に幾度となく経験している魔法だけれど、この瞬間は未《いま》だに慣れそうにない。

目の前が真っ暗になっていたのは数秒ほど。

やがて再び視界に光が戻ったとき、頭上には青空が広がっていた。

「昨日にも感じたが、やはりこの魔法は素晴らしいな」

遥《はる》か高く天上を眺めて殿下が仰《おっしゃ》った。

室内から一変して屋外である。

周囲を石製の建造物に囲まれた一角だ。道幅は二、三メートルほどだろうか。大きな通りの間を結ぶ細い路地のようで、周囲に人の気配はない。数メートル先の交差路からは、通行人の行き来する賑《にぎ》やかな喧騒《けんそう》が窺えた。

「城までの距離からすると、ここは貴族街の西の端でしょうか？」

遠くに望む巨大なお城。

そこに高く聳《そび》える塔を眺めてミュラー子爵が言った。

『うむ、そのとおりだ。あまり城に近い場所に出て、人に見られては面倒だからな。悪いがここからは馬車を拾うなり、歩いていくなり、そちらでどうにかして欲しい。我々はこのまま貴様の町に戻ろうと思う』

「ちょっと待って欲しい、流石《さすが》にそれは申し訳ない」

ピーちゃんの言葉を受けて、直後にアドニス王子が声を上げた。

彼はこちらの肩に止まった賢者様を見つめて、矢継ぎ早に続ける。

「せめて一晩だけでも王城に泊まっていって欲しい。私は二人にお礼がしたいのだ。こうして再び首都まで戻ってこれたのも、二人の助力があったからこそ。それをただ我々の足にして帰したとあっては、私は無礼者になってしまう」

『我々のような得体の知れない人間を上げられるのか？』

「私の大切な客人だ。誰が相手であろうとも、決して異は唱えさせない」

そうして語る殿下はとても真剣な面持ちであった。

だからだろうか、ピーちゃんの意識がこちらに向かう。

『だそうだが、貴様はどうだ？』

「え？　僕なの？」

『我はどちらでも構わない。貴様の意向に従おう』

どうやら選ばせてくれるそうだ。

そうなると、まさかノーとは言えない。ピーちゃんは純粋に好意から尋ねているのだろうけれど、尋ねられた側からすれば、選択肢などあってないようなものだ。アドニス王子を相手に喧嘩《けんか》を売るような真似《まね》はしたくない。

偉い人から誘われたら、なかなかどうして断れないのが社畜の性《さが》である。

「そういうことであれば、是非お願いいたします」

「うむ、任された！」

こちらが素直に頷くと、殿下は満面の笑みと共に答えてみせた。

＊

細い路地を後にした我々は、王城を目指すことになった。

その行き掛けに歩きながら、ミュラー子爵やアドニス王子からヘルツ王国の首都、アレストの説明を受けている。本来であれば平民である自分が、王侯貴族である彼らから町の案内を受けるなど、あってはならないことだろう。

というか、殿下など否応《いやおう》なく目立つ。まず間違いなく憲兵が集まってきてしまう。そこで彼らはわざわざ、衣料店でローブやフードを調達してまで、土地勘のない異邦人にあれこれと観光案内をしてくれていた。

「とても栄えておりますね。活気に満ち溢《あふ》れているように思えます」

「一説によれば、人口は百万を超えるとも言われている」

「それは凄《すご》い」

そうして語る殿下は自慢げだった。腐敗しているだとか、傾いているだとか、色々と悲しい話は聞くけれど、それでも代々続く自らの家柄と、これが支える祖国とを誇りに思っているのだろう。

ただ、そんな彼の素敵な案内に、ちゃちゃを入れるヤツがいる。

ピーちゃんだ。

『アドニスよ、この者の故郷となる町は、一千万以上の人口を抱えているぞ』

「なっ……そ、そうなのか？」

「ピーちゃん、せっかく殿下が色々と教えて下さっているのに、そういうことを言うのはどうかと思うんだけど。そもそもこちらとあちらじゃあ、総人口が異なっているんだから、都市ごとの人口を比べることに意味はないよ」

『なるほど、たしかに貴様の言葉は一理あるな』

まず間違いなくネットサーフィンで得た知識だろう。知り合いに披露したかったものと思われる。その感覚は分からないでもない。最近のピーちゃんは暇さえあれば、インターネットで調べ物をしている。飼い主としてはちょっと不安を覚える光景だ。

子供の引きこもりを心配する親ってこんな気分なのかな、とか。

「いつかササキの国のことを教えて欲しい」

「ええまあ、いつか機会がありましたら」

そんな感じで和気藹々《わきあいあい》と通りを歩いていく。

こちらの町はヘルツ王国の首都ということで、同国でも随一の規模を誇るらしい。中央に所在するのが王族の住まうお城であり、殿下も普段はそちらで生活しているのだとか。かなりの規模の建造物で、遠くから眺めた限りであっても圧倒される。

また、お城の周囲には貴族の屋敷が軒を連ねており、偉い貴族ほどお城に近い場所に屋敷を構えているのだとか。ただし、多くの貴族はそれとは別に、自身が所有する領地に家を所有しており、そちらが本宅となるらしい。

要は江戸藩邸のようなものだろう。

ミュラー子爵の治めている町、エイトリアムとは規模が段違いである。

我々の歩いている場所は、主に貴族や豪商などのアッパー階級が住まっている貴族街だという。道は綺麗《きれい》に舗装されており、立ち並ぶ家屋も汐留《しおどめ》のイタリア街を彷彿《ほうふつ》とさせる小奇麗なものばかり。まるで観光地のような美しさを感じさせる町並みだ。

「あそこに見えるのが、ハーマン商会のアレスト支店だ」

「ハーマン商会は首都にも店があるのですね」

ミュラー子爵から耳に覚えのある単語を頂戴した。

彼が指し示す先には、比較的大きな建物が見受けられる。店舗正面には現地の文字で看板が掲げられていた。会話こそ不都合なく行えているけれど、読み書きについては絶望的な身の上、字面が示す意味を判断することはできなかった。

「近い内に首都へ本店を移動させると言っていたな」

「ハーマン商会の店長さんが、長らくエイトリアムの町を留守にされているのは、その関係となるのでしょうか？　お恥ずかしながら、実は一度も面識がございませんでして」

「ああ、恐らくはそうだろう」

自分は副店長のマルクさんから手紙を預かっている。

このついでに渡してきてしまおうか。

「すみませんが、少しだけお時間をよろしいでしょうか？」

「それは構わないが、ササキ殿はこちらの店に用事がおありか？」

「ハーマン商会の副店長さんから、お手紙を預かっております」

「なるほど」

二人に断りを入れて店に足を運ぶ。

店舗の造りはエイトリアムのそれと比較して、かなり豪華なものであった。本店をこちらに移すということもあって、気合が入っているのだろう。これといって買い物に来た訳ではないメッセンジャー風情としては、些か気後れしてしまう。

しかし、怯《ひる》んでばかりもいられない。

子爵様と殿下が同伴していることもあり、手早く仕事を済ませた。

店内を歩いていた店員さんに声を掛けて、副店長さんから預かった手紙をお渡しする。彼の知り合いである旨を伝えて、こちらのお店の店長さんに届けて欲しいとお願いした。ついてはミュラー子爵がフードを取って、軽く声を掛けて下さった。

これにより話はサクサクと進んだ。

店員さんは萎縮した様子で、大変丁寧に手紙を受け取って下さった。

その後、是非お茶の一杯でもと、おもてなしのお声を掛けられた。これをやんわりと断って、我々はお店を後にした。時間にして三十分と経っていない早業である。下手に長居をして、アドニス王子の存在に気付かれたら大変だ。

それから小一時間ほど歩いて、三人と一羽は王城まで辿《たど》り着いた。

＊

お城を訪れた直後、アドニス王子の姿を目の当たりにした人たちの反応は、それはもう顕著なものであった。どうやら彼の戦死はご実家まで伝わっていたようである。その存命を知ったことで、城内はてんやわんやの大騒ぎとなった。

ミュラー子爵のところでも似たような騒動となったが、その比ではなかった。

まさか得体の知れない平民風情には構っていられる筈もなく、我々は殿下に促されるがまま、お城の客間に案内されて、しばしの自由時間と相成った。何か困ったことがあったら、部屋に控えているメイドに言って欲しい、とのこと。

殿下は子爵様を連れて、忙しそうにどこともなく去っていった。

こうした流れを想定していなかった訳ではない。ただ、想像した以上の大事となり、結果的に暇になってしまった我々だ。

「ピーちゃん、これからどうしよう」

『一つ助言するなら、城内を歩きまわるのは避けたほうがいい』

そして、これが宮仕えで暗殺された人物の言葉である。

絶対に一人では部屋の外に出ないようにしよう。

ミュラー子爵のお城であっても、そこかしこで警備に当たる騎士の人に睨《にら》まれていた。城主である彼と一緒であっても、周囲からの視線が緩むことはなかった。これが王城ともなれば、どうなってしまうのか、想像しただけで恐ろしい。

感覚的には難易度ハードのアクションゲーム。

小さな操作ミス一つで、残機ゼロの機体はゲームオーバー必至である。

「そうなると部屋の中で暇を潰すことになるね」

『うむ、それがいい』

幸《さいわ》い通された客間は、非常に豪勢な作りの一室である。

これまでエイトリアムの町で寝泊まりしていたセレブお宿も豪華ではあったけれど、ここはそれ以上にお金が掛かっている。まず広さからして、倍以上あるから驚きだ。並べられている調度品も、高価そうなものばかりである。

腰掛けているソファーも大変柔らかくて、お尻に吸い付くかのようだ。ルームサービスについては、ピーちゃんの為にわざわざ止まり木まで用意して下さる気遣いっぷり。これにより彼のポジションは、ソファーテーブルの上に設けられた特設ステージへ。

どうせ泊まっても一晩の宿である。それならこちらの部屋を満喫するのも悪くない気がする。トイレやお風呂もちゃんと併設されており、ピーちゃんの助言どおり、部屋から出ることなく快適に過ごすことができる。

そうこうしていると部屋のドアがノックされた。

声を上げて応じると、姿を現したのは一人のメイドさん。十代中頃ほどと思しき容姿端麗な女性である。青い瞳とブロンドのショートヘアが印象的な人物だ。丈の短いスカートを着用しており、太ももが丸見え。おっぱいも大きい。

「失礼いたします。お飲み物をお持ちしました」

彼女は手にしたお盆から、飲み物の入ったグラスを我々の下に用意してくれた。併せては文鳥でも飲みやすいように工夫された、縦長の水飲みまで添えてのこと。望めば何でも出てきそうな雰囲気を感じるぞ。

「ありがとうございます」

「他に何かございましたら、なんでも仰って下さい」

「そうですね……」

せっかくだし何か頼んでみようか。

暇つぶしの道具とか欲しい。

「ボードゲームなどあると嬉しいのですが」

「承知しました。すぐにお持ち致します」

「よろしくお願いします」

ミュラー子爵やアドニス王子がいつ戻ってくるとも知れない。

半日くらいはどっしりと構えて、異世界のゲームに浸《つ》かろうと思う。

＊

しばらく待っていると、部屋にメイドさんが戻ってきた。

出て行った時とは異なり、他に人が一緒である。同じくメイド服に身を包んだ女性だ。ただし、彼女と比較して一回り以上歳を重ねており、三十代も中頃ほどと思われる。自分と大差ない年頃の人物だ。

腰下まで伸びた艶やかなブロンドの髪が印象的な、おっとりとした顔立ちの方である。身に付けているメイド服も、年齢を加味した上でなのか、膝下までを覆うロングスカートの上、胸元の露出も控えめとなっている。

「ゲームをいくつかお持ちしました」

若い方のメイドさんの言葉通り、彼女たちの手には木箱のようなものが何個か見て取れた。一人では持てない分を一緒になって持ってきてくれたのだろう。他にも仕事はあるだろうに、忙しいところ申し訳ありません。

「お手数をお掛けしてすみません」

ピーちゃんの止まり木の傍《かたわ》ら、ソファー正面のローテーブルに、ゲームが収まっていると思しき木箱が積み上げられる。現代のそれと比較して装飾に乏しいパッケージは、ひと目見ただけではどういったゲームなのか判断がつかない。

そうしたこちらの心中を理解してか、若いメイドさんから言葉が続けられた。

「もしよろしければ、ご説明とお相手を務めさせて頂けませんか？」

「よろしいのでしょうか？」

「その為に人数を揃《そろ》えてまいりました」

「なるほど、そういうことであれば是非お願いします」

一人増えたのはゲームの都合もあってのことらしい。一人より二人、なんて行き届いたルームサービスだろう。

二人より三人。人数が多い方がゲームの幅が広がるというのは、アナログゲーム経験者としても納得のいくものだ。

それに当面、こちらはルールを覚えながらのプレイとなる。

二人用のゲームであっても、サポート役が一緒だと非常に心強い。

「失礼してもよろしいでしょうか？」

「ぜひお願いします」

年配のメイドさんが自分の隣に座った。対面には当初から部屋付きとして顔を合わせている年若い彼女が腰を下ろす。個人的には逆だと嬉しかったのだけれど、これぱかりは仕方があるまい。

『ピー！　ピー！　ピー！』

なんだろう、急にピーちゃんが鳴き始めた。

こちらを見て、何かを訴えかけるように鳴いている。

もしかして混ざりたいのだろうか。

そういうことなら彼女たちが部屋を去った後、二人で楽しむことにしよう。星の賢者様などという大層な名前で呼ばれている彼のことだ、きっとこの手のゲームも上手であるに違いあるまい。

「それでは私が一緒に遊んで、ご説明をさせて頂きます」

「どうぞよろしくお願いします」

お年を召したメイドさんからお声掛けを頂戴した。

そうこうしているうちに、もう一人のお若いメイドさんの手により、ゲームの盤面が用意される。この手の遊びには慣れているのか、ローテーブルの上にはあっという間に、板やら駒やらが並べられていった。

ピーちゃんと止まり木はその脇に移動である。

「それでは始めさせて頂きます」

若い方のメイドさんが挨拶と共に、手元の駒を動かし始める。

二人で対戦する将棋のようなゲームらしい。

隣に付いたお年を召したメイドさんが、逐一遊び方の解説をしてくれる。この場合はどういった規則があるのだとか、どのように動くと得をするのだとか、ビデオゲームのチュートリアルのようであった。

そして、一通り説明が終えられたのなら、以降は繰り返しゲームを遊んだ。

「ところでお客様は、この国の方ではないとお聞きしましたが……」

「ええまあ、他所の大陸からやってまいりました」

「失礼ですが、そのお顔立ちも他所の大陸由来となるのでしょうか？」

「そうなります。やっぱり変でしょうか？」

「滅相もない、決してそのようなことはありません」

ボードゲームを楽しんでいる最中、隣に付いたお年を召した方のメイドさんからは、色々と質問を受けた。こちらの姿が珍しいのだろう。肌は黄色いし、顔も皆さんと比べて平坦《へいたん》だしと、造形が違うから気になるのだと思う。

「こちらの国を訪れてからは長いのでしょうか？」

「いいえ、まだ一年と経っておりません。こちらの大陸には船の難破が原因で流れ着きました。最初に訪れたのがミュラー子爵の治める町となります。おかげで身の回りには分からないことばかりです。こちらのゲームも初めて目にしました」

「そうなのですね。あ、そこは駒が動かせませんよ」

「おっと、これは失礼しました」

それからしばらく、我々は異世界のアナログゲームを楽しんだ。

高級感溢れるお城の客間で、メイドさんたちと他愛《たあい》ない会話をしながら過ごす穏やかな時間は、なかなか悪くないものであった。遊戯の最中に頂いたお菓子やお茶も、とても美味《おい》しかった。

もしも同じようなことを現代日本で楽しもうとしたら、最低でも数万円は掛かるに違いない。女性の人件費だけで結構な額になりそうだ。そのようにして考えると、王城にお招きを受けただけの元を取った感じがする。

やがて、メイドさんたちが撤収するのに合わせて、部屋には晩ご飯が運び込まれた。エイトリアムの町のセレブお宿や、フレンチさんのところで食べる料理にも増して、非常に豪華な献立であった。ピーちゃんにも専用のお肉たっぷりメニューが用意されていた。

ミュラー子爵やアドニス王子が言伝《ことづて》して下さったのだろう。

食事は自《おの》ずと楽しいものになった。

しかし同日、彼らとは一度も顔を合わせることがないまま、時間は過ぎていった。これと言って話すこともないので、問題ないと言えば問題ないのだけれど、一方的に誘われて宿泊している身としては、なんとも手持ち無沙汰なものである。

恐らく事後処理的な仕事で忙しいのだろう。

そうして気付けば夜も更けて、そろそろ床に就こうかという頃おい。

「そういえば部屋でゲームを始めた時、ピーちゃん妙に鳴いてたよね」

『……そうだな』

「もしかして一緒にやりたかったとか？」

『いいや、今となっては気にしても仕方がないことだ』

「そうなの？」

『ああ、貴様が気にすることはない。それよりもそろそろ寝よう』

「ピーちゃんがそう言うのなら、こっちは別に構わないけれど……」

なんとも歯切れの悪いお返事である。

ただ、彼が気にするなというのであれば、素直に受け入れておこう。これでお城の事情については人一倍詳しいだろう星の賢者様である。わざわざ要らぬ情報を耳に入れて、不安を抱えることもない。

＊

翌日、起床から間もない我々の下をミュラー子爵が訪れた。

本日の予定はどうしようかと悩んでいたところ、丁度いいタイミングでの来訪である。しかし、訪れて早々に彼の口からもたらされたのは、我々からすると突拍子もないご提案の言葉であった。

「これから陛下に謁見する運びとなった。いきなりの相談となり申し訳ないのだが、ササキ殿にも一緒に来てもらえないだろうか？　少し窮屈な思いをするかも知れないが、そう長く時間が掛かることはない」

「え、私もご同席するのですか？」

「どうか頼めないだろうか？」

「あの、流石にそれはどうかと……」

まさかの謁見イベント発生である。

ちなみにこうしてお話をしている場所は、客間のリビングスペース。そこに設けられたソファーセットに腰を落ち着けて、お互いに言葉を交わしている。正面のローテーブルには、止まり木に止まったピーちゃんの姿もある。

メイドさんはミュラー子爵と入れ違いで部屋の外に出て行った。

「アドニス王子の命を救ったことに対して、陛下から労《ねぎら》いの言葉をとの話になったのだ。一方的な話となり申し訳ないが、どうかこの通りだ。ほんの少しだけ貴殿の顔を貸してはもらえないだろうか？」

「しかし、私はどこの馬の骨とも知れない平民なのですが……」

『この場は頷いておいたほうがいい』

予期せずピーちゃんから助言を受けた。

彼がこういったポイントで他所様に流されるのは珍しい。

「え、ピーちゃん？」

『国王からの召集に背いたとあらば、後で何が起こるか分からん』

「なるほど……」

どうやら最初から、我々に選択肢はなかったようだ。

ミュラー子爵がこちらに対して、即座に頭を下げる形で話を運んで下さっているのも、ピーちゃんが言ったような背景が手伝ってのことだろう。そう考えると申し訳ないばかりだ。

「承知しました。是非ご一緒させて下さい」

「ご面倒をお掛けして申し訳ない」

「いえ、こちらこそ色々とお気遣いをありがとうございます」

こうして本日一発目の予定は決まった。

＊

子爵様の案内に従い辿り着いたのは、謁見の間に通じる小部屋である。なんでも部外者が謁見の間で王様とお会いするには、必ずこちらを通る必要があるのだとか。そこで危険物の持ち込みを行っていないかなど、身体《からだ》の検査を受けるのが規則とのこと。

ちなみに小部屋とは言っても十畳以上ある。

部屋の造りや調度品も豪華なものだ。

ミュラー子爵のお城の応接室よりもお金が掛かっていると思われる。

そうした場所で騎士っぽい恰好をした人たちから、あれやこれやと身体を弄《いじ》られることしばらく。無事にゴーサインを頂戴した。これはミュラー子爵も同様であって、自分と同じように検査を受けていた。

また、ピーちゃんとはこの部屋で一時お別れである。居室から持ち込んだ止まり木を、室内に設けられたソファーセットのテーブルに配置して、そちらでの待機をお願いした。

以前は宮中で活躍していたという背景もあってか、これといって彼から非難の声が上がることはなかった。こうした規則には多分に覚えがあるのだろう。むしろ謁見を直前に控えて、我々を心配げな表情で見つめていた。

それからしばらくすると、案内役の役人がやって来た。謁見の準備が整ったので、先に進んで欲しいとのこと。

その指示に促される形で、我々は謁見の間に臨む運びとなった。小部屋を後にして廊下を歩く。前後には剣と鎧《よろい》で武装した騎士の人たちが続いている。ミュラー子爵は慣れた様子で歩いているが、何もかもが初見の異世界一年生としては気が気でない。

子爵様のお城で経験した以上の物々しさである。

そうしてだだっ広いお城の廊下を歩いていると、ふと壁に掛けられた肖像画が目に入った。黄金で縁取られた仰々しいデザインの額縁に入れられて、通路を通る者なら誰もが目にする位置に掛けられている。

描かれているのは十歳前後ほどと思しきブロンドの少年だ。

足元から頭頂部まで全身が収まるように描かれている。身につけているのはヘルツ王国の貴族を思わせる荘厳な衣服だ。マントを着用の上、杖を身体の正面に両手で突いて堂々と仁王立ちする姿は、キリリとした表情と相まって非常に力強く映る。

ただ、どれだけ厳《いか》つく力強いタッチで描かれていても、年齢がゆえの幼い顔立ちが、迫力に繋《つな》がる最後の一歩を遠ざけているように思われた。少し長めの頭髪を片側で三つ編みに結うというヘアスタイルも、これを助長している。いわゆる中性的な感じ。

「ミュラー子爵、こちらの絵画は……」

「そちらに描かれているのは、貴殿もよく知る人物だ」

「私が、ですか？」

こちらの世界の知り合いなど片手で数えるほど。

しかも貴族や王族となると、ミュラー子爵かアドニス王子くらい。

「星の賢者様だ」

「え……」

直後、予期せぬ返答を与えられて驚いた。

自然と歩みも止まる。

飾られている場所柄も手伝い、てっきり王様の若い頃だとか、自慢のお子さんだとか、その手のご回答を想像していた。それがまさかのピーちゃん。もっと厳つい感じのオッサンを想像していたのだけれど、これでは完全にショタではないか。

「それにしては随分と、お若いように見受けられますが」

「おや、ササキ殿は聞いていないのか?」

「と言いますと?」

「こう見えて星の賢者様は、幾百年と生きておられるのだ」

「なんと、それはまた……」

「私が小さい頃から、あの方はずっとこのような姿をされていた。内に秘めた膨大な魔力が作用してだろう、普通の人間とは一線を画した寿命をお持ちなのだ。詳しいお歳は私も存じない。とても謎の多いお方なのだ」

「そういえば戦地でも、同じような話が話題に上がりましたね」

森のなかで巨大なオークと出会った時に、ピーちゃんから講釈を受けた気がする。上位の個体がどうのこうのというお話だ。なんでも魔力を多く取り込んだ生き物は、同じ種であっても他の個体と比較して、ずば抜けた寿命や力を得るのだとか。

そしてミュラー子爵は、こと星の賢者様の話題となると多弁だ。

「私が最初に星の賢者様を拝見したのは、今回と同じように他国との争いで出兵される姿であった。幾万という兵を率いて、更には自ら軍勢の先頭に立ち、圧倒的な魔法で敵国の兵を蹴散らす姿は、今も鮮明な光景として脳裏に焼き付いている」

「……なるほど」

「当時の自分は、その姿に憧れて魔法の鍛錬に打ち込んだものだった。しかし、私には残念ながら魔法の才能がなかった。魔力がなかった。そこで仕方なく剣を学び始めたのだ。こうして思い返してみると、なかなか格好の悪い話だな」

「…………」

しかしなんだ。

謁見の間に通じる通路に飾られているとか、王様からの強烈なラブを感じる。

愛されているじゃないの、ピーちゃん。

＊

星の賢者様の肖像画を後方に見送った我々は、すぐに謁見の間に辿り着いた。

正面に設けられた観音開きのドアを越える。隣を歩むミュラー子爵に続いて、見よう見まねで部屋を進む。そして、部屋の中程まで移動したところで、床に膝を突いて頭《こうべ》を垂れる。視線は足元に敷かれた絨毯《じゅうたん》を見つめる形だ。

このあたりは子爵様のところで謁見した際と変わらない。

ただし、舞台のスケールは段違いだ。部屋の壁沿いには我々を眺めるように、大勢の貴族が立ち並んでいる。あちらこちらからヒソヒソと言葉を交わす声が聞こえてくる。これがまたとんでもない数である。

そうした人気の多さに始まり、部屋の広さや装飾から、警備に立っている騎士の装備に至るまで、何もかもが段違い。そのため同所を訪れて以降、緊張から胸が痛いほどにドキドキとしている。

ストレスでお腹《なか》が痛くなりそうだ。

そうこうしていると、真正面から人の声が聞こえてきた。

「面《おもて》を上げよ」

どうやら王様が配置についたようだ。

ミュラー子爵が動いた気配を受けて、自身も視線を前に向ける。身体は床に膝を突いた姿勢のまま、数メートル先の地点、周りより少し高くなった壇と、そこに設けられた玉座に注目する。部屋に入った直後には空であった二つ並びの立派な椅子だ。

そこにいつの間にやら人の姿があった。

しかもどうしたことか、二つ並んだうちの一つには見知った顔が。

昨日、ボードゲームの相手をして下さったメイドさんだ。

「っ……」

咄嗟《とっさ》に声を上げそうになり、これを慌てて飲み込む。

どうしてそんなところに座っているの。

いいや、考えるまでもない。

メイドさんではなく、お妃様《きさき》であったのだろう。

一方で彼女の隣に座っている人物は初めて見る顔だ。

こちらがヘルツ王国の王様なのだろう。年齢は五十代中頃ほどと思われる。彫りの深い厳つい顔立ちをしたイケメンだ。若い頃は大層モテたことだろう。

お妃様とは二回り近く歳が離れているように思われる。一国の主《あるじ》ともなれば、異性関係も選《よ》り取《ど》り見取《みど》りのようだ。妾《めかけ》とか愛人とか、他にも沢山いるに違いない。同じ男として、羨ましくないと言えば嘘になる。

「ミュラー子爵よ、この度は私の息子を助けてくれたこと、心から感謝したい。なんでも戦地で騎士と逸《はぐ》れて、孤立していたところを子爵に助けられたと聞く。更には幾重にも迫る敵兵を払《はら》い除《の》け、無事に私の下まで送り届けてくれたそうではないか」

「滅相もございません。私は偶然から居合わせて、その帰還をほんの僅かばかり、お手伝いさせて頂いたに過ぎません。文武に秀でたアドニス殿下におかれましては、私の助力などなくとも、陛下の下に元気なお顔を見せられたことでしょう」

「そう畏《かしこ》まることはない。詳しい話は本人から昨晩の内に聞いている。今回の戦がどれほど大変なものであったのか、私とて理解せずに貴殿らを戦場へ送り出した訳ではない。だからこそミュラー子爵の働きには、とても感謝しておるのだ」

「ははっ、ありがたきお言葉にございます」

子爵様と陛下の間で会話が始まった。

雰囲気的に前者のご褒美タイム的な流れを感じる。後者のお顔にニコニコと笑みが浮かんでいる点からも、お叱りの場ということはなさそうだ。王様は怖いお顔立ちの持ち主だから、笑顔に湛えられた喜びが殊更に強く感じられる。

「多くの貴族が我が身可愛さに敵前から逃亡したなか、後方支援という立場にありながら、その身を挺《てい》してアドニスを守り通したミュラー子爵の功績は大きい。そこで子爵には新たに伯爵の位と褒美を与えようと思う」

「この身に余る光栄に存じます」

「今後ともヘルツ王国の為に働いてくれることを期待している」

「我らが祖国のため、粉骨砕身の覚悟で臨みたいと思います」

どうやらミュラー子爵がミュラー伯爵に昇進したようだ。

王様の言葉を受けて、居合わせた貴族たちの間からわっと声が上がった。どうやらそれなりに凄いことらしい。こちらの世界の制度全般に疎い自分には、目の前で交わされたやり取りがどの程度のものなのか、まるで判断がつかない。

課長が部長になるようなものだろうか。

後でピーちゃんに確認してみよう。

「ところでミュラー伯爵よ、その方の話によれば、戦地で伯爵と共にアドニスを守り、その帰還に一役買った人物がいるというではないか。よければ私にその者について、詳しく話をして欲しい」

おっと、二人の会話がこちらに流れそうな予感。

予期せぬ話題のふりを受けて、全身が強張る。

既に脇の下など、汗で濡《ぬ》れてぐっしょりだ。

「お言葉を頂戴しました通り、今回の働きは私一人のものではございません。こちらにいるササキという者の協力あってこそでございます。類いまれなる魔法の才覚の持ち主でありまして、戦地にて負傷した殿下の怪我《けが》を治療したのも、こちらの者になります」

「それは大した働きではないか。回復魔法が使えるのか？」

ミュラー子爵、いいや、本日からミュラー伯爵か。

自身に代わってミュラー伯爵が、あれこれと王様に説明をして下さる。王族に対する礼儀などまるで理解していない身の上、とてもありがたい。正直、この場でまともにお話をできる気がしない。

「回復魔法のみならず、中級規模の攻撃魔法を無詠唱で放つほどの腕前の持ち主です。見ての通り異国の出ではありますが、私の見立てでは、王宮に仕える宮廷魔法使いと比較しても、何ら遜色ない実力の持ち主ではないかと考えております」

「伯爵ほどの男がそのように評するか」

「恐れながら評させて頂きます」

「そういうことであれば、その者にも褒美をやらねばなるまい」

どうやら伯爵のみならず、自分もご褒美が貰《もら》えるようだ。

何を頂戴できるのだろう。

貰えるものは貰っておく主義なので、こういう機会は嬉しい。

「ササキと言ったか？」

「陛下に名を口にして頂ける誉れ、まこと光栄にございます」

「その方の働きについてはミュラー伯爵のみならず、アドニスからも聞いておる。腹部を魔法に撃たれて臓物も漏れ、歩くことすらままならなかったところを救われたと語っておった。ミュラー伯爵の証言とも一致しておる」

下手に喋るとボロが出そうなので、黙ってお言葉を頂戴しよう。

すると王様はあれやこれやと喋り始めた。

「中級魔法を無詠唱で放つという話も、決して誇張ではないのだろう。ならばその力、私はヘルツ王国のために役立てて欲しいと考えている。そこでその方には、我が国における騎士の位と、宮中に仕事を与えようと思う」

王様が語った直後、謁見の間に居合わせた貴族たちから反応があった。

ミュラー子爵の伯爵昇進とは比べ物にならないざわめきだ。どうしてあのような平民が、みたいな雰囲気の会話が、そこかしこで飛び交い始める。これまで空気みたいな扱いだった我が身に、貴族たちから数多《あまた》の視線が集まった。

おかげで焦る。

めっちゃ焦る。

お貴族様の位をゲットするとは、こちらも想定外だ。そういうのは結構であると、事前にミュラー伯爵やアドニス殿下にもお伝えしていた。他の誰でもない、星の賢者様たってのお願いである。

それとなく隣を確認すると、ミュラー伯爵も驚いた顔だ。

え、マジで？　と言わんばかり。

どうやら我々の関与せぬところで、宮中パワーが働いたようである。

＊

王様との謁見を終えた後は、ミュラー伯爵と共に控え室まで戻ってきた。

そして同所で、彼からすぐさま謝罪を受けた。

「すまなかった、まさかこのような流れになるとは……」

やはり彼にも想定外の出来事であったようだ。話題の先にご褒美が控えているだろうことこそ把握していても、それが騎士の位であるとは考えなかったようである。自身の異国情緒溢れる外見を思えば、伯爵様の判断は当然だろう。

こちらも金貨で精算されるものだとばかり考えていた。過去に彼らから聞いた話だと、この国の貴族は非常に封建的なのだという。まさかどこの馬の骨とも知れない人間を同胞として迎え入れるとは思わない。顔貌が異なれば肌の色まで違うのだ。伯爵や殿下にも別の大陸から来たと説明している。

「ササキ殿、申し訳ないが少し話せないだろうか？」

「ええ、是非お願いします」

「助かる」


部屋には他に王宮勤めと思しき騎士や役人の姿がある。その視線を意識しての提案だろう。今もミュラー伯爵が新米騎士に頭を下げてみせた姿を眺めて、ヒソヒソと言葉を交わす様子が窺える。

自分も尋ねたいことが色々とあるので、伯爵からの提案はとてもありがたい。彼自身も新たに役柄を得て忙しい身の上、それでもこちらに付き合って下さる姿勢が、その人の好《よ》さを感じさせる。

＊

ピーちゃんとミュラー伯爵、二人と共に王宮の客間まで戻ってきた。

室内にはメイドさんの姿も見られなかったので、これ幸いと出入り口に鍵を掛けての話し合い。謁見の間にこそ連れていけなかったピーちゃんだけれど、控え室での会話は聞いていたようで、彼からは早々に突っ込みが入った。

『また碌《ろく》でもないことになったな』

やれやれだと言わんばかりに呟《つぶや》いてみせるピーちゃん。

そんな彼に対して、ミュラー伯爵はソファーから立ち上がり、これでもかと頭を下げている。目の前の文鳥が、自らの敬愛する星の賢者様だと理解して以来、伯爵様のピーちゃんに対する態度は謙《へりくだ》る一方だ。

「申し訳ありません。それもこれも私の失態です。こういったことにならないよう、アドニス殿下には事前に重ね重ね話をしていたのですが、一体どこで横槍《よこやり》がはいったのか。本当に申し訳ないことをしてしまいました」

『まあ、なってしまったものは仕方がない』

「まことに申し訳ありません」

『だがしかし、そうなると領地はどうなるのだ？』

「宮中に仕事をというお話でした」

『あぁ、そっちなのか』

なにやら通じ合った雰囲気で、テンポ良く会話を進めていくピーちゃんとミュラー伯爵。こうなると門外漢の自分には状況がつかめない。申し訳ないけれど、もう少しだけ噛《か》み砕《くだ》いたご説明が欲しい。

「すみません、そのあたりを詳しく伺ってもよろしいでしょうか？」

「ああ、そうでした。そこまで大した話でもないのですが……」

ミュラー伯爵の話によると、貴族と一口に言っても色々とあるらしい。国内に領地を持っており、これを治めている貴族がいれば、宮中を筆頭とした公的機関に仕事を持っており、そこでの肩書を役柄としている貴族もいる。

自身の場合は後者だそうな。

それ以外にも年金を一方的にもらうだけの貴族やら何やら、色々と細かな立場が存在しているとのこと。ちなみに領地や仕事を持っている貴族については、次の世代に家を継がせることが可能だという。

謁見の間で他の貴族たちが驚いたのは、きっとこの点に由来するのだろう。

国内に新しく一つ、お家が出来上がってしまったのだ。

「なるほど、そのようになっているのですね」

『そうなると問題は、この者に与えられる仕事か……』

仕事の如何《いかん》に因っては、食っちゃ寝生活から遠退《とおの》いてしまう。

それは我々にとって非常に大きな痛手だ。

「その点についてては、私もまだ何も話を受けておりませんでして、困惑しております。こういった話の場合、事前に根回しがされているのが一般的でありますから、陛下への謁見に臨む時点では、既に知らされていることがほとんどなのです」

「なるほど」

とても納得のいく話である。誰にだって得意不得意や、それまで務めてきた仕事というものがある。その延長線上でこそ活躍するのが自然なことだ。だからこそ、自分のようなぽっと出の騎士は例外的なのだろう。

「ササキ殿、王宮を訪れてから、何か変わったことはありませんでしたか？」

「と、申しますと？」

「私もこれといって思い当たる節がない。そして、こうまでも慌ただしい事の運びは滅多にない。そこで可能性があるとしたら、我々の知るより遥か上から、勅命のようなものが存在しているのではないかと」

「…………」

「繰り返しとなりますが、アドニス殿下にはお二人の意向を重々伝えているのです。これを破ってまでどうこうするほど、殿下は恩知らずな方ではない。だからこそ他に何かしら、力が働く余地があったのではないかと考えたのです」

ミュラー伯爵の言葉を耳にして、自ずと昨日の一件が思い浮かんだ。

何故かメイド姿で、ボードゲームをプレイしに訪れたお妃様。

「一つだけ思い当たる節があります」

「差し支えなければ、確認させてもらっても構わないだろうか？」

「あまりにも突拍子もない話なのですが、昨晩、お妃様が私の部屋を訪れました。部屋付きのメイドに暇つぶしのボードゲームを頼んだのですが、その相手としてメイドの恰好をして、名前や肩書を伏せていらっしゃいました」

「な、なんとっ……」

これには伯爵様も顔を強張らせた。

今なら昨日、ピーちゃんがやたらと鳴いていた理由が分かる。彼は宮中で活動していた元役人だ。お妃様の顔もご存知だったのだろう。その姿を確認して、一生懸命に警笛を鳴らしてくれていたのだ。

これに気付かずに、自身は普通にゲームに興じてしまっていた。

異世界のゲームは元の世界のそれに負けず劣らず面白くて、思わず熱中してしまった。王宮に納められているだけあって、造りも立派なものであった。誰かとゲームをするというのも久しぶりだったので、それはもう楽しませて頂いた。

「私も本日、謁見の間を訪れて初めて気付きました」

「まさか、王妃様に何か粗相を……」

「いえいえ、滅相もない。普通にゲームを楽しんだだけです」

「…………」

「ですがこうして考えると、そもそも王妃様と共にゲームを楽しんだ、という時点で失礼以外の何物でもないように感じられます。それが理由で罪に問われるようなことがあるのなら、すぐにでも国を脱しようと思うのですが」

こちらの説明を受けて、ミュラー伯爵は難しい顔で考え込み始めた。

もしも自分が絶世のイケメンだったりしたのなら、その顔面に惚《ほ》れ込んだ奥方が、みたいな昼ドラっぽい理由が思いつかないでもない。しかし、このどこからどう見ても不出来な中年オヤジ面では、そうした可能性も皆無である。

当然、手を出してもいない。

ここ最近は意識するのも億劫《おっくう》だ。恋愛も疑似恋愛もコスパが悪い。仕事を頑張ったり、美味しいものを食べている方が、幸福度は遥かに高い。

だがしかし、そうなると何が彼女の感性に引っかかったのか。

「いえ、それはお待ち頂きたい」

「承知しました」

「しかし、原因が分からないことには、動きようがないのも然《しか》り」

ミュラー伯爵と二人で頭を悩ませる。

するとしばらくして、部屋のドアがノックされた。

続けて聞こえてきたのは、ここ数日で聞き慣れた声だ。

「私だ。入ってもいいか？」

今まさに話題に上がった人物のお子さん、アドニス王子である。

我々の下を訪れた殿下は、今回の一件について情報をお持ちだった。

しかも、わざわざ説明の為に足を運んでくれたとのこと。

＊

客間のリビングスペースに殿下をお迎えして、ミュラー伯爵やピーちゃんと共に、我々は話し合いを継続である。彼の口から語られた内容に従えば、やはり昨日、ボードゲームを楽しんだひとときが影響していた。

「私の身元、ですか？」

「うむ、どうやらお母様は、ササキの素性を確認しに訪れていたようなのだ。本当に他所の大陸から訪れた、平たく言えば我が国のどの貴族にも関係していない、まっさらな人間、まっさらな魔法使い、そんな人物であるのかを」

『なるほど』

「ピーちゃん？」

アドニス王子の言葉を受けて、ピーちゃんが小さく頷いた。

まるで貫禄《かんろく》の感じられない仕草がとても愛らしい。

肖像画を見た後だと、なんだかちょっと不思議な気分になる。けれど、それはそれ、これはこれ。自分にとっては可愛らしいペットの文鳥、そんな関係を継続していこうと思う。下手に意識しても、かえって彼に迷惑を掛けてしまいそうだし。

今後とも仲良くしていけたら嬉しい。

『ミュラー家と同じだ。まあ、あれは嘘だったが』

「ミュラー伯爵のところと同じというのは……」

ふと思いついたのは、家督の二文字。

自然とアドニス王子に向き直り、口は動いていた。

「家督争い、ですか？」

「ああ、恐らくはそうだと思う」

こちらの問い掛けに頷いて、殿下は粛々と答えた。

その表情は一貫して申し訳なさそうなものだ。

「お母様は私の手勢として、そなたのことを囲い込みたかったのだと思う。瀕死《ひんし》の重傷を完治可能な回復魔法を行使する上に、中級の攻撃魔法を無詠唱で扱うことができる。しかもどこの派閥にも属していない。そんな都合の良い魔法使いは限られている」

「そうだったのですね」

ピーちゃんから学んだことが評価されたようだ。

嬉しくないと言えば嘘になる。

ただ、今回はそれがマイナス方向に働いてしまったようだ。

ボードゲームの最中、あれこれと聞かれたのは事実である。どこから来たのだとか、なんとかという名前の貴族は知っているかだとか。当時は世間話の一環だとばかり考えていたのだけれど、今となっては納得である。

あの場は殿下のママさんから、自身に対する面談の機会であった訳だ。

そうなると凄いのは、居合わせた部屋付きのメイドさん。王妃様を前にしても態度を変えず、淡々とボードゲームの司会進行を務めていた。恐らく内心は大変なことになっていたに違いない。お若いのに大したものだ。

「私の母は現王である父の正妻には違いない。しかし、長男という訳ではないのだ。それ以前に一人、父との間に子を生《な》した女性がいる。そうして生まれた子は私が生まれるより以前、忌み子として扱われて、数年前まで秘匿されていた」

「それが第一王子なのですか？」

「ああそうだ。その子供が時を経て、まあ、細かい話は色々とあるのだが、才覚を現し始めたのだ。結果的に私という存在は第二王子という立場に至り、なかなか宮中では微妙な立場となってしまっていてな」

「まさか、今回の殿下の出兵は……」

一国の王子様が敗北必至の戦線に参加だなどと、突拍子もない話だとは疑問に思っていた。本人の性格を理解した後となっては、そういうこともあるかも知れないと考え始めているけれど、それでもきっかけが何かしらあったのではないのかと。

「第一王子の派閥の声が大きかったのは事実だ。しかし、今回の出陣は私が自ら望んだことである。大勢の民がその生命を投げ打ってまで、国のために働こうというのだ。その先頭に王族が立たずして、なにが国家の中枢だろうか」

「なるほど」

なにこのイケメン、心身ともにイケていらっしゃる。

だからこそ彼を擁する周りの人たちは、苦労を強いられていることだろう。それでも本人の性根が真《ま》っ直《す》ぐであるから、こういうのが好きな人は、とことん好きになってしまうんじゃなかろうか、とも思う。

個人的には少し距離を置いて付き合うくらいが丁度いいと感じるけれど。

「そうした訳で、すべては私の落ち度だ。我々の都合に巻き込んでしまったこと、申し訳なく思う。しかし、一度拝命した爵位はそう簡単に返還できない。そこで代わりと言ってては何だが、私からササキと星の賢者殿に提案がある」

「なんでしょうか？」

「ササキに与えられる仕事については、私に一任されている。宮中で騎士団や関連組織に所属する責務、あるいは土地を治める義務については、お母様に直談判《じかだんぱん》して免除を得た。騎士としての仕事も、私かミュラー伯爵を通じて与えることとと取り決めた」

『つまり、事実上の近衛《このえ》ということか』

ピーちゃんのお口から新しいキーワードが与えられた。

なんかちょっと格好《かっこ》いい響きである。

「ピーちゃん、近衛って何だい？」

『王族直属の騎士を近衛騎士という。通常の騎士と別枠で扱われる、より上位に位置する騎士だ。ただし、貴様は騎士であって近衛騎士ではないから、近衛騎士団に所属する責務はない。つまり、自由に動き回れる』

「なるほど」

それは便利な立場である。

騎士団とか、響きからして体育会系の集団生活を求められそうだし、絶対にお断りである。ペットをお迎えするに当たっても、かなり悩んだ経緯があった。結果的にピーちゃんとは二人で生活しているけれど、その比ではないだろう。

『それで間違いないだろうか？　アドニスよ』

「うむ、流石は星の賢者殿だ」

ピーちゃんからの問い掛けに、殿下は深々と頷いた。

どうやら割と自由に過ごさせてもらえるようだ。

「そして、ササキには来《きた》る日に向けて、私の私財の運用をお願いしたいと考えている。ミュラー伯爵から話に聞いたのだが、ササキは優れた魔法使いであると同時に、やり手の商人であるとも言うではないか」

「殿下の私財の運用ですか……」

「ただし、これはお母様や周囲に対する建前だ。金の運用は行ってくれても、行ってくれなくても、どちらでも構わない。ただ、そうした役柄であれば、ササキはミュラー伯爵の下でこれまでどおり、変わらずに生活を続けることができるだろう」

「そういうことでしたか」

「この度の爵位の授与は、ササキという戦力を抱え込む為に、私のお母様が画策したものだ。もしくは兄の派閥から声を掛けられる前に、先んじて唾を付けた、というのが正しいのかもしれない」

アドニス王子の母親の立場を思えば、分からないでもない判断だ。

リバーシと同じで、白か黒かしか存在しない世界。どちらにも色付いていない存在には、声を掛ける他にない。一方に取られてしまえば、そのまま自らの不利に繋がる。そういう意味では、先立って彼の派閥に組み入れられたのは幸いであった。

ミュラー伯爵の下で商売に励んでいれば、いずれは声が掛かったかもしれない。そのとき見ず知らずの第一王子の下で末端として扱われるより、気心の知れたアドニス王子の下で、それなりの立場として扱ってもらえることには大きな意味がある。

「そういう訳なので、ササキには今すぐに何かして欲しい訳ではないのだ。また、もしもお母様から無茶《むちゃ》な話が挙がったのなら、必ずや私が止めてみせる。だからどうか、今回の授爵については飲んでもらえないだろうか？」

彼も彼で色々とこちらのことを気遣ってくれているようだ。

本心から申し訳ないと感じているのだろう。

「もちろん私の私財に興味があるというのであれば、実際に手を出してくれてもいい。ここでいう私財とは、王宮の財産とは別に私の手元にある金だ。仮に失ったところで、誰がササキを責めることもない」

「承知しました。謹んでお受けしたく思います」

「面倒ばかり掛けてすまない。そして、ありがとう」

当面、こちらの世界でのポジションが決定である。

根無し草の風来坊からヘルツ王国の騎士として、殿下のマネーアドバイザー兼、有事の際のボディーガードに昇進だ。今後こちらの世界で道楽に励むというのであれば、金融周りについて学んでおくのも決して悪いことではない。

アドニス王子のポケットマネーの運用を行うか否かはさておいて、仮に手を出すとしたらどういったやり方が考えられるのか、あれこれと考えてみることには価値があるだろう。思い起こせば自身もまた、それなりの額がお財布には収まっている。

「そういうことであれば、当面は私にササキ殿のお世話を任せて頂けたらと思います。ご本人が優れた商人であり、更には星の賢者様のご助力があれば不要かとも存じますが、それでも多少はお役に立てるのではないかと」

「ミュラー伯爵、すまないが是非とも頼みたい」

「はい、ありがとうございます」

ということで、しばらくはミュラー伯爵の下で貴族のお勉強と相成った。

＊

貴族の位を頂戴した同日は、宮内であれこれと手続きをして回った。

ことに際してはミュラー伯爵が、付きっきりで面倒を見て下さった。おかげでこれといって苦労することもなく、必要な処理を終えられた。もしも一人で放たれていたら、即日で詰んでいただろう。

王宮の廊下では、幾度となく他の貴族から難癖を付けられた。

伯爵様が一緒でなかったら、きっと危なかった。

ミュラー伯爵から守られている感、半端なかった。

もしも若い娘さんだったら、コロッといっていたことだろう。

そうして一通り手続きや説明を受け終わる頃には、高いところにあった日がいつの間にやら沈んでいた。ほぼ丸一日を宮中での手続きや、貴族としての立ち回り云々《うんぬん》的な講習で終えたことになる。

その過程で耳に挟んだ話によれば、ピーちゃんも転生以前は伯爵の位にあったらしい。それも昇進から間もないミュラー伯爵とは異なり、かなり侯爵寄りの上位に位置する伯爵であったとのこと。

本来なら侯爵となっていて然《しか》るべきであった、とは彼のファンであるミュラー伯爵の言葉である。侯爵以上となると、その地位はヘルツ王国において絶大なもので、これをピーちゃんに与えることを拒んだ貴族一派により、昇進が遅れていたのだとか。

謁見の間に通じる廊下に肖像画が飾られていたあたり、王族の星の賢者様に対する評価は確かなものだ。それで尚も昇進が遅れたということは、王族に対して貴族が強い力を持っているということだろう。

そう考えると本日頂戴した騎士の爵位も、使いようによっては異世界での生活に貢献してくれるかも知れない。ピーちゃんはしょっぱい顔をしていたけれど、自分は前向きに考えていこうと思う。こういうときこそ、彼とは分担して上手《うま》くやっていきたいものだ。

そんなこんなで同日は王宮の客間で一泊。

翌日にはエイトリアムの町に戻る運びとなった。

ただし、ミュラー伯爵は首都に居残りである。星の賢者様の魔法で消失したマーゲン帝国の軍勢について、近い内に現地から連絡が入ることになる。それに先んじて色々と、宮中で動いておきたいとの話であった。

ピーちゃんの活躍については、上手く誤魔化《ごまか》しておいて下さるとのこと。こちらからは伯爵の手柄にして下さって結構ですよとお伝えしておいた。その方が星の賢者様がどうのと話題に上がるより、余程安心できる。

そうした経緯もあり、帰路は自分とピーちゃんの二人だけだ。

瞬間移動の魔法のお世話になり、ホームタウンまで戻ってきた。

ミュラー子爵改め、ミュラー伯爵が治めるエイトリアムの町である。

ちなみに伯爵となったことで、彼は王宮内に新しく仕事ができたそうだ。仕事とは言ってもご褒美昇進なので、肩書と年金を与えられただけだろう、とは本人の談である。けれど、それもこれも次代に継ぐことができるのだから、なかなか大したものだと思う。

「少し離れていただけなのに、随分と久しぶりのような気がするよ」

『色々とあったからだろうな』

帰宅先は普段から利用しているセレブお宿である。

王宮の客間と比較すると見劣りするけれど、それでも自宅アパートと比べたら段違いに立派な一室だ。向こう半年分は既に宿泊費を支払い済みなので、ほとんど賃貸住宅的な感覚で利用している。

そのリビングスペースで、ソファーに腰を落ち着けて寛《くつろ》いでいる。

「ミュラー伯爵が町に戻ってくるまでは一休みしよう」

『そうするのがよかろう。今回は我も些か疲れた』

「あの魔族の人との喧嘩が原因かい？」

『そんなところだ』

首都アレストでは今頃、ミュラー伯爵の昇進を祝うパーティーが開かれていることだろう。昨日には我々もお誘いを受けた。ただ、丁重にお断りさせて頂いた。自身の身の上を思えば、他所の貴族から絡まれて苦労するのが目に見えている。

帰宅を急いだのは、そうした騒動から逃れる為でもあった。

ほとぼりが冷めるまで、しばらくはエイトリアムの町に引きこもって過ごそうと考えている。再び首都へ足を運ぶにしても、それは戦争の騒動が収まってからだ。隣国の兵が大敗したことで、まず間違いなく宮中では一悶《ひともん》着《ちゃく》あるだろう。

考えただけでも恐ろしい。

ピーちゃんも絶対に近づくなと言っていた。

「あの紫の人、改めてピーちゃんを攻めてきたりしないかね？」

『十分に言って聞かせた。馬鹿ではないので大丈夫だろう』

「本当に？」

『それに貴様が一緒なら、今回のように苦労することもない』

「なるほど」

こちらの身体を通じて魔法を行使する的な話を以前、彼から受けた覚えがある。肩に止まっていることが大切なのだそうな。そうすることによって、世界を渡る魔法を筆頭とした、より高度な魔法が使えるようになるそうだ。

「そのためにも早い内に空を飛ぶ魔法を覚えないと」

『たしかにアレがないと不便だな。今回の出来事を受けて我も思った』

「早速だけれど、明日から練習させてもらえないかな？」

『ああ、そうするとしよう』

何はともあれマーゲン帝国との戦争騒動は、一件落着の兆しである。

＊

翌日以降、生活習慣は以前のものに戻った。

少し遅めの起床から、お宿のダイニングスペースで朝食兼昼食。然る後に町を出発して魔法の練習に励む。日が暮れ始めたら町に戻り、フレンチさんのところで晩御飯を頂く。夜は近所の酒場に飲みに行ったり、セレブお宿のリビングでピーちゃんと戯れたり。

宮中で覚えたボードゲームがエイトリアムの町でも売られていたので、これで彼に挑んだところ、ボッコボコにされた。めっちゃ悔しかった。何回やっても一度も勝てなかった。少しくらい手を抜いてくれてもいいと思う。

副店長さんの下も何度か訪れてみたが、いずれもお店を留守にしていて、お会いすることはできなかった。以前お伝えした戦況やアドニス王子の生死その他諸々《もろもろ》、隣国との騒動に関する情報を巡って、忙しく仕事に精を出しているのだろう。

首都のお店にいる店長さんに手紙を渡した旨だけ、従業員の人に伝言を頼んでおいた。


そうした生活を続けること数日ほど、努力の甲斐《かい》もあって飛行魔法を身につけることができた。ピーちゃんが以前に語っていた通り、練習中には何度か墜落して死にそうになった。それでも研鑽《けんさん》を続けると、ある程度はまともに飛べるようになった。

飛行魔法は初級に位置する魔法で、行使そのものは簡単だった。

しかし一方で速度を出したり、上手いこと進路を取るには時間が必要だった。なので習得が即座に練習の終了とはならなかった。実用に足るレベルで空を飛び回るには、かなり時間が掛かってしまった。

また、あまり燃費がいい魔法ではないらしく、一般的には術者が保有する魔力の都合から、延々と飛び回り続けることは困難らしい。頑張っても数分から数十分が関の山だと教えてもらった。普通なら練習をするのにも、相応の期間を要するらしい。

ピーちゃんから頂戴した魔力がなければ、途中で挫《くじ》けていたことだろう。

自身の場合、練習で空を飛んでいて疲労を覚えることはなかった。小一時間くらいであれば、なんら不都合なく飛ぶことができた。師匠の言葉に従うなら、一晩中でも飛んでいられるのではないか、とのこと。

他方、連日にわたって飛行魔法にかまけていたおかげで、他の魔法については習得が遅れている。当然、瞬間移動の魔法も未だに習得の兆しは見えてこない。やはり、上級魔法以上という区分については、並大抵の努力では使えないみたいだ。

できれば雷撃魔法の他に、中級魔法以上で攻撃の手立てを増やしておきたかった。けれどこちらについては次回以降に持ち越しである。それでも飛行魔法を得たことで、逃げ足が改善されたのは大きな一歩だと思う。

今回覚えた飛行魔法と、前回覚えた中級の障壁魔法を利用すれば、ハリケーンな異能力の人からも安全に逃げることができそうだ。最悪、星崎さんを抱えて現場を脱出することも可能だと思われる。

「さて、それじゃあ戻ろうか」

『うむ』

「次に戻ってくるのは、こっちだと一ヶ月《かげつ》後になるのかな?」

『それくらい経てば、マーゲン帝国との件も多少は落ち着いているだろう』

「そうだね」

ピーちゃんにお願いして、久方ぶりに自宅アパートまで帰還である。

＊

【お隣さん視点】

ここ数日、私は隣の部屋に住んでいるおじさんを見ていない。

普段なら留守にしても一日二日である。夜は部屋に明かりが灯《とも》る様子も見られず、電気やガス、水道のメーターにも、ほとんど変化が見られない。

どうやら一度も自宅に戻っていないようだった。

出会ってから本日に至るまでの数年間、おじさんが三日以上にわたって、家を留守にしたことはないと記憶している。どうやら彼は仕事人間のようで、年末年始も忙しくしていた。これを私は隣の部屋の玄関先から、毎日のように眺めていた。

晴れの日も、雨の日も、雪の降る日も。

「………」

人気の感じられないおじさんの住まい。

その飾り気のない玄関を眺めて、あれこれと考える。

やはり、旅行に出かけたのだろうか。

会社の研修という線もあり得る。

もしくはご家族に不幸があったのかも。

「おじさんは以前、勤め先は小さい商社だと言ってましたね」

そうなると研修の可能性は低いように感じる。また、年末年始やお盆の時期ならまだしも、秋も深まりつつある昨今、まとまった休みを取って旅行に出かけることも難しいのではなかろうか。中小企業は総じて、この手の待遇が悪いと聞いたことがある。

そうなると私的なところで何か、問題が起こったと考えるのが無難だ。

「………」

ただ、おじさんには家を出る前日まで、これといって変化が見られなかった。良いことであれ悪いことであれ、家を長らく留守にするような出来事であれば、何かしら変化があって然るべきではないだろうか。

旅行の可能性を排除するのは早計かもしれない。

ところで、もしも旅行であった場合は、更に色々と考えることができる。

まず思い浮かぶのは一人旅行。

次いで友人知人と。

他には新婚旅行とか。

いいや、最後の可能性は非常に低い。

おじさんは私と同じタイプの人間である。

こういう安アパートで孤独に人知れず、静々と老いていくような。

だからこそ親近感を覚える。

そう、おじさんは私と同じ生き物なのだ。

「……旅行、ですか」

思い起こせば私は、旅行というものをした経験が碌にない。

学校の行事、卒業旅行や遠足なども休んでいる。そもそも今の住まいに引っ越してから、この町を出た覚えがない。毎日、学校と自宅を往復するばかり。それは小学校を卒業して、中学生になった今も変わらない。

そんな私はきっと、おじさんと一緒。

毎日会社と自宅を往復するばかりのおじさんと一緒なのだ。

あぁ、なんてそっくりな二人なんだろう。

「…………」

もしも私がもう少し成長して、大きくなったら。

その上で旅行に誘ったのなら。

おじさんはこれを受けてくれるだろうか。

場所はその辺りの公園で構わない。

自宅から徒歩で移動して、ベンチでゆっくりするくらいでも。

「…………」

そして、旅行に出かけた日の晩、おじさんは私を自宅に誘う。

私はこれを受け入れて、繰り返し抱かれることになるのだ。

二人の時間は、どれくらいの期間に及ぶだろう。

数ヶ月か、数年か。

やがて、情欲を満たした私はおじさんを殺して、自身も死ぬ。

何の価値もない世の中から解き放たれて、二人は自由になる。この先、醜く老いることもなく、今の理想的な関係のまま、綺麗に逝くのだ。おじさんの好意は好意のまま私の中に宿る。私は他に行き場のないおじさんの心身を受け入れる。

色々と足りていない二人が、お互いに補完し合える理想的な関係。

「……そうですよね、おじさん」

こんなことを考えるようになったのは、いつ頃からだろうか。

考えれば考えるほどに現実味を帯びていくのを感じる。

今では夢の中で彼の身体付きを想像することも度々。

陰茎はどの程度の大きさだろうか。私の身体でも迎え入れることができるだろうか。段々と成熟し始めた自らの肉体を思い、最後の瞬間を想像する。

だから、おじさん、早く私のところに帰ってきて下さい。

〈あとがき〉

書店に並べられた数多《あまた》の書籍の中から、本作をお手に取って下さった皆様におかれましては、まずは何よりも感謝を申し上げたく存じます。『佐々木《ささき》とピーちゃん』をご購読下さり誠にありがとうございます。

本作は第4回カクヨムWeb小説コンテストの受賞作品として、MF文庫J様から書籍化して頂く運びとなりました。

MF文庫J様というと緑色のカバーが特徴的な文庫レーベルでございます。その只中に何故《なぜ》か、大判サイズの新文芸的な本作があったことかと思います。

理由は偏《ひとえ》に物語の舞台構成にあります。異世界や現代異能、魔法少女など、色々な世界観をそれぞれ独立したお話として存在させる必要があった都合上、本作はテキストの量が多めになっております。これを文庫本に収めることはなかなか大変なことでした。

こうした問題に対して、真正面から取り組んで下さったのが、担当編集O様とMF文庫J編集部の皆様でございます。なんと従来の文庫本から離れて、単行本として発行するという選択肢を下さいました。ヒット作品を多数抱えてお忙しい立場にありながら、微に入り細に入り手を尽くして下さいましたこと、本当にありがとうございます。おかげさまで本作はより良い形で、世の中に送り出されたのではないかと思います。

続く2巻ではカクヨムで掲載されている内容に加えて、本編の半分を書き下ろしでのご提供となります。全体では厚めのラノベ2冊分。うち1冊分が新規のテキストです。発売日も既に決定しておりまして、３月25日をお待ち頂けたら幸いです。

ところで、単行本は文庫本と比較してサイズが大きいですから、表紙のイラストも見栄えがします。そこで話題に挙げさせて頂きたいのが、『佐々木とピーちゃん』の一番の見どころとでも申すべき、『カントク』先生によるイラストです。

大作映画のポスターを彷彿《ほうふつ》とさせる、超絶美麗且つ情報量に富んだ表紙は、一枚のイラストでありながら、まるで何コマもある漫画を読んでいるかのように楽しめてしまいます。細部にまで仕込まれたネタも堪《たま》りません。

そして、これは口絵や挿絵なども例外ではありません。私も２巻以降のイラストを拝見するのが今から大変楽しみです。『カントク』先生、素晴らしいイラストをありがとうございます。ご多忙のところ本作にお時間を割いて下さり、心よりお礼申し上げます。

さて、こちらの流れで謝辞と致しましては、ＭＦ文庫Ｊ編集部様を筆頭に、営業や校正、デザイナーの皆様には、通常の文庫本の制作にも増してご負担をおかけしてしまったことと存じます。お忙しいなか本作にご助力を下さいましたこと深くお礼申し上げます。

並びに本作を扱って下さる全国の書店様、ウェブ販売店様、ご声援を下さる関係各所の皆様には、前著の『西野《にしの》』より変わらぬご厚意を賜っておりますこと拝謝申し上げます。そのご期待に添えるように、今後とも尽力していく心意気にございます。

カクヨム発、ＭＦ文庫Ｊが贈る新文芸『佐々木とピーちゃん』を何卒《なにとぞ》よろしくお願い致します。


（ぶんころり）

佐々木

「ごめんね、貧乏なサラリーマンに買われてしまって」

本作の主人公。都内の商社に務める万年平の草臥れた社畜。同僚が猫を飼い始めたことに感化されてペットショップを訪れたところ、文鳥のピーちゃんと出会う。これを契機として異世界と現代を行ったり来たり、世界間での商売に励むことになる。

Sasaki

ピーちゃん

「我が名はピエルカルロ。異界の徒にして星の賢者」

勢力　異世界

本作もう一人の主人公、人語を解するシルバー文鳥。その実態は異世界からやってきた高名な賢者様。ペットショップで佐々木にお買い求めされる。当面の目標は食っちゃ寝スローライフ。好物は高級和牛のシャトーブリアン。

P-chan

お隣さん

「おかえりなさい、おじさん。今日は少し遅かったですね」

佐々木が住まうアパートの一つ隣の部屋に住んでいる女子中学生。母子家庭でママからは育児放棄を受けている。小学生の頃から佐々木の差し入れにより、どうにか生き延びてきた欠食児。佐々木に対して歪んだ愛情を抱いている。ヤンデレ。

Otonaris

ミュラー子爵

「その方がササキとやらか？
なんでも随分と精緻な
品を扱っているそうだな」

勢力　異世界

異世界にあるヘルツ王国という国の貴族。腐敗と後退も著しい同国において、珍しくも清廉潔白な人格の持ち主。佐々木とピーちゃんが自らの領地で始めた商売に興味を持ち、これに声を掛ける。ピーちゃんとは旧知の仲。

Muller

エルザ様

「貴方の無礼を許します。
この私の寛大な心遣いに
感謝しなさい」

勢力　異世界

ミュラー子爵の娘。明るく元気でちょっとキツめな性格の持ち主。見目麗しい一方で実務能力に乏しく、兄弟と比較して頭脳や身体能力、魔法の扱いなどに劣っていることを悩ましく思っている。パパのことが大好き。

Elsa

アドニス殿下

「この国はいずれ攻め
滅ぼされるだろう。
私もまた近い将来、
断頭台に消える運命だ」

勢力　異世界

ヘルツ王国の第二王子。誠実で真面目な人物。祖国の落ち目を憂えており、軍勢の先頭に立って自ら剣を振るうことができる気概の持ち主。母親は現ヘルツ国王の正妻。王位継承権を巡って第一王子と勢力を二分している。

Adonis

マルクさん

「お久しぶりです、ササキさん。
再びお会いできて嬉しいです」

勢力　異世界

ミュラー子爵領にある町、エイトリアムに拠点を構えたハーマン商会の副店長。佐々木とピーちゃんが異世界に持ち込んだ現代の品々に興味を持ち、その売買を一手に引き受けてくれる。異世界側の窓口担当。

Marc

フレンチさん

「親方には育ててもらった恩義を感じてる。けど、旦那にも拾ってもらった恩義を感じているんだ。不義理な真似はできねぇ」

勢力　異世界

ミューラー子爵領にある町、エイトリアムの飲食店で働いていたコックさん。冤罪で職場から放り出された直後、佐々木とピーちゃんに拾われる。以降、マルクさんとハーマン商会の協力を得て、飲食店を立ち上げることに。

French

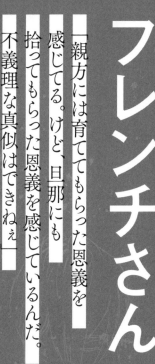

阿久津課長

「佐々木君には星崎君と組んで、能力者の勧誘を行ってもらいたい」

勢力　現代異能系

国の最高学府を首席で卒業したキャリア官僚。内閣府超常現象対策局なる組織で、課長職として実務のトップを務める人物。異能力の存在を知った佐々木が入局して以降は、上司と部下の間柄となる。

Akutsu

星崎さん

「佐々木、現場に行くわよ！すぐに支度をしなさい！」

勢力　現代異能系

内閣府超常現象対策局で働いている局員。佐々木の先輩。異能力は水の操作。触れた水を浮かせたり、凍らせたり、気化させたりできる。常に濃い化粧とスーツで身を固めており、ピリピリとした雰囲気を漂わせているが、実は……。

Hoshiza

二人静氏

「幼い身体は嫌いかのぅ？
小さいだけあって締りは抜群じゃ。
どれだけ貧相な肉棒であっても、
キツキツに締め上げてやろう。
キツキツ、キツキツじゃ」

勢力　現代異能系

主人公が所属する局とは敵対するグループに所属している異能力者。異能力はエナジードレイン。触れた相手から生命エネルギー的なものをちゅうちゅうする。それを自らのものとすることで、人類を超越した寿命と身体能力を誇る。ロリババァ。

魔法少女

「異能力者は殺す。
絶対に逃さない」

勢力　魔法少女

妖精界から訪れた使者（小動物）の願いを聞いて、魔法少女となった女児。その存在を異能力者と勘違いした内閣府超常現象対策局との戦闘により、家族や友人を殺される。以来、異能力者を殺して回ることが日課になったジェイソン系魔法少女。

Mahous

ぶんころりの人気シリーズ!
西野、ホストで成り上がる!?
西野
~学内カースト最下位にして異能世界最強の少年~
完全
書き下ろしで贈る
第10巻
好評発売中!
※2021年1月時点
ぶんころり ill. またのんき▼
MF文庫J

佐々木とピーちゃん

異世界でスローライフを楽しもうとしたら、現代で異能バトルに巻き込まれた件

～魔法少女がアップを始めたようです～

2021年 1 月25日　初版発行
2024年 3 月15日　8 版発行

著者　ぶんころり

発行者　山下 直久

発行　株式会社 KADOKAWA
〒102-8177 東京都千代田区富士見2-13-3
電話 0570-002-301（ナビダイヤル）

印刷・製本　株式会社広済堂ネクスト

デザイン　たにごめかぶと（ムシカゴグラフィクス）

ISBN978-4-04-065932-9　C0093

定価はカバーに表示してあります。